中公文庫

佐藤春夫中国見聞録

星／南方紀行

佐藤春夫

中央公論新社

佐藤春夫中国見聞録　星／南方紀行

目次

佐藤春夫の中国旅行行程図

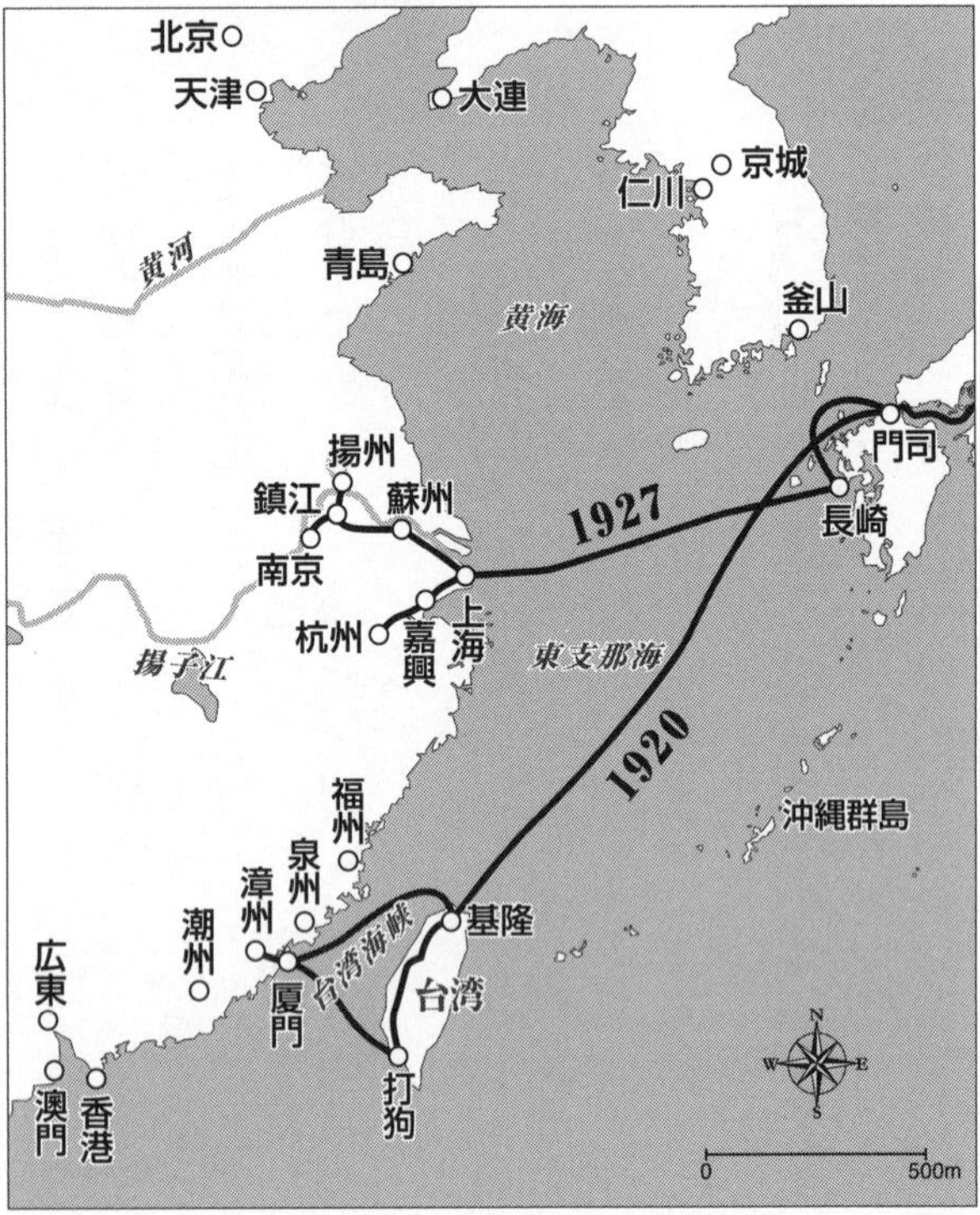

制作：地図屋もりそん

佐藤春夫中国見聞録

星／南方紀行

星

『陳伯卿新調繡像荔枝記真本』（1884年刊、関西大学蔵より）

第一折

泉州城に近い英内の豪家陳氏には三人の兄弟息子があった。陳氏は代々、富と誉とのある家がらで一番年上の兄は早く立身をして、近ごろ両広巡察使になった。まだ年若な二番目と三番目とは志を立てて故郷で勉強して居る。この三番息子の少年を陳氏の第三男というわけで陳三《ちんさん》と呼んで居る。

第二折

陳三は誰からであったかは知らないが、星を見ることを習い覚えた。そうして秋の或る晩はっきりした星月夜に、無数の星のなかから一つの星を見出した。それは疑うべくもなく陳三自身の運命の星であった。何故かというに、幾夜試みて見ても、その星は陳三の目の瞬く度ごとに瞬き光るのであった。そうしてこの一つの星より外に、そのような星は一つもなかった。陳三はそこでその星にむかって跪《ひざまず》いた。

「どうぞ私の星よ。私に世の中で一ばん美しい娘を私の妻として授けて下さい。又、その妻の腹に宿って出来る私の男の子を世の中で一番えらい人にならせて下さい。」

陳三の星に祈った願事《ねぎごと》はこのとおりであった。

第三折

第四折

来年貢生《こうせい》の試験に応ずるための読書と詩作とに疲れて秋の夜の庭に出た兄は、陳三のこの言葉を聞くともなく偸《ぬす》み聞いた。兄は陳三の祈願を陳三に向って哂《わら》った。

「お前は馬鹿なことを祈った。お前はまるで凡人の幸福を願って居る。若し私がお前なら私は妻や子供のことなどは決して願わなかったろう。その代り自分自身のことを願ったろうに。自分の子供などではない。自分自身が世の中で一番えらい人になるようにって!」

「そうです兄さん、」素直な陳三はそこで答えた。「私とても最初はそう願おうと思わないではなかったのです。しかし私は考直《かんがえなお》した。自分がえらい人になるだけの事なら、どうやら自分だけの努力で出来そうな気もする。それにひきかえて、世の中で一番美しい娘にめぐり遭ったり、その娘の心をひくことが出来たり、その上その娘を妻にすることができて、その妻によって子供を持ち、しかもそれが世の中で一ばんえらい人になる——こんな幸福こそは、自分の身の上のことでしかも自分の努力ではどうにもならない。これこそ星の力にでもよらなければならない事だ。と私はそう考えたのでした……」

「なるほど、しかし」と兄は遮《さえぎ》った「私はまたこうも思う。運命というものはお前が考えるよりももっと大きな力であるかも知れない。仮りにお前がもし、悪運の星の下に生れて来て居るとしたら、お前の熱心な祈願も、それをどれだけ善くかえることが出来るだろうか。一たい私は星を信じない方だが、それともお前よりももっと信ずると言った方がいいかも知れない。何にしろ星に祈るのも無駄なことではなさそうだ。私の星はそれなら、どの星であろう。」

兄弟はこんなことを語り合って、もう一度、目を上げて空一めんの星くずに見入った。

謎の空は無限に深かった。

第五折

「……仮りにお前が若し、悪運の星の下に生れて来て居るとしたら、お前の熱心な祈願もそれをどれだけ善くかえることが出来るだろうか。」——何気なく兄の言ったこの言葉は、恰《あたか》も陳三の祈を聞きとどけた星が予め兄の口を借りて陳三に告げて置きでもしたかのように、後になって思い合されることがあった。

第六折

幾年かは経った。自分自身の努力でえらい人になると言った陳三の兄——二番目の兄は、志を遂げて両広総督の役につくことになった。それには、数年ひきつづいて両広巡察使を勤めている長兄の手びきが有力であったことは言うまでもない。

第七折

陳三は得意な兄を見送って潮州城まで来た。そのころ厦門《アモイ》附近のどこかに根城を置いているという噂のあった怖ろしい日本の海賊を避けて、今日まで馬上で来た兄の一行は、ここで馬をすてて船路を広東の任地へ行くのである。

「順風《スンホン》！」

陳三は兄に別れをつげてこう叫んだ。

兄の船は六月の海の朝あけのなかに帆を揚げた。岬をまわって南の方へ小さな帆はかくれた。

第八折

物珍らしい潮州の城内を見物しようと陳三は馬に跨《またが》った。兄を見送った日の午後である。夢多い初夏の空の下を若い陳三は馬上でさびしく考え耽《ふけ》った——兄は志を遂げて、今、両広総督となるのである。兄はもう既に美しい妻をも求め得た。然るに自分は……

自分は自分の星に向って祈願をこめてからもう幾年か経ったのに、まだ世の中で一番美しいと言われる娘の噂を聞いた事さえない。星に対する自分の祈願は果して聞かれたのであろうか。陳三はこういう風に考え耽ってぼんやりと馬の行くに任せて居ると、ふと、空の何処からか絃《いと》の音が聞えるような気がするので、首を上げた。

陳三の目の前には、立派な門の向うに茂った花盛りの柘榴《ざくろ》の樹の上に聳《そび》えて一つの高い走馬楼があって、すべては陳三の目に幻のようであった。何故かというのに一人の世にも美しい娘が、走馬楼の欄《おばしま》に軽く背を倚《よ》せて絃を玩《もてあそ》んで居るからである。黒い衫《さん》につり合ってその横顔が白い木蓮花のように白い。

たゞうっとりとして眺め入って居た陳三は、思いきって声を張り上げて歌った。絃の音に合せてである。欄干の娘は驚いてふり返ったが、蓮葉《はすは》な調子で素早く物を投げる手つきをして、つと房へ這入《はい》って了《しま》った。

陳三の馬の前には一つの早く熟した茘枝《れいし》の実が投げ落ちて、陳三の目には限りなく美しい嬌瞋《きょうしん》と掌上の舞をも能くするような細い姿とが輝くように映って消えた。

第九折

陳三は馬をとゞめて、今来た道の方を指して行人にたずねた。その家は黄氏の屋敷である。その娘は黄氏の五番目の娘である。世の中で一番美しいと花朝《かちょう》の日以来、潮州城の人々が噂する娘である。——行人はそう答えた。そうして確に、黄五娘《こうごじょう》こそ世の中で一番美しい娘である！　陳三は手綱と一緒にあの地上に投げられた茘枝の実をしっかりと把《にぎ》った手が汗ばんで、心臓が高くとどろくのを感じた。

こうして陳三は世の中で一番美しいと言われる娘、黄五娘を見たのである。

第十折

黄五娘の家には代々伝わっている家宝の古鏡《こきょう》がある——陳三は、宿にかえって再び黄五娘の噂を聞いた時、この鏡のことをも聞き知った。何気なく聞きすてた鏡のことが陳三に一つの思いつきになった。その鏡にことよせて、陳三はせめてもう一度あの少女を見ようと云うのである。さまざまに考え明した一夜ののちに陳三は宿の下僕《しもべ》を呼んだ。そうして彼の立派な袍《ほう》と褥《じょく》とを脱ぎすてて、其上に馬掛《ばけい》まで添えてこの貴公子の着物を、宿の下男のふだん着と取り替えようと申込んだ。

第十一折

ある朝。遠いところから歩き廻って来た工人だ――家代々の秘法を伝えた鏡磨《かがみみがき》だと名乗る一人の若者が、黄氏の家に来て秘蔵の古鏡を磨きたいと乞うた。彼は永い初夏の日を緑の光を透きとおす芭蕉の葉蔭で一日中丹念にそれを磨いた。夕方になってやっと磨き終って奩《れん》に納めようとした時に鏡は奩とともに石甃《いしだたみ》の上に墜ちた。奩は幾つかに砕け、鏡は鵲《かささぎ》の翼に沿うて二つに破れた。工人は誤ってとり落したのだと言った。実際、工人の言うのは嘘ではなかった。何か不可解なはずみがあって、この決して砕ける可《べ》くもないものが砕破したのである。人人は罵り叫んでその工人を責めたが、最後に主人が出て来て、一たいどんな方法でこの貴重な宝の代《しろ》を支払うつもりかと詰《なじ》った。「仕方がない。」陳三は思いがけない出来事のうちに思いがけない知恵が湧いた。「私にはもとよりそんな大した銀はない。私はただ自分の身の代でその償いができるだけである。私は何年でもこの鏡の代を支払うに足るだけの年月を、この家の奴隷になって働こう。」見なれない工人は潔く即座にそう言いきった。そうして何故か頰に微かな笑を含んだ顔を上げて「私は身をもって、この鏡に優るとも劣ることのない鏡と鏡奩とを当家に贈ろうと思う。」そう言い足して人人を見まわした。

この騒ぎを人かげに隠れて見て居た五娘は、この時初めて若い工人を見た。眩しいものを見た時のように瞬きした。この工人はどことなく、昨日、自分の家の門前を自分の絃に合せて歌って過ぎたあの馬上の公子にそっくりだ。五娘は訝《いぶか》しい事に思うと同時に、或は昨日のやさしげな公子の姿がまだ目にのこって居て、この工人までがあの公子に見えるのではなかろうかとも疑った。

第十二折

鏡磨の若い工人は、そこで、黄五娘の家の奴隷になった。五娘は、その日からこの奴隷のことが何となく気がかりで深窓のかげからたえず彼を注視した。又、彼をそういう風に注視する機《おり》はいくらもあった。何故かというのに、この奴隷の方でも亦たえず五娘の目にふれようと望んで居るらしいからである。そうして五娘は、遂に確にこれはあの馬上の若者に相違ないと信じ出した。

「私は身をもって、この鏡に優るとも劣ることのない鏡と鏡奩とを当家に贈ろうと思う。」こう言ったあの若者の言葉とその時の微笑とを思い浮べて、さかしい五娘にはすべてがわかるようにも思い、またそれは思いすごしのようにも考えたりした。鏡奩を人に贈るということは、婚約をしようという事だからである。五娘は彼を怪しい奴隷だと思う。けれども好もしい奴隷だと思う。

五娘はこれらの事をもとより誰にも洩しはしない。たった一人、五娘の召使とも友達とも言うべき益春《えきしゅん》にだけは打開けたい気がした。

第十三折

益春は洪氏を名乗るものであるが、幼い時身なし児になって黄氏に養われた。五娘とは姉妹のように育って来て、生れながらの姉妹よりももっと仲がよかった。五娘も益春も同年で、今年十五であった。この益春も亦なかなかの美しい娘であった。五娘は金のなかに嵌《ちりば》めた紅玉のように、益春は銀のなかに嵌めた青玉のように美しい。五娘を妖艶《ようえん》というならば、益春はどうしても冷艶《れいえん》と言わなければなるまい。五娘の美しさには地上の豊かさがあり、益春の美しさには天上の静かさがあった。五娘の美しさのなかには人をそそり人を酔わせるものがあり、益春の美しさのなかには人を醒《さま》させ人をひき入れるものがあるように思えた。それ故に、人によっては五娘よりも益春の方がもっと美しいとも言うであろう。或はそう言う方が正しいかも知れない。この益春が五娘の召使になっているのである。

それに就いては一つの挿話がある。

第十四折

五娘も益春も同胞《きょうだい》のように育って来て、互に相手の美しいのを愛し合ったが、二人とも年ごろになるに従って互に相手の美し過ぎるのが気になり出して来た。お互に、どうかすると自分よりも相手の方がもっと美しく見え出したからである。

「私とあなたとは一たい、どちらが美しいのでしょう。」或日無邪気な益春はとうとうこう言い出した。

「いずれあなたの方が美しいに違いない。しかし、それは私たち自分ではわからない事です、誰かほかの人、沢山の人たちから見てもらったのでなければ。」こう五娘が答えた。

こんな可憐な問答の末に二人は、花朝の日を卜《ぼく》してそれぞれに城中を歩いて、道行く人たちに二人のうちのどちらが一層美しいかということをきめて貰《もら》おうということに決した。そうして娘たちは冗談のように自分たちの一生を賭けた。この競争に負けたものは、一生、勝ったものに仕えよう。——二人は仲がいいのだから一生離れまい。そうして勝った者は勝った自分の愛する者を好きに択んで、或は択ばれて、自分の夫にしていい。負けた者は勝った者とその択んだ男子に仕えて、勝ったものの夫の第二夫人になろうというのであった。

第十五折

花朝の日が間もなく来た時に、五娘が言った。

「さあ。この間の相談を実行しましょう。それでは先ずあなたからさきに街を歩いていらっしゃい。」——この言葉にはさかしい五娘のたくらみがあったのである。

益春は五娘の言うがままに新らしい装を凝らして街を歩いた。群集は老幼も男女も皆、益春を見て立ちどまった。蜃気楼を見るように目を見張った。ふりかえって見送った。若者たちは囁いたり、叫んだりした。

「どこの娘だろう。」

「世にも美しい娘だ。」

「ほんとうに美しい。」

「あの赧《あか》らめた顔を見い。」

「この娘は何の花であろう。」

第十六折

「さあ今度こそ私の番です。」

自分の聞いたとおりを伝える益春の言葉などには耳をかさずに五娘が言った。

「そのあなたの著《き》て行った著物をお貸し。──二人とも同じ著物でなければ不公平だから。」

──この言葉にもさかしい五娘のたくらみはあったのである。

五娘は益春の著ていた淡紅の衫を著て街へ出た。群集は老幼も男女も皆、この淡紅を著た娘を見てもう一度立ちどまった。人人は叫んだ。

「やあ、さっきのあの美しい娘がまた通る。」この声と一緒に、五娘はにこやかな顔を上げて人人を見まわした。

「いや違う。さっきの娘ではない。」

「さっきの娘ではない。だが何という美しい娘だろう。」

「そうだ。さっきの娘にも劣らない。」

「寧ろもっと美しいくらいだ。」

「もっと美しい。」

「もっと美しいとも。」

五娘は世に最も小さな二つの足でよろめきながら、春日のように遅々たる蓮歩《れんぽ》で簇《むらが》る瞳のなかをゆっくりとくぐり抜けた。自分の予期したるとおりの言葉を浴びてほほ笑みながら。

第十七折

潮州城中の人人は、その日、今年の花朝には歩く花のまぼろしを二度見たと噂をした。或者は、さきに歩いたのは秋花の精であり、あとから歩いたのは春花の精であるとも取沙汰をして喜んだ。この人たちは斬新な空想もないのに徒《いたずら》に世の常ならぬことをいうのを好む人人であった。

第十八折

五娘は群集の心持をよく知っていたのである。人間というものは言葉に釣られるものだということをも勘づいて居たのである。先ず、五娘は同じ著物で益春——一旦人人の注目を鍾《あつ》めて来た益春のように装うて人目を引いた。益春と自分とを比べさせようとした。さきに一度、益春を讃《ほ》めた群集はすぐそのあとに現れてしかもその美しさを何れとも言いにくい五娘を、益春と同じ程度に讃める為めには、つい、実際以上に言葉に力を籠めざるを得ない——

「この方がもっと美しい」と。

さかしい五娘はそのさかしさで人の心を捉えた。五娘は「世にも美しい」「ほんとうに美しい」益春よりも「もっと美しい」ものになった。こうして五娘は益春に勝った。素直な益春は笑いながらあきらめて、いずれは養われた身ではあり、満足して五娘の召使になっている。

心驕《こころおご》りのした五娘はその為めに一層美しさを増した。心の卑下《へりくだ》った益春はその為めに一層美しさを増した。各、日々に。

第十九折

益春のこの美しさは新らしい奴隷の目にも映ぜずには居なかった。時には五娘よりも、何の粧《よそお》いもしていないこの召使の方がもっと美しいような気持がした。しかし若者はそう思うたびに、はっと気がついて、五娘に思いをかけて此家に来ながら、益春のことを考えることのある自分を貞操のないものと考えて恥じて居る。この若者は一本気な男であった。その上に、気を負うた彼は、いつも顔を会《あわ》すことの出来る召使の益春よりも、奥深い窓の陰に僅に見ることのできる五娘の方に多くの夢をよせた。それを得なければならない心持が切になる。出来にくそうな事がしたかった――凡人の幸福を願っているこの若者は、どうも凡人らしくない性質を具えて居たように見える。

第二十折

「どうぞ、私の星よ。私に世の中で一番美しい娘を私の妻として授けて下さい。又、その妻の腹に宿って出来る私の子を世の中で一番えらい人にならせて下さい。」

陳三は、人にかくれて自分の星に、今でもやはり同じ願事を祈った。以前よりももっと切なく祈った。

第二十一折

荒くれた卑しげな奴隷たちに雑《まじ》って、同じ荒くれた卑しい仕事をしていながらも、鏡磨きであった奴隷には確に褁《つつ》んでも褁みきれない品格があった。それが益春にも感じられる。柔かな目つきで益春は、秋の入日のなかに幾人もして重い石臼を曳く人人に雑った骨組の華奢な奴隷を、いたいたしそうに見る。

第二十二折

五娘はまた、あの怪しい若い奴隷をいつまでも何となく気にかけていて、冬の夜がたりに、益春をつかまえてはその若者の噂をしたがるのであった。五娘が言うには……どうもあの奴隷は唯の身分の賤しい若者ではない。——鏡磨の工人にしたところであまり品がありすぎる。——何かわけのある人に相違ない。——というのは、実は自分はあの人が大きな馬に乗って真珠のように白く光る袍の上に空色の馬掛を著飾ってこの家の門の前を通って行くのを見たことがある。——それは夢まぼろしのような話ではあるが、決して夢や幻ではない。この初夏のころのことであった。そう、五娘はまのあたりに今それを見つづけているかのような目差《まなざし》で話しつづけるのであった。

第二十三折

このような月日のなかに、益春は嬉しいような悲しいような、切ない立場に置かれている自分にはっきりと気がついた。というのは心ひそかにいたいたしいと思っているあの華奢な奴隷といつからか物かげで口を利くようになったかと思うと、その人は益春に向って五娘の恋しさを打明けた。「お前がなつかしい」と囁いたのではないのである。

益春はひとりで、よく、いつか五娘と冗談のように取交したあの一生の約束を思って見る。そうして奴隷というにはあまりやさしすぎるあの人が、ほんとうに五娘の言うとおり、何か身分の高い公子であってくれればいい。いや、それほどえらい人でなくとも第二大人ぐらい持てる人であってくれればいい。おお、あの人が真珠のように白く光る袍の上に空色の馬掛を著飾って……、大きな馬に乗って……。それが目に見えて来るようだ。五娘はその立派な公子の夫人になる。それから、それから、自分はせめて第二夫人にでもいい。その公子の妻になりたい。それともあの人は自分の事などはどうせ何とも思ってはくれまい。——益春は冷たい牀《とこ》の中で、熱い溜息をつく。そうして体が顫《ふる》える。膚の寒さのためであるか、心の熱さのためであるか、それは彼の女自身にもわからない。益春は誰に向っても一言も洩しはしない。益春はやるせなさを蓄えて置いた。

第二十四折

五娘は嬌羞《きょうしゅう》によって、益春は清愁によって、ふたりはそれぞれに益々美しくなった。天から美しさを恵まれて居たこのふたりは、何につけてもただ美しくなるばかりであった。

第二十五折

とうとう、益春は、あの奴隷からの言葉を五娘に伝えなければならなくなった。

「私は、いかにも、去年の六月にこの門前を馬で通った。——私は私の星の命ずるままに五娘を見出したのである。——私は泉州城外の英内の陳というものの第三男である。長兄は両広巡察使である。次兄は去年、両広総督になった。私には、然し、何の官位もない。

――但、私の今の唯一つの願は人間というものはどれだけ深く妻を愛することが出来るか、また妻からどれだけ深く愛されることが出来るか、私はそれを自分の身で知りたいだけである。私は神仙を望まない。人間の幸福が欲しい。――私の故郷には五落の家がある。私の心には五娘を慕う一途な心がある。私は今こそ人伝《ひとづて》でなくそれが言いたい。」こう彼の奴隷は益春に言った。

益春は五娘にそう伝えた。

五娘は顔を隠して、余韻のように顫える細い声で益春に言った「あの人と逢おう。」

第二十六折

益春は、自分の意中の人を、ひそかに、自分ではない娘の房の扉に導いて置いてから、彼の女はひとり床に伏し倒れた。倒れて泣いた。その次の日の朝は、陳三も五娘も益春も、互に、目を伏せて相手の瞳を避けた。益春は苦しく、怖しく、悲しく。他の二人は苦しく、怖ろしく、嬉しく。

第二十七折

僅に数日の間に、益春は永い喪に服した人のように痩せ衰えた。心がうつろになって、一日が一月のように永い。ただ影のように静に召使の仕事に動いている。吻《ほっ》と吐息をして窓から、咲誇ったさまざまの花を視て見る。益春の気に入る花はもう一つもない。皆、去年の春の花とは違っている。ぼんやり見つめていると涙が目にたまって来た。その益春の肩へやわらかにしかし不意に手をかけて、五娘が低い声に力をこめて言う――

「春が来たのに、どうしてそう悲しいの。悲しまなくてもいいのです。あなたはあの方の第二夫人になるのだから。私は去年の花朝の日の約束を忘れはしません。」

益春は訝しげに振返って五娘の顔をしげしげと見た。大きな蝶が庭から迷うて来て、五娘のかざしている金色の花に戯れて去ったのを、益春はうつけたように見送って、何もないところをじっと見た。

第二十八折

若しそう言ってくれたらどんなに嬉しかろう、とそう思って時々自分で自分に囁いて見るその通りの言葉を、今、益春は聞いたのである。空頼みにふと考えてみるのと寸分も違わない言葉を聞かされて益春は自分の耳を信じない。この言葉が怪しくないなら、益春の住んでいる天と地とそのものが怪しい。漸くして、しかし、この言葉を言ったのはほんとうに五娘で、またその五娘は本気でこれを言ったのだということが益春にも信じられるようになった。そうして五娘がもっと詳しく話し出した時に、益春には出来事がもう一層夢としか思えなくなる。――五娘は、今、陳三につれられて泉州へ行こうと決心して居るのであった。はげしい愛慾にひかれて、この情熱に富んだ娘は、父の家を惜しげもなく出て行こうというのであった。益春にはこの養われた人の家を見捨てるのさえなかなか躊《ため》われるのに。……

第二十九折

「こうなれば一日も早く家出をしよう。その上で更《あら》めて私の家からあなたの家へあなたを貰いに行こう。それより外には方法はない。――でなければ、年とった人人というものは気の毒にも疑い深くて、この奴隷を、自分の娘を与えるに相応した若者であろうとは、容易に信じてはくれまい。――さきの日に家の宝の鏡を壊した時にやっと命を助けられた私は、今それ以上の家の宝であるあなたを盗んだことが知れたら、今度こそは殺されるであろう。――奴隷には娘はくれまい。けれども英内の陳の家にならばきっと拒むまい。――どうしても私の妻になってくれようというのなら、早く私と一緒に逃げてくれ。――道は長いが危くはない。私は来る時に通って来てその安全なのをよく知って居る。――私は路銀にと思って金と銀とを土中に埋めて置いた。――私と一緒に行こう。――愛があるならば疑うな。」きのうの夜、陳三は五娘にそう言った。五娘は言葉どおりに陳三を信じた。しかし五娘はひとりでは、たとい思う人と一緒にでも、そんな遠いところへ行くのは心細い。五娘は益春にも別れたくはない。また益春と二人の方がまだしも年とった母が安心する。益春のことを、五娘は陳三にも話したのである……「……だから、さあ私たちと一緒に行きましょう。でも万々一、あなたが行かなければ私はひとりでもあの方について泉州へ行く。」五娘は益春にそう言った。

五娘がそう言うなら、陳三がそうしなければならないのなら、益春だってやはり泉州へ行こうと思う。益春も五娘には別れたくない。それよりももっと陳三に別れたくない。「おお、私もつれて行って下さい。」瞳をかがやかせて益春は囈言《うわごと》のように呟いた。

第三十折

「とうとう明日になったの。」五娘は、或日、益春に囁いた。「私たちは、あの方も私もあなたも、明日の朝まだ夜の深いうちにこの家を出て行くの。」五娘は沈みがちな声に元気をつけて「あの方は、おとなしいそれでいて足の疾《はや》い馬を手に入れて置いて下さる。それから私もあなたも……」五娘はさも無邪気に笑って早口に「私もあなたも男の著物を著るのですって。そうしなければいけないってあの方がそう言うの。」男の著物を著る話は、内気な益春の顔を赧くさせた。

籠中の玉燕がふと朗かな声を揚げて囀《さえず》り出した。何となくじっとしてはいられない五娘は、気まぐれのように手を差しのべて籠の口を開けた。玉燕は驚いて歌をやめたが、とまり木の上でしばらく考えてから、怯々《おずおず》と籠の口へ出て見る。それから軽く飛んで、この愛育されて人に慣れた黄色い小鳥は欄干の上に来て短く歌ったが、五娘が手を振った機《はず》みに我を忘れて飛び立つ。――程遠くの花の一ぱいある樹のなかにかくれた。

「でも、もう明日から餌をやる人はいないのだもの。」五娘は空になって微かに動いている象牙の鳥籠を見やりながら、誰にむかってともなく申訳らしくこう言って、立って欄干に凭《よ》った。益春も同じように立って五娘と肩を並べた。「この走馬楼が、私のはじめてあの方を見たところなのだ。」五娘はしみじみとひとり言を言った。さて、ふたりは暫く首を垂れてものを思うた。

第三十一折

三人はやっと城門まで来た。冒険者たちは一言も口を利かなかった。もし、固く温く握られている手を感じなかったら、ふたりの娘たちはこの闇のなかを自分たちをぐんぐん引っぱって行く者が、ほんとうにあの恋しい人かどうかを疑ったかも知れない。それほど不気味に誰も口を利かない。城門を守る男は、この三人を見るとやはりものを言わないで、扉をきしらせないように用心して門を隙《あ》けた。この男は昨日の夕方、見なれない若い男から、夜中にそっと門を開ける約束で懐に重いほどの銀を貰っていたからである。城門からすり抜けた時になつかしい声が始めて言った。「安心をおし」それから多少歩みをゆるめて言いつづけた。「ごらん」北の空の一方を指ざして「あれが私の星だ。この間からあして三つ並んでいる。それに、今夜はちょうど私の故郷の方角にある。」それからまた押し黙ってややしばらく歩いた。「待っておいで。ほんの暫くだから。馬が来ている筈だ。」彼はそう言い置いて急にどこかへ駆け出した。

第三十二折

一人は交々《こもごも》手をとって二人を馬に乗せる。馬は三頭である。「大丈夫だ。ただ手綱をしっかり握って!」二頭の馬は先駆について、そのとおりに走る。先駆は軽快な騎手である。さて後から来る二頭のために細心な注意を怠らない。それ故、不慣れな二人の騎手としては最大の速さで走る。自然に走る。且、この馬は戦に使う為によく馴練《じゅんれん》された馬である。二人の無頼な兵卒がやっと盗み出して北門外の一番大きな龍眼肉の樹の下で待受けていたのである。売り手は「これこそ大月氏国《だいげっしこく》から来た汗血の馬だ」と言い張った。分秒を惜む買い手は、この三頭の為に両手に一ぱいの銀をせびられた。その三頭の馬が走る。――晩春の曙の空の下を。――足並をそろえて。昨日までの騎手にくらべては嘘のように華奢なものを乗せて。――夜が白んで光うすれて行くあの三つの星の方へ。

第三十三折

五娘の家で、あの無口な気の置ける奴隷がいなくなったことを、外の奴隷たちが気づいたころには、三人は既に城外百里のところにあった。その奴隷と一緒に五娘も益春も居なくなったことを、家の人たちすべてが気づいたころには、三人は既に城外二百里のところにあった。そうして今日のうちにもう五十里行けばいいものとして、馬の歩みをゆるめた。――五娘の家では、娘たちは人買いの船に乗せられたものと思い込んで歎いた。五娘の母は罪をひたすらに益春に帰した。

第三十四折

三人の騎馬旅行者は、工夫を凝らして人目を避けているのに、どうも人の目につきやすかった。一人は黒い袍を他の二人は藍の袍を、いずれも普通の服装をした少年たちであるのに、それがどうも行き逢う人に目を注がせる。立ち停らせる。振り返らせる。何故かというのに馬上の三人はこんな地方で見ることの稀な美少年たちである。就中《なかんずく》、年の若い二人は、その手綱を大事に握った手の指一つ見ただけでも、どうも女にまがう程だからである。

彼等はとうとう怪まれた。今日は漳州《しょうしゅう》で泊ろうという日に、一隊の兵卒が彼等を捕えたのである。世は乱れ始めて居た。良民を保護することに名を藉《か》りて、寧ろ彼等を苦しめるために武器を持っている兵卒たちは、以前から土著の民に迫っては酒肉を得、羈旅《きりょ》の客を脅しては金銀を掠めていた。公認された土匪《どひ》のような輩であった。——一年前に総督の一行としての陳三を迎えた時には、正しい軍律を装うて、且、地方の平安をよく支えているように見せていた。そうして陳三は、世間しらずにも、道は長いが危くはないと信じていたのであった。然るに今、総督の一行ではない陳三は捕えられた。

第三十五折

男装した娘たちは白日の光のなかで素裸にされた。兵卒どもは、うつ伏せになって戦慄している二人の娘の青く透くほど白い腰の細さを貪り見比べた。路銀は預って置くと言って取り上げられた。それから、これは厳しく取調べなければならない奴どもだと宣言された。

「今に後悔するぞ！」

陳三は牢屋のなかへ投げ込まれながら、そう叫んだ。然し陳三の心のなかにこれと言って方法があったわけではない。唯あまりの口惜しさに叫んだまでであった。けれども、この威を持った一言と二人の美姫と三頭の良馬と、それに予想外に巨額な路銀とが、兵卒どもを無気味にした。ただの旅行者ではないと思わせたからである。若《も》しさもなかったら、この獣に類した兵卒どもは、あの昼間貪り見たものの幻にそそられて、二人の娘たちを深夜牢屋から牽き出したことであろう。

第三十六折

「ここに居る者は、莫大な金銀財宝と容色ある少女二名とそれに馴育《じゅんいく》のとどいた軍馬三頭とを盗んだ強盗でございます。軍馬を盗む程の奴ですから余程のしたたか者に相違ありません。罪科は明白ですがまだ白状を致しません。何れ拷問に掛けようと存じましたから、足枷《あしかせ》と手械をさせて置きました。若い女どもも兎も角も一緒にここに置いてございます。これは二人とも足械だけさせて置きました。」

こう獄吏が説明をして鄭寧《ていねい》に一揖《いちゆう》すると、一隊の整列した兵卒たちに護せられた官位の高そうな役人が一人、檻房のなかを覗き込んだ。いかにも、うす暗い房の奥に一かたまりの黒いものが動いていて、それが三人の人間らしかった。囚人たちは何事であろうかと今更新らしくふるえて檻窓の外を注視した。えらい役人はただ頷いてゆっくり一歩あるき出した。

「兄《にい》さん！　待って下さい。兄《にい》さん！　私《わたし》です！」

「あまり囚人を虐待してはならない。――ここにいる者は気が違っているのか。」

えらい役人は獄吏の方をふり返って言った。

「いゝや！　私《わし》じゃ。兄《あに》さん！」

囚人はもう一度叫んだ。――実際、狂人のように。えらい役人は立ちどまった。懐かしい故郷の訛に耳を打たれた。耳のひゞきが顔色を動かした。しかしえらい役人は獄吏の何か答えるを聞き流しながら騒がずに言った。――「何しろ、この囚人を私は一度よく見よう。」

第三十七折

「今に後悔するぞ！」そう偶然に言った陳三の叫びは、全く偶然にも実現された。このえらい役人は、疑うべくもなく陳三の長兄であった。彼は広東の任地から特別な任務でやはり巡察使として、乱れているという噂の最も高いこの閩海《びんかい》の地方へ突然来たのであった。

久しく相見る機のなかった彼等は、長兄は次弟の面影から末弟を信じ、末弟はまた次兄の面影から長兄を認めた。彼等は泉州の言葉で半時あまりも語り合った。既に壮年を越えた長兄は、年若き末弟が正直に告げたところを聞いて、その情痴《じょうち》を憫《あわ》れんだ。そうして彼の愛する弟の望みを果させてやりたいと思った。日を期して彼自ら潮州の黄家を訪ねようと言った。――その古鏡に優るとも劣ることのない鏡と鏡奩とを求めて黄家へ贈らなければなるまいとも言った。――昨日の囚人は今日の貴賓であった。五娘と益春とはもう憚るところなく髪を梳《けず》り、簪《かんざし》を飾ってよかった。昨日彼等に辱《はずかしめ》と罪とを与えた者どもは今日自分でその辱と罪とを受けなければならなかった。

第三十八折

「どうぞ、私の星よ。私に世の中で一番美しい娘を私の妻として授けて下さい。又その妻の腹に宿って出来る私の男の子を世の中で一番えらい人にならせて下さい。――あなたはもう私の祈願の半分を聞きとゞけて下さったように見える。尚も、私を恵んで私の祈願を完うさせて下さい。私にどうぞ、人間らしい幸福を授けて下さい。」

陳三は、長兄との伝奇的なこの邂逅のあった夜、彼の星にむかって彼がその守護を得ていることを深く感謝した。そうして彼はいつもより熱心に永いあいだ跪いた。さて、恋を思いながら星に埋った蒼穹《そうきゅう》を仰いだ陳三は、人間のあまりに微小なことを感じ、しかもその微小な人間の微小な胸の底にも亦一個無限の星辰を鏤《ちりば》めた蒼穹が宿されているのを感じた。それ故に人間と生れたことは実にはかなく切なく、然《しか》もさればこそ生甲斐がある――陳三はこのような感に打たれながら、彼の目を星そのもののように輝かせた。

陳三の星を教えられ、さてその左右に並んでいるところの星が各々自分のものであることを信じた五娘と益春とも亦、窓をとおしてその星を拝みながら、ひそかに祈念した。

「どうぞ、私の星よ。私が私の夫によって生涯深く愛せられるように私をお守り下さい。」

彼の女たちの願事は期せずして一致した。世の中のすべての花嫁たちがそうでなければならない如く。

第三十九折

悲しみのなかにあって楽しかった日を振り返るほど堪え難いものはないと謂う。然も悲しみのなかにある者は、せめては楽しかった日を振り返らないではいられない。

五娘はいつの間にか、徒らに今日の憂悶を新らしくするために空しく昨日を思い耽る人であった。月日は何の為に去るのであろう。新らしい幸福を齎《もた》らす為に新らしい月日が来るのでなかったならば、どうして幸福の満ちて居る瞬時に羲和《ぎか》氏の車は駐《とどま》らないのであろう。――「いやいや、私には決して幸福を齎らす羲和氏の車ではなかった。掠め去って行く車だった。その車が益春には山のように堆《うずたか》く幸福を積んで来た。あれほど愛し合った思いや、その幸福は消えて今日どこへ行って仕舞ったのであろう。」五娘はそう怨みながら飛び去った一年半の月日を見る。怨みながら夫の陳三と第二夫人の益春とを見る。怨みながら黄昏のうちにあの三つ並んでいる星のうちの一番光のうすいものを見る――「あの時、あの一生のうちで一番うれしかった時、あの星に祈った私の願事は聞かれてはいなかったのか。」五娘はそう思って目ぶたが熱くなり長い睫毛のふるえる目をしばたたいた。

第四十折

「それにしても夫の愛が――あれほど深かった夫の愛が、いつからどうして益春の方へうつって行ったろう。」五娘は自然と明瞭であるこの問を、幾千度となく自分の心に繰り返す。五娘は憂さを紛らそうとして機《はた》にのぞんで、しかし長く織る手をやめて、その代りに梭《ひ》のように休みのない思いで心に悪い布を織っている。「夫の愛は、嫉ましくも益春が夫の子をその腹に宿したその夜からに違いない。どうして自分には夫の子が宿らないのであろう。自分には夫の寵愛も尠《すく》なければ天の寵愛も無いのだ。――それにしても、守るにも及ばない戯れの約束を思うて、自分の夫に益春を第二夫人として薦めた自分が怨めしい

——あの時の自分はあり余っている幸福を、悲歎の底にいる益春にも少しは分けてやりたかったのだ。それがそっくり持って行かれようとはどうして思おう。それにしても、怨めしいのは軽薄な情をもった夫である。いやいや、夫はやはり恋しい人だ。怨めしいのは何と言っても益春である。あの時の恩を思い出そうともせずに夫の愛をひとり占にして、果は心が高ぶって自分を憫れむべきものか何かのように、時々気の毒そうな目つきで偸み視ている。自分にははっきりとそれがわかっている。」——気の毒にも、五娘は幼くから幸福のなかで温室の花として養育されて、それ故順境に置かれればいくらでも優しくなり得る代りには、世に寒さのあることを知らずに、逆境には脆くひねくれ易く生れて来ていた。

第四十一折

益春は恋しい人の子が自分の体のなかにあることを考えると、ぞくぞくするような嬉しさが湧いて、これほどまでも深い嬉しさをくれるその人を一層恋しく思う。もともと素直な心が更にやさしくなる。夫の愛が自分に厚いのを感ずるうれしさと一緒に五娘には済まないと思う、陳三を説いて屢々《しばしば》五娘を愛させようとする。しかし、陳三にはどうしても五娘の房の秋はうすら寒く灯がしめっぽい気がする。五娘は陳三を見ない夜にはその恋しさを多く思うのに、陳三を見る時にはつい胸一ぱいに閉じ籠っている怨言の方を先に言う。

その尽きない怨言のまだ終らないうちに夜が明ける。そうして何故この恋しさの方を言わなかったろう、このつぎにこそこれを言おう。次の日には日ねもすこう後悔する。しかしやはり又の夜には怨言の方をさきに言う。気の弱い陳三は五娘をも悪《にく》んでは居ないだけにその刺《とげ》のある言葉が聞きづらい。そうしてそれをあの沁み出るような益春の優しさに比べて見る。それに心の嶮《けわ》しくなった五娘は前ほど美しくない気がする。そうして五娘を慰めてかき抱きながらも心は、愛と望とに美しく奥深く光っている益春の黒い瞳をばかり思っている。一たび礎のゆるんだ家は傾く。傾いた家はその倒れかかったもの自身の重さでだんだん崩壊しようとする。そのように五娘と陳三との互の愛はくずれそうに見える。琴《きん》は張り過ぎている。瑟《しつ》は弛んでいる。五娘はとだえ勝《がち》な蟋蟀《こおろぎ》の声に悶えながらさびしさの極って眠ることのない夜の考えで、陳三がまだいくらかでも自分を思っていてくれる心があるかどうかを、試して見ないでは居られなくなった。証《あかし》を求めないではいられない愛は苦しい。

第四十二折

或る夜明けに、陳三は益春の房から出て五娘の房を訪れた。前の宵の五娘との約束を果さなければならないからである。陳三は五娘の牀の帳を押し明けた。訝しい事には五娘はそこに居ない。ただ枕もとに、その上へ金簪を置いた一通の手紙があった。残燈のほのかな白さのもとに、陳三はふるえる手でそれを開いた。驚いて、彼は扉を排して出た。まだ暗いことに気がついて燭を秉《と》って再び出た——庭の井戸へ。五娘がそこへ身を投げると書き遺したところへ。石だたみの上には赤い小さな屣《くつ》が片一方ある！　五娘のものだ！　陳三は燭を高く斜にかざしてその下から井戸をのぞき込んだ。黒く屣の形が一つ、灯を金色に映じた水の円いなかにしょんぼりと浮んでいる。水は重たく静まっていた。陳三は燭を石の上に置いた。それから石の上の屣を拾った。赤いうえに蔓草とそれの花とが黒く縫い飾ってある。——これこそ、あの第一の晩に五娘が帳中で穿いていたものである。陳三はもう一ぺん井戸のなかを見る。そこには静かな黒い水の面に星が一つ天から影を落している。つくづく見るとそれが陳三自身の星である。

「五娘！」

陳三は叫んだ。星影を映した深い水が彼をおびき入れる。よろめいて彼は墜ちた——突きのめされるように、又狼狽して足を踏み外したように。

短い叫び声が井戸に近い穀倉から鋭く叫んだ。しかしそれは人を呑んだ黒い井戸の吼《ほ》えるような響で消された。

陳三は苦悶のうちに水面から擡《もた》げた頭の真上に、彼自身の星を最後に見た。——その星だけは、どんな激しい感情が陳三を井戸のなかへ追い入れたかを、或は知っているかも知れない……

第四十三折

井戸のそばには、遺された燭の灯が大きく揺れながら燃えている。穀倉のなかからよろめき出た人の影は、この燭の灯に照された時に幽鬼のように蒼ざめた五娘であった。その五娘は井戸には目もくれないでよろめき走る。よろめき走って彼の女の房へ行く。彼の女は筆をとって書く。その意味は——私は私の浅はかな智恵から夫の深い愛を量ろうとした。私は死んだように見せかけて夫の悲歎がどれほどだかためして見ようとした。そうして私は私の夫を死なせた。あなたの夫を死なせた。あなたの子の父を死なせた。みんな私の曲った心と浅い智恵とを許していただきたい。あの方には今から陰府へ行ってお許を乞うつもりです。——それは陳三を驚かせ死なせた佯《いつわり》の遺書ではない。真実のものである。益春に宛ててあった。

遺書は紫檀の鏡台の上に見出されたが、その鏡台の螺細玉《らでんぎょく》の唐草模様が「富貴多子《ふうきたし》」であったのも哀れではないか。

第四十四折

燃え尽きて蠟涙《ろうるい》のこぼれ伝うた銀の燭台が井戸ばたに置れてあった。陳三と五娘との屍が水の底から上った。屍と一緒に五娘の履が二足あった。益春は書き置を見ても五娘を庇うつもりで多くを人々に語らない。人々は同じ時に同じ処で死んだこの若い夫婦を且つは怪しみ且つは悲しんだ。この二人を同じ一つの椁《うわひつぎ》に納め同じ一つの穴に葬って同じ一つの墓を建てた。墓畔には相思子を植えた。

第四十五折

益春は夫に殉じて死ぬることは容易で、ひとりで生きることとの却てむずかしいのを悟った。しかし益春は、腹のなかにうごめくものを考え、また夫がその死の前夜に偶然にも言った言葉を思い合せると、どうしても生きなければならない。夫は彼の女を愛撫しながら言った――「天の目からはお前こそ世の中で一番美しい娘で、それ故私のまことの妻だ。それならばこそ私の子は、私の祈願のとおりお前の腹に宿った。それは男の子に違いない。そうして後には世の中で一番えらい人になる子だ」と。それが今となって見れば益春には、何となくその腹にある子を守り育てよという夫の遺言のように思える。益春はもう直きに生れる子供をも見ないで死んだ夫を、夫の為めに悲しむ。子の為めに悲しむ。又、自分自身の為めに悲しむ。しかし夫を恨むことは尠《すくな》かった。「愛の薄くなっていた五娘の為めにさえあの方は死ぬることをした。私の為めにならば猶のことであったろう。これほど真実のある夫を持つことの出来た私たちは幸福であった。その方が今はもう亡い。そうして情ぶかいあの方は私がひとりででもさびしくないようにと思って、私には子供を遺して行って下さった。私はもともと身なし児であった。それに今ではあの方のおかげでここにこの通りに可愛いい子供がある。私はもうさびしいひとりぼっちではない。」益春は悲しい時にそう思うように努力した。そうして双《そう》の頬に冷い涙を細く流した。

第四十六折

陳三と五娘とに起ったこの不祥事を、益春の次に最も多く歎いたのはあの両広総督になった兄であった。彼はもう十年も以前に弟が星に祈った願事を偸み聞いた事があった。そうして彼から結婚の消息を得た時には、彼もその文中にあるとおり全く、弟の星への祈願が聞かれたものと思ってその幸福を祝したのに、今日その不慮の死を報じた消息を手にとって、ふと思い出されたのはやはりあの同じ夜に庭の樹かげで弟に言った言葉である――「仮りにお前が若し、悪運の星の下に生れて来ているとしたら、お前の熱心な祈願もそれをどれだけ善くかえることが出来るだろうか。」――それは実に何気なく口を出た言葉ではあった。しかし今になって思えば彼のその一言が讖《しん》をなしたかのようで堪えがたく悲しい。更に具《つぶさ》に事情を知った時には、その感が一層に深い。彼は以前に弟が日ごろどんなに人間らしい幸福を望んでいたかを知っている故に弟の死を思うては夜も昼も心がふさいだ。慰めがたい心を慰めようとする感情は自然と幾つかの哀詩になった。そのうちの一つに、次のような意味を歌ったものがある。――地の上に藍色の玫瑰花《まいかいか》が色咲かない限り、人の世には完全な幸福はない。ただ夢みることと信ずることとがある。これを悟らずに幸福を追及する者はみな絶望する。酔うて鏡花を追う蝶と信じて水月に憧れる猿とを私は惘れまない。常に夢みることの出来た弟よ、私はお前の痛ましい死を傷《いた》むまい。計《はかりごと》のある女の愛をさえ無上のものと信じたお前、お前こそは幸福を恵まれた人であった。云々。

第四十七折

益春の生んだのは男の子であった。この生れながらに父を知らない子供は、母の喜びであり同時に悲しみであった。益春は子供の笑い顔の上に屢々泪を落した。益春は喪があけても決して再び粧わない。しかし益春の美しさはそのために衰えることはなかった。そうして未だ年若い益春に向って再び夫を持つように誘う人は沢山あった。その都度、益春はいつも身の傍にある子を示して「この子の為めに」と答えた。そうしてその子はだん〳〵大きくなり、益春の悲しみも古曲のようにふるくなって行く。それは慣れては居るけれども奏でるごとに新らしい力で身に沁み徹る。そうして益春の志は挫けなかった。こんな貞潔な妻を持った夫は死後にも幸福がのこる、人人はそう言って益春を讃歎し陳三を豔羨《えんせん》した。その陳三の墓――同時に五娘の墓――には苔が蒸して、相思子はやがて若木になり、成育した木になった。その蔓《はびこり》を成す枝は栄えた。その淡紅の花はこの墓を四阿《あずまや》のように覆うた。秋が来ると、朝々に香華を供える為めに来る益春とその子との上に、莢《さや》から弾ぜた実が驟雪《あられ》のように落ちて来る。この紅豆はあの悲しい五娘の濡れた屣のように赤い。こうして益春のうえに月日が経つ、さびしくしかし楽しく。何故かというのに、彼の女の子供は早くから優れた智恵を示して益春に悲しい人の言葉をうれしく思い出させる――「後の世の中で一番えらい人になる子だ。」

第四十八折

日と月とは人間の為めに動くのではない。

人間の禍福などには一向冷淡な日と月とはただ彼等自身の為めに動いているのかも知れない。そうして彼等自身でさえその行方を知らないために、恒に不断の徂《ゆ》き来をつづけて同じ道をさ迷うているのかも知れない。それらの事を我々は一切知らない。ただ我々は日と月とが東から来て西へ去るのを見る。そうしてこの同じことが果してどれだけ度度繰り返されるか、それを人間は何人も、どんな方法ででも、数え尽すことは出来ない。ただ人間の出来ることはその無限の徂来をつづける日と月との下で、それぞれに、さまざまな思いで、刻々に生きてゆくこと——乃至は刻々に死んで行くことだけである。そうして、益春は彼の女の生甲斐としてその愛する子——死んだ夫の生きて育ってゆく思い出をしっかりと守った。この母の目にはその男の子は生育するに従ってだんだん彼の父にそっくりに見えるのも嬉しく悲しい。

第四十九折

益春の子は母の姓を次いで洪氏を名乗った。字は亨九《こうきゅう》と言い名は承疇《しょうちゅう》である。彼は万暦の中ごろに進士になった。この立身の喜と一緒に彼は気のくずおれた母を失って悲んだ。しかしその母はその子が「後に世の中で一番えらい人になる」ことを決して疑わないで死んだ。そう信じられた子は神宗《しんそう》、光宗、熹宗《きそう》、思宗の四代に仕えた。国は神宗の世を最後の盛りにしてだんだんと衰えて行くのではないかと思われる前兆があった。光宗はたった三十日、帝王であった。熹宗は七年帝位に居られた。それから思宗の世になった。そうして洪承疇は薊遼《けいりょう》総督であった。

第五十折

思宗は、或時、普通の人民の著物を著てこっそり宮殿から出た。そうしてそのころ評判のあった或る易者をたずねた。天子が口を開こうとすると、この有名な易者は不機嫌そうに手でそれを制した。彼は占われる人から一言も聞かないで占うというのが自慢であった。易者はさまざまな方法で占って見た上で先ず言った、

「お前は国家の事を憂えて私のところへ来たのだろう。」

そこで普通の民を装うている若い天子は、この言葉の横柄な易者が人の心中を見抜く力の鋭いのに感心しながら気軽るに言った——「そうだ。私は憂国の民だ。国内がどうも騒がしい。山西には賊が起ったと言うことだ。それに満洲の方の軍兵がじりじりと都の方へ近づいてくるそうな。才能のある人間は国よりも自分の才能を愛してその才能を全うしようと皆山へ隠れる。国の難儀を救おうとする人は少い。見なれない光の星が出たとも言う。天子の御心になればさぞ御心配であらせられるだろう。そう思うと我々まで国の前途が気になるのだ。」

「よろしい。」と易者が言う「国運は私が占ってやろう。さあ、今お前の思いつく文字を

言って見るがいい。」

「それでは」占って貰う人は暫く考えてから答えた「ユウと言う字だ」

「憂国の憂か。」易者は枯枝のような指で筆をとりながら言った。

「いや、いや。友情の友だ。」

易者は紙の上へ友と大きく書いた。そうして冷やかにひとり言を言った、「なるほど。反の字が頭を出しているな。」

「いや、いや。そのユウではなかった。」天子は慌てて打消した「私の言うのは有利の有だ。」

易者は二度目に紙の上へ有と大きく書いた。そうして冷にひとり言を言った、「ふむ大明が半分無くなるのか。」

「いや、いや。そのユウではなかった、」天子は慌てて打消した「私の言うのは癸酉の酉だ――来年は癸酉の年だから。」

易者は三度目に紙の上に酉と大きく書いた。そうして冷にひとり言を言った、「ふむ尊いお方が上も下も……はて、これはどういう事だろう、」易者は筆を捨てて、上眼で占われる人をじろりと見上げて言った――

「お傷わしい事だ。」

天子は、三つの文字が大きく書かれている紙の上へ銀を一枚投げ出すと、蒼ざめた顔と顫える声とを隠す為に何も言わずに急いで出て行かれた。こう呟き乍ら――悪い冗談だ。つまらぬ洒落だ。――だが、どうも気になる……

第五十一折

方方で起った流賊のなかで、最も勢力のあったのは陝西《せんせい》の男で、或る大きな馬賊の頭《かしら》の婿であった。この男は李自成と言った。政府では最初、彼等のことを癬疥《せんかい》のような病気だ――困ったものだが、どう広がっても命にかかわりはないと言っていた。それがいつの間にか盛んな勢力になっていて、癸酉の年には畿南、河北、湖広のあたりへ侵し入って来た。行く先き先きで火をつけたり物を掠めたりする。花婿を殺して花嫁を犯したりする。鳳陽を陥れた時には帝王の陵を発《あば》いて廟を焚き払った。陝西の地方は全く彼等のものになって仕舞った。彼等は西南方から都へ押し寄せようとして居る。政府では今更にびっくりして沢山の兵を召して彼等の方へ差し向けた。洪承疇をその大将にした。――この間に北の方からゆっくりと攻め上って来ていた満洲の軍兵は、国を名告《なの》るほどの勢力になって「清」と称し創《はじ》めた。この新しい国、清の天子はこのごろ自身で兵を引き連れて朝鮮の征伐をしていた。そうして洪承疇がやっと李自成を打払った頃には、清がもう都の間近まで攻入っていた。天子はもう一度、洪承疇に命令をして今度は清を伐たせた。天子は、「今の世の中で一番えらい人はこの人だ」と思って洪承疇を頼みにした。

第五十二折

大軍に逢うと直ぐにちりぢりに分れて、それが去るとどこに匿れていたものか直ぐまた四方から集って来る。これが李自成の軍隊の慣策であった。洪承疇が清と戦う為めに北へ行った間に、復《また》、河南で勢を盛り返した。そこで二人の王を殺して、その勢でふたたび都の方へ押し寄せて来る。李自成の軍のこの情勢を知った時に、清と決戦をするために陣中にあった洪承疇は気が挫けた。——たとい今ここで清のこの大軍を征服することができたにしたところが、その間に殆んど守のない都が陥ったならば何もならない。——寧ろ、この優れた軍勢を従えている清に一たん降って、仕方がなければ大明の半分を清に与えようとも、こうして国が全く亡びるよりは未だしもいい。——大明の半分を割くことを申し出て清と平和を結ぼう。清のために敗けよう。その代り清の援兵を得て流賊どもを平定しよう。そのうちには再び清と覇を争う日月も来るであろう。これが洪承疇の苦しい考えであった。そうして彼は清に降服した。洪承疇が破れたという風聞が都に伝えられた時、天子は彼はきっと国の為めに殉じたのであろうと信じた。そうしてこの人を失ったのは国が亡びたも同じことだと歎いた。天子は洪承疇の為めに祭壇を十六壇も設けて、このえらい忠臣を弔うた。しかし、死を決していながらも未だ死ぬことの出来ない洪承疇は、清の軍勢を導いて都を援ける為に急いだ。けれども時は遅かった。その間にもう李自成の軍が都を陥れていた。気の弱い天子思宗は心が怪しくなって玉階に近い柳の樹に自ら縊《くび》れた――「お傷わしい事だ」十二年前にそう言ってじろりと彼を見入ったあの易者の冷たい眼の光におびえながら。

李自成は安西に居て自分で王を称えて、この逆賊は国号を大順と呼んだ。

第五十三折

洪承疇はまだ死ぬことは出来なかった。彼は彼をそれほど信愛して居た天子が国に殉じたることを知って知らないふりをしている、何故かというに、彼は彼の天子の仇である李自成を討たなければならないからである。彼は清の大将の呉三桂のために大順を亡ぼす計をめぐらした。その謀によって李自成は九宮山という山中へ身をもって遁げ込まねばならなくなった。この暴虐な逆賊の大将は村民たちから追撃された。そうしてこの大順国の王も遂に自分で縊れて死んだ。洪承疇は今こそもう命を捨てていいように思った。然もやはり彼は死ぬことができなかった――ちょうど、彼の母が夫のために命をすてることの容易なことを感じながら生きなければならなかったように。洪承疇は李自成を討ったために清の軍に従うているうちに、心にもなく清の恩になって来た。清の軍兵のために彼は天子の仇を報い得たのである。そればかりではない。清の順治帝は洪承疇を見て乱世には珍らしいえらい人だと思った。さまぐ＼に説いて洪承疇を清に仕えるように勧めた。この苦しい知遇をどうしても辞退できなくなった時に、洪承疇は最後に言った「若し、私の願が聞いていたゞけるならば私は仕えましょう。」そうしてその願というのは、国を開いたばかりで未だ少しも定まって居ない清国の制度や法律を彼自身に定めさせて貰いたい、と言うのであった。実際彼には軍事上の才能があったように政治的の才能もあった。そうして洪承疇は清に仕えた。――国の名は代った。国を治めるものは代った。しかし治められるところの民は、私をあれほど信愛して下さった帝王の民と同一の民である。私は恥を忍んでこの先帝の民に仕えよう。この先帝の民の為に幸福な制度を設けよう。そう洪承疇は考えたからである。

第五十四折

洪承疇は日夜この新しい仕事に喜んで勉めた。そうして彼は彼の耳に自ずと這入って来る彼に対する或る非難を聞き流した。人人は言った「洪承疇は不忠の臣である。彼を寵愛された思宗は一途に彼が国に殉じたものと思い込まれて亡くなられた。思宗は彼が清に降ったということを聞かれた時には彼の生死などは一言も問われずに、あれほど盛大に彼を弔われた。その彼は平然と生きていた。しかも今敵国のために仕えている。彼の母は貞節ある夫人であった。そうして彼は無節の大夫である。」――洪承疇はこの言葉を聞いて憤らなかった。また敢て嘲を解こうとも努めなかった。もともと信じない人人に言い訳をして見たところで何になろう、但、洪承疇はさびしかった。何人も自分の心事を思いやってくれないというさびしさが堪えがたかった。それは微弱な毒を溶かした苦い酒のように、日日に彼を衰えさせて行くのではないかとさえ感じられた。そのさびしさが彼を仕事に鞭《むち》うった。夜ふけて彼は彼の仕事の草案の筆を措きながら、目を自分の内側にむけて心を嚙むさびしさをつくづくと見守りながらひとり心に言った。「自分はえらい人であるかどうかを自分で知らない。しかし、このさびしさは最もえらい人間が支払う最も率の高い租税であろう。喜んでこれが支払われるようになれば人間は神仙である。」年老いた彼は静かに往事を思い出して母をなつかしむことが頻《しき》りであった。「母は私をどこまでも信じていてくれた。若し、今日母がいてくれたならば、私の心持ちをわかってはくれないまでも、私の言うとおりを信じてくれたろうに。それにしても、よく私に、お前は後に世の中で一番えらい人になる子だと言った私の母は、お前は後に世の中で一番さびしい人になる子だと何故言わなかったろう。……お母さん。孤児として他家に養われ寡婦になって私を育ててくれたお母さん。私のさびしいお母さん。私はどこまでもあなたの子だ。」彼は心にある母の俤《おもかげ》を呼び起して幼児の如く切なく寄り縋《すが》った。

第五十五折

「どうぞ、私の星よ。世の中で一番美しい娘を私の妻に授けて下さい。私の妻の腹に宿って出来る私の男の子を世の中で一番えらい人にならせて下さい。」そういう願事を彼の星に祈った陳三や、その陳三と死を偕《とも》にし墓を一つにした第一夫人――世の人に一番美しいと言われた五娘や、陳三のえらい男の子を腹に宿した第二夫人――天の目で一番美しいと思われた益春や、そのえらい男の子洪承疇や、その外のすべての彼等が生きていて、それぞれに笑い、嘆き、溜息をし、泪を流し、憤り、勝ち誇り、淋しきに堪え、さて、死んで仕舞ってから、もう三百年以上になる。その間に清の国も亦明と同じように亡びた。ただ泉州に近い英内には、陳三の五落の家が晋江の岸に沿うて流水に影を映じながら、崩れそうになってではあるが、今でもまだ残っている。――しかし、私はその家は見ない。私は去年旅をしてあの近くへは行ったが、泉州へはとうとう行かないのだから。

南方紀行

厦門採訪冊

The Amoy Sampans, Passage 2 Cents

厦門の舢舨（1910年頃の絵葉書より）

羨君兩袖
新詩本
湖色濤聲
又酒痕
洪棄生

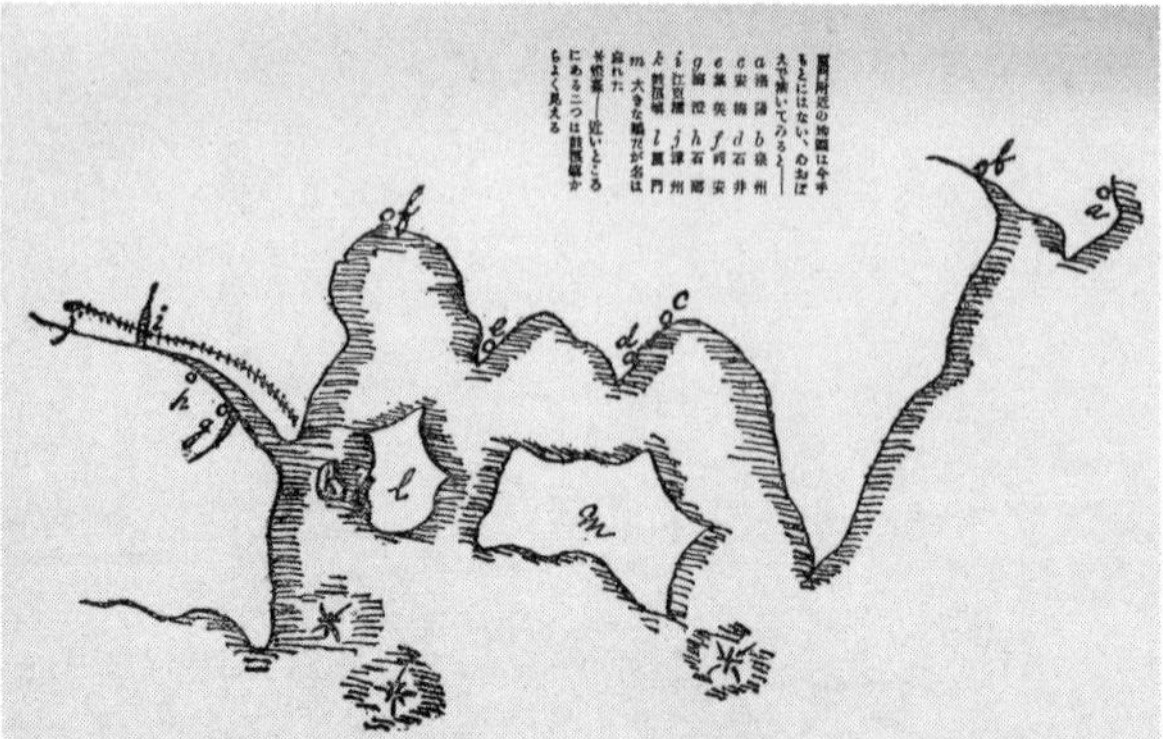

佐藤春夫自筆の厦門地図

a 洛陽　b 泉州　c 安海　d 石井　e 集美　f 同安　g 海澄
h 石碼　i 江東橋　j 漳州　k 鼓浪嶼　l 厦門　m 金門
＊燈台

南方紀行　厦門採訪冊

厦門の印象

路地裏——鞭敦街（1930年頃の古写真より）

対岸の厦門へ渡ろうと台湾の打狗《タカオ》から船に乗り込んだ。曇った日で、港口の山の上には暴風雨を予報する赤い旗が、今のさっきするすると柱を伝うて高く掲げられた。見たところ湾内には浪は少しもないが、そのひっそりと垂れた赤い旗を見ていると心配だから、挨拶に来た事務長に尋ねて見ると、

「え、嵐は来そうですね。でも、高が二十時間の航海です。大丈夫です。それに今出帆すればちょうどうまく遁《に》げられましょう——向へ着いたころにやっと台湾で荒れ出すような都合になりましょうよ。」

まるで、暴風雨と都合の打合せでもして置いたかのようなことを言う。

私の案内役として一緒に行ってくれるのは、この港——打狗で歯科医を開業している中学時代の旧友東《ひがし》君の書生なる鄭だ。この青年は姉夫婦を手頼って今は打狗に居るのだが、厦門の生れで厦門の中学校を出た男だ。

それだから以前にも三度台湾海峡を渡った事があるが、夏は決して波は無い、という話もあったから、元来船に強いという自信のない私だが、乗り込んだ以上しかたもないから

成《な》る可《べ》く安心することに決めた。そうして船が動き出してからも、八九人の一二等船客が皆、甲板の上にいるから、私も今までここにいた関係上、虚勢を張って皆と一緒にその籐椅子へ腰掛けていた。すると、その甲板へいつ出て来ていたのか、一人の甚だ目立つ台湾人が来て立っている。――台湾人とは蕃人のことじゃない、台湾籍民たる支那人だ。内地ではこんな解りきったことを混同している人が多いから説明して置く。

その台湾人というのは二十四五の青年だ。外にも台湾人はいくらも船中にいるのに、特に彼が目立つのはその風采のためだ。いかにも支那人好みのハイカラで、目の荒い麻布の白い夏服の上衣は両胸と両脇とにボタンで閉じるようになったひだのあるアウトポケットがあって、その腰には背後から前までぐるっと一まわりする帯をつけた――つまり猟服の仕立てなので、その下にはスポートシャツに黒繻子の長いネクタイを垂れて、白麻の猟服もかなり妙だが、それればかりか船の甲板で、膝の上三吋《インチ》も余ろうかという乗馬用の黒い長靴を穿き込んでいる。帽子はというとこれはまた！　鍔《つば》の幅一尺もある台湾パナマのやまを摘み上げて活動写真の西部劇に出る人物のような形に冠って、その下からは油をこってりと光らした長い毛が部厚に見える。大きな円い眼鏡をかけて、そのレンズの色が濃い緑である。この通り少々滑稽でないことのない物々しいいでたちで、これがもし快活そうな顔つきの人物だったら、多分ドンキホオテ的におかしな大旅行家に見えたろう。ところで、この青年にもこの服装がどうしてか妙に似合っているのだ。台湾人特有の黒さで日にやけた顔には、実際あるのだかどうだかあばたのあるような気がして、うす汚い何だか陰惨な男なものだから、殊に私はあの大きな緑色の眼鏡によって一層へんな印象を与えられた——まあ言って見れば、何か探偵小説に出て来そうに不安なうさんな感じの人物である。——尤も、あんな目立った形で何かすれば直ぐにも捉まるだろうが。ところで、この男が私の同行者鄭とは顔馴染だったものと見える。何か一しきり二人で話し合っていたが、

「この人は台南の商人で、僕の友人だ。」

そう、鄭が、——この男は日本語は話さないので英語だが——改った紹介という程にでもなく私に紹介した。そこでこの台湾人は一種慇懃《いんぎん》に気取った様子で私にくれた名刺を見ると陳という姓だ。私は黙ってもいられないし、この男には何か好奇心をひくものがあるので言った。

「商売の用事ですか。」

「え、商売、米商売です。」

彼の日本語は台湾人としてもひどく下手な方である。

「厦門では長いこと居るつもりですか。」

「え、時々行きます。」

「今度はいつ帰りますか。」

「十五日ほど帰ります。」

船は港口を出るところだ。この狭い——船の両側各二十間あるなしに狭い港口はひどく浪のある所なので、船が急に激しく揺れ出して来た。この調子で十分もやられてはたまるまいと思って私はとうとう我慢しきれないでキャビンへ下りて横になった。間もなく鄭もキャビンへ来た。船は港口を抜け出てしまっても大分揺れている。

「昨晩はさぞお疲れで……」

「大分浪があったようですね。」

「ええ、きっと台湾じゃ昨晩から今日にかけて荒れていますよ。少しばかりその余波をうけましたので、さぞ御迷惑で——ふだんだと夏分はちっとも波のないところですが。——でも甘《うま》く遁げて来ました。」

私は船長がそんな事を言うのを聞きながら、ランチで乗り込んで来た検疫官が二三等客の検疫をしまわるのを見下している。一段低くなった甲板の両舷に人人が並んでいる。左の方が三等客で右の方が二等客だろう。どちらも全部台湾人ばかりだ。その二等客の列のなかほどに、例のものものしいいでたちの青年が雑っているが、特別に目に立つ。検疫官は七尺もあろうかという実に大きな腹を突き出した男で、多分英国人であろう。白い詰襟にヘルメットをかぶっている。やがて彼は我々の居る高い甲板へ昇って来たが一とおり皆の顔を見渡すと「オーライ」と叫んで行ってしまった。

検疫官のランチが立ち騒ぐ浪を白く分けて帰って行く。空がどんよりとしているせいか海の色がいやに泥っぽい。我々の汽船はもう一度汽笛を鳴して、大小さまざまな小島を左手に見ながら港の奥へ這入って行く。右手にはその形がいくらかずつ変って厦門島がだんだんはっきりして来た。巨大な裸の巌がぬうとところどころに聳《そび》えた島だ。その一番聳え立った巌の下の方に一連《つらな》りの赤い煉瓦造の洋館が赤黒く重ってかたまっているが、それが厦門市街だそうである。思ったより貧弱な町だ。左の方にいくらか大きな島があってこれが鼓浪嶼《コロンスウ》だという。厦門島は一見荒涼たる島だのに鼓浪嶼の方は緑色の木につつまれたこんもりした島である。――私のそばには鄭がいて、用のない事までしゃべりながら説明する。彼はもう親も何もここには居ないのだが、それでも故郷へ帰って来た人の懐しい嬉しさを感じているであろう……。反対に私の心には目ざす港へ来た朝の旅人の新鮮な喜びがある。

舷へ艀船の舢舨《サンパン》がうようよと集って来た。岡波がひどいものだから、この沢山な小さな舟は波の上で小やみなく跳ね躍っている。――鄭は低い方の甲板へ下りて行くから私もついて下りた。ひょいと鄭が人ごみで見えなくなったと思ったら、あの探偵小説に出て来るような青年陳のものものしい様子が目に入って、鄭は陳を見つけにでも行ったのであったろう、陳のそばにいた。陳は手に赤皮のやや大きなスウッケースを提げている。鄭は籐のバスケットを提げている。私は黒いカバンを提げている。鄭が一艘の舢舨へ身がるに飛び下りたから、私もつづいてそれに乗る。陳もやはりその同じ舢舨へ乗って来た。我々の舢舨が本船を離れて、我々と同じように上陸を急いでいる客たちの舢舨のなかを漕いで行く。陸までは直ぐである。陸に沿うて船着場へ行くのであろう。陸には石垣の根を海水に洗われてその直ぐ上に家が立てられてある。「客桟」と大きく家の壁一ぱいを看板にしたのもある。そうでない家には、殆んどどの家の壁にも種々雑多な煙草の広告が、雨風に曝されて彩色の褪せた絵や文字などで一面に塗り埋められてある。なかにはパイレエトだとかピンヘッドだとか、ピイコックだとか、私の子供のころにうちの車夫などが吸っていた煙草の絵もある。――妙なところでなつかしい思い出の種を見つけるものである。煙草の広告は家の壁だけではまだ足りないと見えて、家家の後に突兀《とっこつ》としている巨巌の一つに海賊牌香煙と大きな字が彫りつけてある。そんな風な煙草の広告に代用されている沿岸の家並のなかにところどころそんな目立ったものなどは何もないやや大きな家が雑っている。そんな家の一軒を、私がふと見上げた時に私は美しいものを見つけた――あざやかな藤色の上着をつけた支那少女なので、それが、二階の部屋からバルコンへ現れたところだ。彼の女は何か気がるな心持ちと見えて晴やかな笑顔をして海の方へ瞳を放ったが、つとバルコンのグロテスクな唐草模様の鉄の欄干へ細い上半身を危いほど折りまげてうつむくと、下の方を覗き込んで、地面にでも遊んでいるらしい猿を片手をふってからかっていた。――猿だ、と私は思ったのだ。自然にそんな気がしたのだ、どうしてだか知らない。そうして実際には地面にいてこの少女にからかわれてるものは犬だか猫だか、それとも人間の小児だか私は知らない――私が私の直観的空想をたしかめようと思った時には、私たちの艀舨はもうあまりその家の石垣に接近しすぎていた為めに、その石垣の高さが邪魔をして見られなかったのである。猿だった、とそう私は決めている。厦門の第一印象としてはあの家のあのバルコンにいた藤色の少女がからかっていたものはどうしても猿でなくちゃならない。――これは後になって思い合せた事であるが、海に望んだバルコンのあるあの家は、その後、人に誘われて私も一度行ったことのある厦門で一流の茶園なる東園という家だったそうだから、あの「猿」をからかっていた少女はその家にいる数人の可憐なウエイトレスのうちの一人であったろう。

一人の苦力に三つの荷物――鄭のと陳のと私のとを持たして、私たちはその旅社へ這入って行った。その宿屋の番頭らしい男は私たちを二階へつれて行って部屋を見せた。暗い風通しの全くない六畳ほどの部屋だ。鄭と陳で何か相談をして、それから鄭が宿屋の番頭に何か話して、その次に苦力に言いつけて再び二階を下りた。――高い、いい部屋がない。とそう私に手短かに説明をして、さてもう一度狭い――一間あるかないかの街幅の石甃《いしだたみ》の上を歩き出した。割合に賑やかな通りと見えて、雑貨店がところどころに目につく。歩いて行くうちに肉や魚を商う店や、店さきに古着を吊したところなどがあって多分厦門で二流ぐらいの通だろうと察せられる。狭い人どおりをかきわけて一丁の輿《こし》が来た――ヘルメットを冠った洋服の紳士が乗っている。東洋人には相違ないが支那人でも日本人でもないひょっとすると何か複雑な――というのは例えば馬来人と支那美人となどの混血児かも知れない……ような気がする。学者とでも言いたい痩せた風貌で、疎らな頰鬚と下賤でない鼻すじが特徴である。三十七八だろう。……そんな用もない男を見て歩いていると、鄭が一軒の家の中へどんどん這入って行く。ここも宿屋なのだろう。十二三間もある細長い土間を通り抜けると、その突当りが言わばサロンか或は食堂かもしれないような広間で、そこには椅子や卓子が十組以上もあって、外に二方の壁には椅子だけが沢山ある。客が十五六人も、あちこちと腰をかけて話し合ったり、或はひとりで居眠したりしている。その広間の手前に帳場のようなものがあり、その向うに「U」の字形の階段がある。表通りの家の背後にあるこの宿屋——あの十二三間もある土間を通抜けているうちに表通りの家のうしろへ来ていたのだが、その表通りの家と、うしろのこの宿屋とを平な家根でつづけて、その家根の上が露台になっている。帳場はこの露台の下にあって、「U」の字形の階段を昇るとこの露台に出て、さてホオルへ這入る。そのホオルの三方に客室がある。そのとっつきの二つの部屋を、帳場に坐っていた男が私たちに見せた。窓はその露台の方に向いて大きく開いている。だから明るい。明るいから汚さが一そう目に立つ。部屋の天井といわず四隅と言わず蜘蛛の巣が一面で、それは煤を蓄めて真黒くなって、その煤の重みに堪えられないので黒い房になって天井からぶらさがっている。一方の壁にくっつけて寝牀が据えてある。窓の下にはまがい紫檀の古い四角な小卓子に向い合って倚っかかりのない木の椅子が二つ、別に大きな椅子が二つ、その外に壁の中央をうち抜いて観音開きの押入様の仕掛けがある。壁上には五六字大きな字で何かを題して、その下に喜鵲牌香煙か何かの広告びらである三色版の上海風俗の美人が煤びてかかっている。——これがこの南華大旅社の特別優等の部屋であった。部屋代だけが一日銀一元八十仙だ。結局、私たちはそこへ宿泊することになった。一日の部屋代の外に一日七十仙か五十仙かを出して鄭の寝牀をこの部屋へ用意させた。陳は私の部屋のホオルを距てた向うの部屋を借りた。私の部屋は八畳大で彼のは六畳大ぐらいである。

郷土の風習によって、まるでおも湯のような芋粥の朝飯を豚の肉と福神漬とで食べた。この値が三人分十五仙ぐらいだと鄭が説明した。

日本貨幣を支那貨幣に換えるために銀行へ行く。今日は銀が高くって一元に就き一円五十八銭（?）だと言う。それで五十円だけ換えた。私は新高銀行の厦門支店で取扱ってもらったが、陳は英国税関に近い海岸の台湾銀行へ行った。何でもその銀行の為替か何かで持って来て居たのである。陳がそれを受取る時、悪い趣味だが私は物数奇《ものずき》から、陳の繰っている紙幣を傍で見ながら数えて見た。三十何枚かあった——多分金貨の五百円分だろう。その外に一円銀貨が何枚かあったが陳はそれを一枚一枚、受附の板の上に落して見てその音で正贋を注意して見た。

銀行から旅社へ帰って見ると、あの玄関口の狭い土間にさっき道で逢ったのと同じような輿が細長くそこへ置かれてあった。「U」の字の階段を上ろうとすると、上からさっき道で見かけたあの輿の上の頰鬚の紳士が——背の素晴らしく高い男だが——手巾で額を拭いながら下りて来ようとして、階段が狭いから私たちの上りきるのを待っていた。あの異風な紳士もこの宿に泊っていると見える。

この宿の第一夜である。鄭は鼓浪嶼へ行って親戚にも逢い、それに手紙で予《か》ねて頼んで置いた養元小学校の職員宿直室――そこは夏休みだから空《あ》いている筈だが――を借りられるかどうかを、そこの学校長で彼の中学時代の同窓である周に聞合して来る。――それは成可く早い方がいいからと言って出かけて行った。出がけに今夜は遅いから君のことは陳によく頼んで行くと言って出かけた。四時頃に出かけたが、六時になるとそんなところへひとり取残された私は、さびしさと不安とで大分やりきれなくなった。そこで陳の部屋へ行って見た。部屋の扉を押して見た。しかしその扉は開かない。しらべて見たが外出したのじゃないと見えて外側には錠が下りていない。それならきっと内側から錠をして、この男は多分寝ているのだろう。そう思って私は自分の部屋へ来て、私もあの台になっている寝牀の上へ横になって見た。時々宿のボオイが私の部屋を覗きに来る。きっと夕飯の註文を聞きに来るのだろうが、言葉の解らないのを知ってそのまま帰るに違いない。私はもう仕方がないから、今に陳が起きたら一緒に食べようと思って待ちくたびれている。それでも陳はどうしたのか出て来ない。私は露台へ出て「U」の字の階段のわきにある陳の部屋の窓を覗き込んで見たりもした。夕闇で中は決してわからなかった。電燈のともった時に窓へ行って見たら、中に灯はともったが、窓には黒いカアテンが引いてあった。困る事には小便を催しているのに便所のあり所を私は未だ知らないのである。幸と例の頬鬚の紳士が私の部屋の窓に近いバルコンの上へ平気でやっているのを見て、私は多少驚いたが、私もそこへした。後で知ったがどこへしたって遠慮する事はなかったのだ。小便がすむと私は今度は空腹に我慢が出来なくなって、十ぺん目ぐらいに私の部屋を覗き込みに来たボオイに命じた——

「飯を持って来い《テーライチャア》」

これは私が偶然にも覚えていた十ばかりの厦門語の一つである。怪しげな発音でも、時刻が時刻だけにすぐ通じたらしい。そうして何何を用意しようかとでも尋ねるらしく、ボオイは私にいろいろ言いかけたが、私は私の第一語を発した時からこの際を予期して決心をしていたものだ——何と言われても黙っていれば、向うでも考えて何かは持って来るだろう、と。果してそのとおりに用が達した。私はいらいらしながらひとりで食事を終って、放浪癖の私も故郷の事を考えざるを得なかった。

八時半ごろになって陳はやっと私の部屋へ顔を覗かせた。

「シレ」

とそんな風の事を言った、失礼と言ったのだと私は思う。陳の顔はいやにくそ真面目な様子である——性的行為の遂行のあとでこんな顔をするものだが、と私は考えた。

「御飯は食べましたか」私が問うと

「食べます」と彼が答えた。しかし彼の程度の日本語ではこの返事は既に食べた事だか、今から食べるということだか解らない。

「随分よく寝ましたね」

陳は私の言葉が通じないと言う表情だけで何とも返事をしようとはしなかった。ただもう一度「シレ」と言って、彼の表情を見ている私を避けるかとも思える様子で彼は、あまりさびしいからもっと話しかけようと思っていた私の部屋の戸口から立去った。しかし直ぐもう一度引き返して来て、再び戸口から言う。

「鄭さん帰りません」

「え、まだ帰りません」

私は陳が「鄭はまだ帰らないか」と尋ねたと思ってそう答えた。

「いや、鄭さん今は——明日……。今。……」陳はもどかしげに手を振って「鄭さん鼓浪嶼今晩寝ます」

鄭が陳にそんな事を——今晩は鼓浪嶼でとまるようなことを言い置いたらしいのである。その晩は果して鄭は帰らなかった。私ひとりで不安ながらも、昨夜からのつかれで深く眠った。

南華大旅社の第二日である。午後三時ごろになってもまだ鄭は帰って来ない。陳は朝も

昼も一緒に食事をしに来てくれる。三時ごろになって陳は、例のものものしい探偵小説的服装で私の部屋へ来て、

「私、友達いきます」と、言う。

私はとうとうひとりにされてしまった。――そう思っていると、ひょっくりと、鄭が帰って来た。周は学校の部屋を貸せる、明日になったら彼の方からこちらへ迎えに来てくれる。しばらくぶりで友達に逢った。今日は浪が荒かった。こんなに曇っているから雨か風かがあるだろう。台湾で暴風があると二三日後にきっとここでも風が吹く。台湾の方へ吹いて荒れる。鄭はそんなことをひとりではしゃいで喋りだした。私はこの男を少しおこってやろうかと思っていたのに、顔を見て、久しぶりで友達に逢ったからなどと言われては、無理もないから慍《おこ》れもしない。そんな話をしているうちに、窓外は雨が少しずつ降り出して居た。暗くなった部屋に、もう早く電燈がともりそうなものだと思っている時刻に、その夕闇のなかをどやどやと階段を上りながら話し合っている声がして、陳が二人ほど人を連れて帰って来て彼の部屋の錠を手さぐりで開けていた。灯がともると、陳が外から鄭に声をかけて鄭は陳の部屋でしばらく話合っていた。言葉が解らないことが主な原因だろうが、私はどうもひとりでのけ者にされてうれしくは無いのである。鄭が部屋へ帰って来た。そうして私にも彼等と一緒に食事をしようと言うのである。

陳の部屋には特別に大きな円卓が持ち出されて、その上には四皿ばかりの料理がある。客というのは二人で三十三四ぐらいな男で一人は大きい。もう一人は小さいが肥っている。大きな方は謝という姓で或る医院にいると言った――何をしているのだか問わなかったが。小さいのは馬という姓で何かの会社に勤めて居ると言った。皆で五人して食事を初めた。ビールをどっさり――一打《ダース》ほど部屋の隅へ持ち込んであった。彼等はよく飲む。そうして私にも無理に飲ませる。一人が飲めば他の者も一口でもつき合うのが彼等の礼儀になっている。私がそれを覚えていて、最初そうしたものだから最後までそうしないと彼等は強いて僕にせまる。彼等はだんだん酔って来て、よく喋るようになった。謝という男は、――謝も馬も台湾籍民だが厦門には永く在住しているそうだが――自分で多少は書物も読むと言った。そうしておしゃべりで何かと吹聴することの好きな鄭が彼の同行者をすでに紹介したと見えて、謝は鄭を通訳にしていろいろな事を私に言いかける――小説というものは有益なものだとか、支那も今でこそ日本には到底かなわないが昔はいい文学はあったものだとか、――貴下は歴史に趣味を持っているか、支那の歴史にはずい分面白いのがある、私は三国史でも十八史略でも春秋でも読んで知っているから、問うてくれればいくらでもお答えするとか。この謝という男は態度のいやに慇懃な男だった。彼があまり話しかけるので何も言わないわけには行かないと思って私が一言何か答えると、彼は、「然《シ》り然《シ》り」と相槌を打っては無暗《むやみ》とお辞儀をする。私にだけじゃない外の人にもその通りである。一とおり謝がしゃべると、もうよほど酔のまわっていた馬は、いくらかペダンチックな謝に対抗でもするつもりか、こんなことを云った——私は無学な男だが何でも知っている。たとえば厦門のどんなところにどんな私娼がいるか、何という家にどんな芸者がいるか。そんな事ならいくらでも御問い下さい。何でも答えますから。そう言って馬が笑った。鄭が私にそれを通訳したので私も笑った。すると謝が私に言った。——今晩は是非芸者の歌うのをこれから聞きに行きましょう。何、大丈夫野卑なところへはお供しませんから……。

私は辞退するのが当然で、又少し酔って元来酒を嗜めない私だからもう動くのはいやだった。それだのに彼等は本当に私を連れて行きたかったものと見えて、辞を設けていろいろ辞退する私のために私の部屋から私の上衣や帽子や洋傘などまで持ち出して私を引っぱって行った。どうせ私が行かないと言っても彼等は出かけるだろうから、そう思うと私は一人で取のこされている不安なさびしい気持ちよりは、未だしも彼等のふざけるのを見て居るのがいいと、最後にそう決めた。雨の大ぶん降るなかを石甃の上で滑る靴に注意しながら歩いて行ったのは、そんなに遠くない家だった。芸者屋であった。彼女たちは少しも美しくはないし、その歌は私にはいいも悪いも全く風馬牛だった。私は部屋の一隅の牀へ腰かけてやっと片肘で自分の横《よこた》えた身を支えながら、三五人の女が一つまみずつくれて行った瓜子《コエチイ》を下手な手つきで噛りながら、女に歌わせながらそれを聞くでもなく外の女たちを彼等の膝に乗せてからかっている彼等を退屈しながら見て居た——異邦人という気持ちを沁み沁みと噛みしめて味《あじわ》いながら。——私は気むずかしい顔になったろうと思う。そうして私に遠慮でもしたのか彼等は間もなく帰ることにした。

外では雨は小ぶりになって居たが、その代りに風が加わっている。彼等は異邦人なる私にはもう一向話しかけようとはしないで、彼等の言葉——私には決して解らない言葉で話し合っている。南華大旅社の前まで来た。私は皆がそこへ帰るものと思い込んで居たのに、彼等はそこへ立とまったきりなかへ這入ろうとはしない。私は洋傘をたたみながら鄭を促してひとりであの狭い長い土間へ歩み入った。鄭は彼等の仲間に、あの私には解らない言葉の二三句で何かを言って、私の後に従うた。私たちは例の「U」の字の階段を上って部屋へ帰った。私はもうすっかり酔いがさめていた。私はぐったりした自分の身を寝牀へ腰かけながら、いやに蒸せる部屋の空気を感じて直ぐ上衣を脱ぎ捨てたのに、鄭はどうしてだか戸の傍に突立って二三分落着かないそぶりであったが、とうとう言った。

「君はひとりで寝ているか？」

「で、君は？」

「僕は出かけなけりゃならない。彼等が僕を待っていると言ったから。直ぐに帰る。」

鄭はそう言い残すとずん〳〵出て行った。私は今晩もまた不安な気持ちで言葉の解らない人間たちのなかで、寝させられるのかと思うと鄭の思いやりのない仕うちが腹立しかった。もとより私は彼等についてどこへも行きたいとは思わない。又、彼等が私を煙《けむた》がっているのも認める。それにしても鄭という男は思いやり――空想力のない男だ。一たい不親切というものは空想力のないことが重大な原因なのだが、見も知らないところへ、只一人の知った人も傍に無しで――全く今日は陳も居ないのだから――、その上一言も言葉が通じなくて、――それはまだまだいいとしても日本人に対する反感の激しい今日このごろのこの町だのに……私はそんな風に考えつづけて、酒の後では一層神経的になる自分の空想をもて余した。――実際、今ここへ誰かが忍び込んで、いや堂々と闖入《ちんにゅう》して来て私にどんな無理な註文をしても――金をせびられても私には全く一文もない。私は鄭を信用して、――こうなってはあまり信用し難い鄭を信用して、彼にすっかり金は托しているのだが――果は言葉の不通から双方で意志を判断し合う方法の全然ないことのはずみから、仮りに私が殺されようとも、そうして私の屍が海のなかへ投げ込まれても、全く、厦門では方法もないであろう。たとい方法があったところで私が殺されて仕舞っては何もならない……私はヒステリカルにそんなことを感じ出すと、何かの用事でホオルに来て支那人特有の大声でものを言っているボオイの言葉まで、何だか私を罵って居るように感じられる。

そのボオイが何か用があるのだか無いのだかしらないが容易にはそこを立去らないで罵りつづけている。私はこんな臆病な心持から逃れるために眠ろうとしても、益々神経がそそくれて来て目が冴える。寝返りをうつと背中のところが何かに当っていて妙に痛い。手でそのあたりを撫ぜて見ると牀の茣蓙《ござ》がそこのところだけちょっぴりとび出して凸っている。――何だか妙だから私は起き直った。そこでさっき明るくては眠れないから消した電燈をもう一度ともしてその茣蓙を捲くって見た。――どうしたわけか丸っこい古い骨のかけらが一節そこから出て来た。この思いがけないものはよく見ると豚の脊骨らしい。これはどうもボオイか何かの悪戯に相違ない。料理場の近くで犬がしゃぶりさらしてあった奴を、私が日本人と見てとってこんな怪しからんことをしたものだと見える。私はその忌々しいものを足で牀の下に蹴り飛した。さてもう一度電燈を消して、この地方での日本人の不評判を思って見る――つい昨日散歩の路上であの町はずれの壁に見出した落書のことを考える。「青島問題普天共憤」「勿忘国恥」というのがあった。――日貨排斥のものとしては「勿用仇貨」「禁用劣貨」などともあった。「こ奴は日本人だ!」というようなことを言いながら私につっかかって来た酔漢もあった……。外では風雨が益々激しくなるけはいである。やっと眠いような気がして来たと思うと寝牀のなかには蚊が這入っている。一たい支那の寝牀は蚊帳としてその正面に寒冷紗の帳《とばり》が垂れてある。私はその帳を開け放して、そこに脱ぎすててあった上衣で寝牀のなかをやけに煽って蚊を追い出してから、二枚の帳の重り目を注意して、それがたるまないようにその裾をカバンで圧えた。——蚊がその隙間から這入るものと思ったからである。これだけのことをして置いて再び横になったが、五分も経たないうちに又も蚊が呻りながら耳もとをかすめる。どこから忍び込むのだろうと、立って寝牀の隅々を見まわした。すると寝牀の天井として張ってある寒冷紗——埃のために鼠色になっている奴がところどころ自然に破れて来ているのであった。私は蚊を追い出すことを断念した。……何時の間にか眠ついたと思ったら、頑丈な太い栓で閉した私の部屋の戸口をがたがたさせる音で目が覚めた。

「鄭君か？」

「そうだ！」

私は扉を開けてやったきり、物を言わずに再び自分の寝牀へ這入った——私は彼に口を利いてやりたくなかったのだ。枕元の懐中時計は一時半だ。床の上にはさっきの豚の骨がころがっている。

その次の日には養元小学校長の周が小雨の中を訪ねて来てくれた。鄭の同窓だから未だ二十四五の青年だ。この地方では中学校を出ただけでも相当な学者なので、だからこんな年で可なりな小学校の校長になれるのであろう。私は宿を引き払って彼の学校の一室を貸して貰うこととなった。すると前夜は外泊をして来て次のこの日にも午後になって帰った陳が、何《いず》れは鄭と相談したのであろうが、私には何の相談もなしで、私の借りようという部屋の一員になる積りと見えて、やはり例のとおりのものものしい服装にスウッケースを提げて、私達の後からついて来た。一晩中荒れたが風はもう止んで、空も雲がきれて雨が降り止んで来た。私は鼓浪嶼へ渡る舢舨のなかで、陳を尻目にかけながら鄭に言った――

「天気になったら見物をさせてくれ。見物もしないで日が経つじゃないか。」

「そうだ、そうだ」と、鄭は言ったが、へんに糞真面目な顔をしているのが、私には却って気ごころの読めない気がしていけない――これもやはり互に他国人だからであろう。

陳は、しかし、私たちと一緒に養元小学校に滞在しはしなかった。ただ彼のスウッケースをそこへ預けたきりで直ぐとどこかへ行ってしまった。そうしてその晩も、その次の晩も帰っては来なかった。

「陳はどこへ行ったのだ?」私は鄭に尋ねた。

「僕は知らん。」と鄭が答えた「だが、きっとこの間の家へ行ったのだろう。あの女が気に入った様子だったから。」

「どの女が?」

「この間の晩、君の行かなかった家にいる女だ。私娼だ。僕だってそんなところへ泊りはしないのだ。僕はただ一緒に酒を飲んだきりで、ひとりだけ帰った。」

鄭はそんな言いわけをした。そうして陳が居なくなってからは鄭は私のいい案内者になった。陳はそれっきり顔を出さなかった。私はまた陳のことを思い出して鄭に尋ねた。

「陳は一たい何をしているのだろうね。幾日も幾日も。」

「僕は知らん。」鄭が答えた「だが、きっとやっぱりあの私娼窟に居るだろう。」

「そんなに何時《いっ》までも!?」

「そうだ。――きっと居る。きっとそこで眠りつづけて居るだろう――陳は阿片を喫うのだから。」

鄭のこの説明で私は、あの南華大旅社の第一夜に鄭に置きざりに逢った時、半日部屋の戸を閉めきっていた陳、――そうしてぼんやりうつけた顔つきをして私の部屋を覗いた陳、――「よく眠ったようですね」と何気なく言った私の言葉を解らないふりをした陳、その陳の秘密が私にすっかり明瞭になった。

「厦門にはずい分阿片窟があるか？」

「どこにでも。」

「ちょっと行って見たいな――行けるだろうか。」

「吸うのか？」

「吸わない。ただ吸っている人が見たいのだ。」

「今度、行って見てもいい。どこか怪しそうな家なら黙って這入り込んで行けばいいのだ。違っていれば向うで何をしに来たと咎めるから帰ればいい。だからうまく見つからなかったら随分歩かなければならない。それに大へん汚い。家のある人は皆自分の家か、でなければ私娼窟で吸うから、阿片窟で吸うのは宿無しばかりだ。ぼろを着て居る。地びたへ寝ている。そうしてそこら中には、地面にでも壁にでも痰や唾を一面に吐き散してある。」

――鄭は英語の語彙の不足を補おうと、痰や唾を吐き散らす真似をして見せて顔をしかめた。それで私は重ねて問うた。

「君は行って見たことがあるのか。」

「うん、一度。――ただ見て来ただけだ。部屋のなかへ這入ると頭が痛くなって、目が眩んだ。」

鄭は目の眩んだ表情をして見せた。

我々がそんな対話をしてから二三日たって、陳がひょっくり又小さなカバンを一つ提げて不意に学校へ帰って来た。学校の、沢山ある部屋を一つ一つ鄭を捜していたらしいが、私だけを見つけて私に言いかけた。「鄭さん、どこですか。」

私が鄭を見つけて来てやると陳はその小さなカバンを鄭に預けてから、直ぐまた出て行った。そうしてその後、私は陳にはそれっきり逢わない。陳は、我々がそこにいたその後の一週間のあいだには二度と巡って来なかったからである。陳の大小二つのカバンはそのまま、私たちの借りていた部屋の隅に残されていた——何が入っているかは知らないが……

台湾の打狗へ帰って来てからも私は、厦門に於ける台湾青年紳士陳の滑稽にものものしい服装と不気味に慇懃な態度と度はずれに放縦らしい行動とを思い出してはその都度鄭に尋ねた。

「陳はどうしたろう？」

「僕は知らん。」——ときっと鄭が言う。

幾度目かに思い出してはまた鄭に尋ねた——

「陳はもう帰ったろうかね？」

「僕は知らん。」

その「僕は知らん」を聞いてから二三日たった後に、鄭は思い出したようにポケットから葉書を一枚出して見せた。こう言いながら——

「台南の陳のお母さんからだ。」

その支那文で書かれたはがきをひろい読みして私は言った――

「彼のお母さんが心配して居るのだね。――厦門に於ける彼の居所を尋ねに来たのだろう？」

「そうだ、そうだ。」

「返事をやった？」

「やった――僕は知らん――と言って。」

前にも言うとおり鄭は日本語を話さないから、僕は知らん―― I don't know と英語で言うのだが、それが英語であるせいと、その上あまり彼がそれを度々言うので、その I don't know は不思議にも私に、彼が知っていることをわざと隠しているのじゃないかというような反語的エフェクトを与えた――勿論、そんな筈もないが。

――厦門に対する私の印象は、何か十年も前に読んで筋の大部分を忘れている探偵小説の、そのきれっぱしのようである。

南方紀行　厦門採訪冊

章美雪女士之墓

日光岩から見た鼓浪嶼（1910年頃の絵葉書より）

鄭が中国交渉署へ用事があるから一緒に行こうと言う。鄭の用事というのは彼が僕と一緒に僕の案内者として台湾の打狗から彼の故郷であるこの厦門の鼓浪嶼へ帰って来たが、僕が台湾へ帰る時に彼も一緒に再び台湾へ行くには、中国交渉署か日本の領事館かどちらかで再び改めて渡航の許可を得なければならないそうだ。しかも日本の領事館だと早くとも二週間遅ければ一月以上もかかる。中国交渉署だと手数料を三円とられる代りには二三日で用が足りる。だから中国交渉署へその渡船許可証を請求に行くのだ。――そう言って、彼は小さな一時間写真のような写真を持って居る。昨日写して来たのだそうである。

朝十時ごろだからそんなに暑くはない。

鼓浪嶼へ来てからもう一週間にもなるし、毎日そこらを散歩しているのだが、僕にはこの道はどうしてもわからない。何故かというのに、ここの道は一筋として真直《まっすぐ》なのは無いので、東へ行っているつもりでいると何時の間にか曲りくねって西の方へ歩いていたり、つい目の前に見えている林木土の家へ行こうと思って歩いて行くうちに道が妙にまがってだんだんその家が遠ざかって行ったりする。迷宮のような道である。だから中国交渉署へもどういう風にどこを歩いて行ったか少しも覚えていない。

鉄の手すりのある石段を二十級ほど登ったら、そこに玄関があって、そこが中国交渉署だった。その玄関わきに小さな空地があつて、そこに白鷺が一羽金網のなかに養われて、二三寸しかない浅い見るから生温かそうな方四尺ぐらいのセメントの池のなかにしょんぼり立っていた。――厦門や鼓浪嶼のあるこの入江は昔から鷺江と言われているところなのだが、今はこの鳥をそれ程沢山は見かけない。却って台湾の方には群をなして飛んでいるのを見かける。その代りこの鷺江には鷹などが居る。つい二三日前も南普陀を見物に行こうと舢舨に乗った時、あの路頭に近い水中の巌の上で引潮の渦巻を物思わしげに見つめている大きな鳥を見かけたから、何だと尋ねて見たら鄭は私の指した方をちらりと一目見たきり事もなげに"howk"と答えた。その答えぶりで私はその鳥がこの辺では決して珍らしい奴じゃないことを知った。

鷺を見て居るうちに鄭の用は直ぐ足りたと見えて、鄭は受附の方から出て来た。そうして又、二十級ほどの石段を下りる時に、彼は、

「序《ついで》にそこらを散歩しよう。」

と、言った。

散歩などと云う気候でもなければ、そんな時刻でもない――もうそろそろ日盛りになっ

て来るのに。この男は南国で育っただけに暑いのは平気らしい。

「うん。涼しいところなら。」

私はそう答えた。そうしたら、鄭は黙って——一たい他国人が黙っている時の表情は気心が知れない心持のするものだが——歩きつゞけた。例のようなわかりにくい道を少し辿っていると、いつの間にか道は、直ぐ海の上の切崖の上に沿うた樹木の沢山あるいかにも涼しい坂道に来ていた。「厦門は地獄、鼓浪嶼は天国」と外国人がよく言うそうだが、又、支那の沿岸では鼓浪嶼の景色が一番いいと人がよく言うそうだが、この木蔭の道などは正しくこの評判にそむかないものである。木の間がくれに水の向うに浮んでいる厦門の市街が烈しい日に照されて、この赤煉瓦造りの多い市街が青い水と対照をしている。その水の上を小さな舢舨が沢山ゆったりと浮んで、厦門と鼓浪嶼とこの二つの島の間を行き来している。涼しい風が吹いて来る。この道はあまり用のない道と見えて誰も通る人はない。私達は上衣を脱いで、歩いたり佇《たたず》んで見たりした。前に行く鄭が上衣を着た。そこで私も上衣を着た。もうこれからさきは木かげの道ではなく日光の直射する道に相違ない。日光の直射するところでは上衣がないと却って暑いからだ。上着を着ながら鄭が言う、

「この少しさきにクリスチャンの墓地がある。行って見ようか。」

「行こう。」

その木かげの坂道を一つ大きく曲ると、もう樹はなくなって禿山の頂であった。そうして目の前に何百基かの石塔がまばらに立っていた。

石の豊富な地方だから、皆、立派な花崗岩であった。「基督女徒蔡門車氏寝室」と書いたのがある。どんな人かと思って墓の表を読んで見ると「寿七旬」というお婆さんのお墓で、その孫が石を立てたものであった。「侍主復臨」というような文句を刻んだのもある。そうして墓石の上の方には皆、金で彩った十字が刻んである。鄭は、そんな墓石のなかを、例の気心の知れない表情を帯びた沈黙で見まわして歩いていたが、つと、立ちとまって、道の傍にあった一基の墓標を指した。

「これはミスタア・ホワンの婚約していた娘の墓だ。」

「ミスタア・ホワン？　誰だったろうな、ミスタア・ホワンと言うのは？」

「ミスタア・ホワンだ。僕の友達だ。君も知っているではないか。」

鄭がそう言う。そこで私はポケットから懐中記事冊と万年筆とを出して鄭に渡した。ホワンというのはきっと支那人の姓であろうから、音ではわからないが文字を書いて貰えば解ると思ったからだ。鄭は僕の懐中記事冊の一頁へ「黄」と書いて見せた。それから「禎良」とすぐその「黄」の下へ書き加えた。

「ああ、わかった。あの牧師の息子か。――この間一緒に散歩した……」

「然《そ》うだ。あの黄《ホワン》だ。この娘は大へん美しい娘だった。この辺では少し上流の人たちは皆クリスチャンだが、そのクリスチャン仲間で第一の美しい娘だった。――船遊びをしていて水に落ちて死んだのだ。そう、もう四五年前。」

「その娘は年は幾つだった？」

そう言いながら、私は丁寧に磨き込んで大理石のように輝いているその墓の表を見た。

鄭君も同じように墓の表を見ながら、

「たしか十四か五だったろう。」

「そうして、その時、ミスタア黄はいくつだった？」

「彼は今年二十二だから、その時は十七か八だったろう。――彼は大へん悲しんだ。」

私と鄭とは炎天の下でこの墓を前にして、二人ともあまり上手ではない英語でこんな対話をした。私はたった一度しか会った事はないが、優しい美少年であまり口数を利かない黄禎良を思い浮べて、彼の甘い平静に見える沈鬱は、四五年前のこの時の名残ではなかったかと、そんな風に考えた。そうして十七八の少年が十四になる許嫁を不意に失って大へん悲しんだ――このおしゃべりな鄭が「彼は大へん悲しんだ」と短かく言った言葉が、私には雄弁に聴かれたが――というその事実が、私に或るお伽噺のようなあわれを感じさせた。それで私は、今のさっき鄭から受け取った私の懐中記事冊の新しい頁を開けて、墓標の文字と形とを写した。この墓の上には例に依って型のとおり金で彩った十字が刻まれてあったが、その十字架のぐるりには、この墓に対する地上の人の地上の愛を示しでもするように、特別な意匠で細く組紐を曲げてつくり出したようなシンメトリカルな線が飾られて、その外がわの上の方には金の星が五つやはりシンメトリカルに鏤《ちりば》められてあった。章美雪女士之墓と金を彩って大きく刻んである。文字で金を彩ったのはこれだけである。その右の肩には「生」と書いて一九〇二年（どうしたのか私の手帳には年だけはあるが月日が書き洩してある。）その左の肩には「生」に対して「卒」と書いてその下に一九一六年七月三日とある。——ちょうど五年前の、今ごろだったのだ、私は手帳に書きながらそう思った。そうして生年月日の下に、それよりはやや外側にやや大きな字をもって「女非死乃寝耳」と刻んである。それと対照する場所にはこの死んだのではなくして寝ているところの美しい少女の父の名が、この墓標を立てた人として記入されてあった。

　私は自分の懐中記事冊の一頁へ右のような文字をそれがある通りの位置に写し終って、ふとその墓石の根の方を見ると、何もない赤ちゃけた土の上に、径二寸もある大きな野の茨《いばら》の花が一つ、ぽっかりと真白く咲いているのを見出した。木立はもとより雑草もあまりないこの墓地に、偶々この墓に近く、このような野花を見ることが私の詩情を助けた。そうしてそれ故に、私は私の空想の世界のなかで章美雪女士が本当に可憐な娘であったことを認識した。

「この花は、支那では何という花だ?」

「さあ? 日本には無いか?」

と、鄭が反問する。

「いや、沢山ある。だがこんな大きなのはない。」

「何という花だか知らない。しかしその実はたしか野柿と言って秋になると食べられる。」鄭君はそんな事を答えた。

私たちはその墓地から立ち去って、あの木かげの道をたどってから、再び見覚えのない道を私は鄭君に従《つ》いて歩いた。この道も涼しい樹の多い道で、その両側には、十分に庭園をとった別荘のような屋敷が幾つか疎《まば》らに並んでいた。そうしてやはりまがりくねった少し上りになった坂道であった。その道の或る部分に突如として巨巌がそびえていた——この嶋、鼓浪嶼にはこんな風に立っている巨巌が沢山ある。そうしてそれぞれに皆名があるのだが——その巨巌の麓にそれほど大きくはないが支那の様式と西欧の様式とを半々に巧にとり入れた一つのチャアミングな家屋があった。私は立ちとまってその家を眺めた。瞰《かん》青別墅《せいべつしょ》という家である——家の前にそういう額が掲げてあった。そうして石の門にはその一本一本の柱に一句ずつ次のような聯句《れんく》が深く刻まれてあった——

此地有人長寄傲
問天假我幾何年

それは巧な句であるかどうかを私は知らない。ただ、あの章美雪女士之墓からここへ来るまでの間もの思いをしていた私は、その対句をも私の懐中記事冊のなかに書きつけた。

集美学校

集美学校 立徳楼（1920年代の絵葉書より）

厦門というところは言うまでもなく島だが、それを取囲んでいる湾が所謂鷺江である。厦門島の北端が鷺江を距てて相対している本土の一角に集美（Chip-Bee）という貧寒な一漁村がある。この小さい漁村が四五年前から厦門地方では、突然、大変有名な土地になって来た。というのは、そこに集美学校という学校が出来たからである。――集美という地名をそのままかぶせたのであろうが、集美学校とはいい名前ではないか。この学校は私立学校なのだが、既に、小学校、中学校、工業学校、師範学校、高等師範学校、高等学校、それに女子高等小学校などもあって、更に来年になると厦門の有名な寺院南普陀の附近の広大な地面へ――このお寺は私も見物した。あの途中で石ころの多い、立木一本ない所々にただ野生の龍舌蘭が猛々しく繁茂した、草いきれで蒸せかえるような炎天の野路を大分長く歩いたが、多分あの辺に相違ない――そこへ、商、工、文の三科（?）の大学をも建設するというのである。今年から既に大学入学志願者を募集しているという。そうしてこの余程大規模な私立学校は全然個人の経営で成立しているので、然もこの経営者は支那人自身で、陳嘉庚、陳敬賢という兄弟である。彼等は未だ三十五位の少壮な人たちであるという。

一たい、福建省——就中厦門の附近、漳州泉州の田舎からは、往昔、明末清初の乱余の饑寒《きかん》から遁れようと人人が台湾へ移住したように、現時では盛んに南洋諸島へ移住やら出稼ぎやらに志すので、厦門の客桟（旅籠のこと）にはいつもこの種の出稼人——所謂「華僑」なるものが一杯ごろごろして南洋通いの船を待っているそうである。これら華僑の大部分は南洋への渡航費は無論、その客桟の支払いをさえ持ち合せては居ないので、唯、出稼ぎ先きの未だ受取れるか受取れないか判らない賃金の見込みを抵当にして、華僑の仲買人——そういう職業が出来ているので——の手から手を牛馬か何かのように転々と売られながら渡航するのだという。年が若くて壮健な者はこういう方法ででも争うて渡航する。渡航しないほどの下級民は廃人と見てもいいとさえ言われている。厦門に居残った苦力は他地方の苦力の半人前しか力がないとも言われている。それ故、南洋諸島では厦門地方の言葉が労働者間の共通語になっている程だと言う。それほど数多い華僑のうちには勿論千人に一人だか二人だかは知らないが、兎も角も成功をして巨万の富を積んで帰る者も無いことは無い。厦門島と相呼応する小さな島——各国共同居留地になっている風光明媚な鼓浪嶼のわけて風光に富んだところどころ、或は海に近い山かげに、或は巨巌の麓に海を見下して、或は小高いあたりに樹の梢越しに厦門の市街を見晴すようなところに、それぞれの地勢に応じて相当に数奇を凝した庭園を公衆に開放しながら、その傍に洒落な西洋風の、或は華麗な――西洋風に支那風を半分加味したような別荘があるのをよく見かけるが、そうしてこれらの多くの別荘が鼓浪嶼の全島を公園のように感じさせるのになかなか役立っているのであるが、それらの多くの別荘の大半は成功した華僑の造営したものである。こういうものを目のあたり見るということが一そう彼等の渡航熱を煽らせるに違いない。

――私はある晩、そういう別荘の庭園へ入って見た。月夜の海岸を歩いてから山かげにある或る別荘の庭園を通り抜けたのだが、そこにはやっと人間が通れるだけの洞窟になった道を人工的に造ってあって、その洞から出るとすぐに二間ほどの石橋がかかっていて、その石橋の上にくると夜気に雑って蓮の匂が幽に漂うていた。この庭園の持主は出稼人ではなかったが、やはり南洋で何かの事業で成功したので、近日のうちにその還暦祝をするに就ても、広東から仕掛け花火を取り寄せ上海から俳優を招いてその庭園のなかで芝居をするそうで、昼間はその桟敷やら舞台やらをこしらえるのに忙しかった。私は又、或る日「観海別墅」というのへ這入って見たことがあった。これは其名の通りに海角に建てられたもので、その馬蹄形の庭園のぐるりには砲塁のように銃眼のある胸壁を取めぐらして、それの外側に打よせる浪を見る為めにその胸壁の内側には幅一間ほどの三和土の歩道――それの延長が三町ほどのものがあった。庭そのものは花床を主にして出来た快活な気持ちのもので、そこには三四人の男が芝生の手入れをしていた。私をここにつれて行った人はここの主人と顔馴染があるとかで、私たちは黒檀と紫檀と大理石とで出来た客間でお茶を振舞われた。この主人というのがやはり腕一本から三百万円という富をたたき上げた華僑なので、見るから働きのありそうな快活で壮健な五十近い人であった。その客間の前のベランダを二十歳に足りない兄弟がラケットを持って庭の方へ行ったが、これがこの主人と彼の妻である南洋土著の婦人との間に出来た混血児だそうである。この「観海別墅」の主人は何でも今は南洋に幾つかの製糖会社を持っているということであった。――余談に深入りをしたが、集美学校の陳兄弟もやはりこの種、華僑の暴富者の息子である。彼等の父は労働者からガイドになって、ガイドとして或るヨーロッパ人の信任を得た末に、そのゴム栽培園の持主であるヨーロッパ人の富を少しずつ掠めて、それを基にして莫大な富をつくって死んだのだと噂されているが、陳兄弟は父の遺産を受け継ぐと間もなく集美学校の経営を思いついた。校主がその父の南洋で贏《か》ち得た富で事業をするという理由からであるかどうかは知らないが、集美学校は主として華僑の息子たちに教育をしたいらしい。大学入学志望者のためには、確か爪哇《ジャワ》と星嘉坡《シンガポール》と厦門との三個所で入学試験を行うように、その入学案内書に書かれてあったと思う。

陳兄弟は、学校の創立費としては百五十万円までは投じてもいいというので、今までのところ校舎の建築やら其他に六十万円近くは使った。そうして約五百人前後の各種の学生を殆んど或は全く無料で寄宿舎に置いてあるので毎月約二千円の学費を彼等兄弟で負担している——生活費の安い地方だから、私のこのうろ覚えの数字は多分間違いではあるまい。又、同じ理由で創立費としての百五十万円も日本の社会状態から見る百五十万円よりももっと巨額に相当するであろう。建築費だとか敷地とかいうものは、意想外に安い乃至はただのようなものであるから、本当にそれだけの創立費を投じたならば多分は余程完備した学校が出来るのであろう。何にしても、財を吝《おし》んで公共的な事業には決してそれを費そうとはしない支那人としては、ただ地方的にというだけではなく、支那全土でも珍らしい奇特な事として、旅行者などが時々、集美を見物に行くそうである。公共事業という種類のものにはあまり興味を見出し得ない私ではあるが、見物して見てもいい——集美がちょうど水の向う程よい遠さにあるから一日舟遊びのつもりで。

五色の中華民国旗を飜した小さな軍艦から喇叭《ラッパ》がひびいている。その船腹のわきを通って私たちの舢舨は集美の方へ行く。

——三時間もすれば、正午前には集美へ着く。——厦門は風俗の悪い市街だから少年を教育するには田舎でなければいけないというので学校は集美へ建てたのだ。——その代り学校には大型のボオトが二艘あって毎土曜の午後からは生徒がよく教師につれられて厦門の方へ出て来る。――あの学校には僕の中学には僕の中学時代の同窓も二三人教師をしている。……案内者の鄭は日覆をさせた小舟のなかで私にこんなことを話して聞かす。それから西の方に連っている雲の徂徠する山々の麓の方を指して、――去年の春あたりはあの辺でよく戦争をしていたものだ。厦門や鼓浪嶼からもよくその砲火や時には兵卒の形までが見えた。――あの島は珠嶼という名である、珠のように円いからだ。――ごらん、あそこには小島の上に塔が立っている。鼓浪嶼から見えるところにも塔の立った山があるが、あれは南太武という山だ。あそこには山頂に不思議な場所がある、大きな一枚の平たい岩だが、どんな夕立でもその岩は避けて通る。僕も或る時行って見たが、そうして偶々夕立に逢ったが、全くその岩は不思議だ。あたりのものは悉《ことごと》く雨に打たれているのに、その岩はちっとも濡れない。いや、その上に樹が茂っているわけでも何でもない。雨の降ってくる雲が見えながら、その岩の上に立っていると雨がかからないのだ。――鷺江八景というものがあるが教えてやろう。手帳をお出し。……話好きというよりは少々お喋りに近い鄭は、私にポケットから懐中記事冊を出させて、それに所謂鷺江八景の名を思い出し思い出し書きつけてくれる。鼓浪洞天、白鹿含煙、虎渓夜月、鳳山織雨、金雞暁唱、龍鬚土橋、万石洗心、雲頂観日。――白鹿は洞の名である。鳳山寺、金雞亭、龍鬚亭。それから鼓浪洞天というのは鼓浪嶼で一番大きな岩、日光岩のあるところである。その外の三つもそれぞれ厦門の諸所に突兀と現れている巨岩の名だということであった。それから私は、昨日、小蒸気に乗りおくれたために行くのを三日延した漳州に就ての予備知識を得て置こうと、手帳が出ている序に、鄭に頼んで漳州のことをそれに書き留めて置いて貰う。その説明を聞いてしまってから、思いついて、忘れないうちに、後日の心覚えにだけに厦門へ着いた以来の日記をぽつぽつと走り書きして置く。舟は小島の沢山あるあたりはもう通りすぎて来て、水の景色も少し飽きて来たから退屈凌ぎにちょうどいい。先ず指を折って見ると、厦門へ来て今日で第八日目だが、匆忙《そうぼう》たる旅の気持ちで、僅に八日間の事の順序を時々忘れていた。何時も行動を偕《とも》にしている鄭を相手にやっと思い出して八日分の短い日記を書き終ったころには、集美の砂浜が我々の舟の直ぐ前に現われていた。その向うにやや遠く、舟が進むに従ってだんだんと、大きな屋根の一部分が見えだし、やがて赤煉瓦の長い大きな建物が濃密に晴れ渡った空の下にくっきりと立っているのが正面から見えて来た。それが集美学校である。

「成るべくは午後の二時ごろから帰れるように、その時刻が引き汐だから。その時刻にはこの浜は浅くて舟が著《つ》けられないから、少し遠いが向うの方の浜へ舟をまわして置く。」

舟人がそんなことを言ったと鄭から聞きながら、私達は磯の匂いのする道を向うの赤煉瓦の建物へ急いだ。その赤煉瓦の広大な二棟は二階建ちで、その外に幾つかの低い屋根が長低錯雑して連って見える。東京の怪しげな私立大学の校舎などよりずっと宏大である。煉瓦で築いた校門をくぐると、この校舎が未だ普請中だというのでところどころに煉瓦が積み重ねてあった。夏休み中だから学校はひっそりとしていることだとばかり思ったのに、職員室の方へ行こうとするとその近くの大ホールには青年たちがちらほら見える——今日はクリスチャンの親睦会がこの学校の青年会で催されていたので、厦門からも牧師やらその他のクリスチャンが来て居ることがわかった。それら青年の一人に鄭君が話しかけた。互に親密な間柄だと察せられるこの青年が五分ばかり鄭君と応答していたと思ったら、私達を早速にどこかへつれて行く。

来て見るとそこは寄宿舎の食堂らしく、そうして南洋出稼人の息子たちは休暇中も帰省しないと見えて、中学一二三年ぐらいの少年がざっと二百人ぐらい、なかにはもっと長けた青年も雑って食事の最中であった。私たちをそこへ導いた青年は、その食堂の隅の食卓へ私と鄭君とを割り込ませて、同じ食卓に居た二三の少年に何か耳うちをした。——これは日本人だがいやがってはいけないよ。学校を参観に来た人だからね。行儀よく食べなさいよ。と、でも言ったのじゃないかという気がした。それから私に向っては丁寧な英語で「さあ召し上って下さい」と言い置いて立ち去った。私は同じ食卓や近所の食卓の少年たちに偸視《とうし》されながら、私の方ではまた卓上の御馳走を先ず目で検分した。二つの大きな皿に盛ったものは、その一つは豆のもやしで、もう一つの方は豚肉と何かこんにゃくに似たようなものとで、更に大きな皿の一つはスウプに、それから御飯の代りとして一般にたべる所謂支那蕎麦である。私はこの献立を見ているうちに、それがどこやら日本の中学校の寄宿舎あたりのものと一味の相通ずるものがあるのを見て、別に悪意のない微笑を禁じ得なかった。その大皿から彼等は菜箸《さいばし》を用いて自分の小皿へ何でも勝手にとって食べる。菜箸を用いることをわざわざ書くのは、これは一つの皿のものを各自の箸でつっ突き合う支那本来のやり方と違うからである。きっと衛生を重んじてであろう。私も皆の通りにして食べる。皆は自分の小皿のが尽きると何度でも自分の好きなものを取って食べて居る。可なり盛んに食べていた。

食堂を出て直ぐのところに狭い軒下を通ると、そこに五十位の人が一人、棕梠《しゅろ》の葉を編んだ団扇を使いながら食休みをしているのであったが、この人とも鄭君は馴染があるものと見えて、どちらからとなく声をかけあった。そうしてそのやや老いた人はすぐ彼の立っていた入口から這入って、一つの小房へ鄭君を請《しょう》じた、私にも這入れと言った。彼はかまわない身なりであったが閑雅で品位のある動作をした。彼等は頻りに何かと話合っている。台湾とか打狗《タアカオ》とかいう言葉が出る。年とった人は熱心に好奇的に台湾の話を聞いているらしい。ここは寄宿舎の一部でこの小房はこの年とった人――多分、先生に相違ない――の宿房であろう。壁には糸で綴じた厚い草稿のようなものが十綴以上も、机の前に吊されてある。これは生徒たちの詩稿らしい。そうして一番奥の方には生徒の保健表というような大きな帳簿がかかっている。この人は初めて見た時は五十位と思ったが四十位かも知れない。私がそんなものを見ているうちに彼等の話題は私のことになったと見えて「東京」「東京」という風な音がちょいちょい耳に這入る。そうして彼の人は私の顔をつくづくと見るのである。その時、鄭君が私を顧みて、「この人を君に紹介する。これはこの学校の校医で兼ねて支那文学の講師で詩人だ。」それから「この人に君のことを話したら大変珍らしがっている」とも言う。一たいこの鄭君という青年は厦門の生れだが、台湾に居る姉と義兄とを頼って打狗に居て、そこで私の中学時代の同窓で歯科医を開業している友人の書生をしていた因縁で、私を厦門へ案内したのだが、私の友人から私の事を聞いて居たので、おせっかいにもこんな時にまで私を小説家などと言って先方へ紹介したものと見える。それが飛んだことになって来た。というのは、この支那文学の講師である詩人が鄭君を通じて私に支那の詩を作るかと質問したのである。私は正直に作れないことを答える外はなかったが、序に鄭君にそう言って貰った――作れない。だが読むことは好きだ。何でもいいから先生に一つ書いて貰いたい、と。先方は私の乞いを直ぐに引き受けたらしいが、更に私に言うには、――それなら君は日本の詩を作るか。私は鄭君に答えさせた――日本の詩なら作ったこともある。すると先方からは――私は君の為めに我国の詩を書く、その代りに君は私の為めに貴国の詩を書け。彼は鄭君にそう通弁をさせながら、茶を入れて私たちに勧めた。それからやはりこれも私たちに勧めた上で巻煙草に火をつけて、再び鄭君と話合っていたが、やがてふいと立って机の上の墨を磨って、立ったままで何かすらすらと書き初めた。それが次の詩である。

贈佐籐春夫先生

陳鏡衡急就艸

如雷灌耳有隆名
游歴萍逢倒屣迎
小說警時君著譽
黑甜吾國愧難醒

彼は筆を措いてその紙を私に渡した。集美学校用箋という朱刷の荒い罫紙に認《したた》めてある。それから私に書くことを促す如く筆をとって私に渡したものであるが、私は実に困惑した。私は数年来歌をつくった事がない。そうしてこの場でいくら考えても何も出来そうもない。私は、「遠く鷺江のほとりに遊びて陳鏡衡先生に逢へる日に」とはしがきをしたきり何も書くことがないのであるが、何れ何を書いたところで……という気になって平仮名ばかりで歌を一首書いて仕舞った。幸なる哉！　何を書いたか今全く忘れて居る。若し少しでも覚えていようものなら、私は今きっと多少は煩悶するだろう、拙い出鱈目だからと言ってそれをここへ書かずに置くのは何となく気が引けるし、書けば書くであまり出鱈目なのが恥しいであろうし——何にしても全く幸運にも私はそれの一句をも覚えてない。但、その意味だけは説明をさせられたので覚えている——今日君に逢って今日君に別れる、そうして恐らく終生再びは相見ないであろう。何でもそんな意味であった。陳鏡衡先生は鄭君からその説明を聞いて軽く二三度頷いてから、その与太歌を気の毒にも机の抽斗《ひきだし》へしまった。それから私が読んで居る彼の詩を、私の傍へ来て覗き込みながら「急就艸」の三字を指で示しながら、即興で大へん拙いものだというようなことを鄭君に通訳させた。それから私の手からその詩稿を取り上げると、再び机の抽斗を引き出して、何をするかと見ていると、もとは洋罫紙の一頁であったろうと思うもので貼った封筒とそれに、別の抽斗から名刺を一枚とを出して、その詩稿と名刺とを封筒のなかに収めたが、更に筆をとって封筒の表に佐籐（藤の字が竹冠になっているが）春夫先生恵存と認めて、その一隅へ鏡衡という印をゆっくりと押した。こんなに丁寧にしてくれるにつけて私は私の出鱈目が恥しく済まない気がせざるを得なかったが、私にしてたとい拙劣でも漢詩の平仄《ひょうそく》をつらねることを若し知っていたらば、多少は直接に何事をか彼に言えたであろうにと考えることが私を幾分か切ないような気持にするのであった。陳鏡衡の前掲の詩は、素よりただ形式的な一片のお世辞にしか過ぎない他奇の無いものではある。但、厦門に来て以来折にふれてさまざまなものを見たり聞いたりした私には――兵火の絶えない現下の国情やら、夜間に市街のすこし裏どおりを通れば行く先き先きで軒なみに行人を呼びかける私窩子《しかし》の群れや、それらの私娼窟に雑って所々にあるという阿片窟や、いかがわしい、それこそ意想外にいかがわしい画面の覗きからくりが、少年子弟の見るに任せて路傍で行われているのや、それから苦力が路傍の狭い空地に跼《きょく》して小石と地面とを道具にして「行直」という遊戯の方法で賭博をしているのは未だしも瀟洒たる洋館のなかに煌煌たる電燈の下でしかも路から見える二階のベランダに出て、金ぶちの眼鏡をかけた教育のありげな若い婦女子が恬然《てんぜん》として賭博に余念のないのを見たその同じ目で、「黑甜吾國愧難醒」を読むと、加之《しかのみならず》それが新しい文化の種をこの痩地に蒔こうとする集美学校に職を奉じている人の心から出たものだと思う時、この一句は必ずしも空虚ではないように思えて、一介の游子も亦《また》彼の国のために彼の心事を憐むことが出来るような気がする。後で鄭君から聞くと陳鏡衡は四十二三であろう、そうして厦門地方では名のある詩人だと言う事であった。その名刺によると彼は同安の人である。校主の陳兄弟とは同姓であるが、勿論血族ではあるまい。

陳鏡衡の部屋に半時間以上も居たが、辞して、大ホオルの方へ出てくると、先刻私たちを食堂に導いた青年が私たちの姿を認めて私たちの方へ歩いて来た。そうして私たちを学校からは十町程距《はな》れている集美の村落の方へつれて行った。村は漁村特有の臭いが熱気に蒸れていたが、軒並の低いその町には日ざかりだから人通りはひとりもなかった。その民家の間に雑って一つの大きな民家——それを別に手入れもして居ないもの——が、集美女子高等小学校なので、その位置と外形とを見せるためにここまで連れて来たのであろうがわざわざ見るべきものは何もない。直ぐに引返して赤煉瓦の校舎の方へ来る。

ホオルでは七八十人もある人人が——主に青年であるが——集って、何事かに打興じている、懇親会の余興が初まったのであろう。朝のうちに会合があって、暑い盛りの昼休みに余興をして、少し涼しくなる頃から又会を初めるそうである。やはりクリスチャンの中学出身者である鄭君はこの仲間に知り合いが沢山あるものと見えて誰彼れの差別なく声をかけ合う。一人の若いアメリカ人がいた。この学校の英語の会話教師だそうな——去年の春はちっとも厦門語を知らなかったのに、もう自由自在に冗談まで言うようになっている、と鄭君が彼に感心してお世辞を言っている。鄭君がいろいろの人と解らない言葉で対談して歩くのを一一ついて行ってわきで見て居るのも気が利かないから、私は、三つほど並べて立てたボールドの向うで打興じている一団が何をしているのかと見に行くと、ボールドの上には細長い紙片を一ぱいに貼りつけてある。その紙片にはそれぞれに、頭の番号のある短い文句が書いてあってその下に（聖句一語）とか（中国地名）とか（近世英傑）とか書いてあるところを見るとなぞ／＼をしているに相違ない。見物が口々に何か答えると紙を貼る人が「その通り《テオ》」とか「違う《ムテオ》」とか答えながら、どんどん新らしい題と貼りかえる。奇抜なのがあると見えて皆で哄笑したりするが、私にはそれがどんな風にして解かれるのやら一向見当がつかないから暫く立って考えながら見ていた。すると、私のあまり物数奇に立って見ているのを珍らしく思ったものか、傍に居た一人の青年が不意に、

「どうです、何をしているか判りますか？」

と、発音のいい英語でそう話しかけた。私は「多分なぞ／＼ではないのですか」と言い度《た》いのだが、なぞ／＼という英語を生憎と知らないので、答えた――

「いや、一向何だか解らない。何ですか、あれは？」

すると話しかけた方の青年も、どうやらなぞ／＼という英語は知らないらしく困っている。私はポケットから万年筆と懐中記事冊の白い頁とを出して渡すと、彼はそこへ「謎灯」と書いて私の顔を見る。私は解ったという風に頷いて、さてそれじゃ例えばどんなふうにそれを解くのかと聞きたかったが、下手な英語では両方でもどかしくおぼつかなかろうと思ったので、私は支那ではなぞ／＼のことを「謎灯」というのだなということを知っ

ただけで満足するより外はなかった。私がそんなものを見ながらぼんやりしているうちに社交家の鄭君はどこへ行ったのか姿が見えなくなった。仕方がないから私はひとりで校舎をあちこちと見て歩く。と、或る壁に——言わば玄関の突きあたりというようなところに、校主の陳兄弟の大きな写真が二つ並べて額になっているのを見た。誰もの眼に触れるようなところにあるのだから。私は些《いささか》不愉快な気がせずには居なかった——陳兄弟のこの学校もやはり、上海から俳優を呼び広東から仕掛花火を取寄せて人々の耳目を聳《そば》立たせる還暦祝とその目的に於て五十歩百歩の仕事に思えたからである。いや、この方が寧ろ邪気があるとさえ感じた。しかし思うにこれは私の間違いである。人間のすることを五十歩百歩などとそう超越顔に一口に論じ去るのはよく無かろう——五十歩と百歩、いや五十歩と六十歩と、その些々たる違いを味って見なければ、微々たるそうして何れは大差のない人間のする事の価値を上下する尺度は失われるであろう。人間の単位をあまりに高いところへ置きすぎて無暗に四捨五入してはいけない。——私は今は、これを書く今は、そういう考え方をしているが為めに、集美学校の玄関に陳兄弟の麗々しい写真を見出して不快であったのも事実であると共に、陳兄弟の事業にはやはりそれ相応の敬意を表す事にする。

私はざっと——一とおりと言いたいが時間は日盛りだし場所は広かったから一とおりは歩かなかったが兎に角、ざっとあちこちを見て、再びホールの方へ復《かえ》って見ると、もう謎灯はすんで茶菓を配っているところだった。私はその場へ近づくのもへんなので遠くに立っていると、人人の席のなかから鄭君が出て来て私をその方へつれて行くと、幹事らしい人が私にもお菓子を一包みくれた。支那化した西洋菓子である。鄭君は五六の青年たちと一緒にその席を出るから私もついて行くと、彼等は若い職員の合宿室とでもいうような部屋へ這入って、改めてお茶を汲んだり新らしい菓子を出したりした。いずれ鄭君の話をした彼の中学時代の同窓たちででもあろう。彼等は大きな白木の卓を囲んで何かさまざまの談笑に耽っている。相手のない私はしょざいなさにその大きな卓上にあった雑誌類のうちから手に触れるままに一冊を取り上げた。これは上海で出る婦人雑誌だ。確か「女子青年」という名であった。目次を見ると小説「藍色玫瑰花」というのがある。私はその頁を開いて見た、それから支那の新しい女たちはどんな小説を読むものだろうかと、それを拾い読みする気になった――三頁に足りないものだったから。

「藍色玫瑰花」――青い薔薇の花――は題を見ても判るとおり、支那の現代の小説の殆んどそうである如く、飜訳もので羅馬字で原作者の名を上げてあるが、それは私の知らない誰かで、訳者は多分閨秀文士であったように記憶する。私は試みに読んで見よう――尤も「女子青年」はこれを書く今は私の目の前にはないから、断るまでもなく次の話は私がそらで勝手に読むのだと思い給え。……或る国の王に美しい姫君があった。国王には王子は無くて王女もたった一人きりである。其故《それゆえ》、此《この》王女は王が鍾愛《しょうあい》の姫である。此一人の王女には三人の婿君の候補者がある。三人とも才智風格相譲らない公子である。王女は何《いず》れを何れと定め迷うた。国王とても同じことである。そこで国王は一策を設けて、三人の公子に対して次のようなことを告げた——明日は姫の誕生日である。誕生日の晩には吉例として球会がある（此は舞踏会の誤りであろう、黙って直して置いてもいいが、兎に角「女子青年」には球会とある。）球会には是非とも姫の白衣の胸に藍色の玫瑰花を飾らせてやりたいものである。白衣に青い花はさぞ似つかわしいであろう。但、藍色玫瑰花はたやすくは得られないものである。今年もとうとう手に入らなかった。それ故、私は卿等三人の公子に誓うが、来年の今日までに藍色玫瑰花を捜して来た方には寡人の姫を差し上げてもいい。又其日までは当分決して私の宮殿のなかで公子たちを見たくないものである。この言葉で三人の公子はその日家に帰ると、それぞれに藍色玫瑰花を得る方法に就て考え悩んだ。一年を経て三人の公子は各々、久しく見なかった為めに一層愛慕の募った王女と国王との前に出て来た。第一の公子は甚だしく打沈んで顔色は藍色玫瑰花のように青かった。その故はこの一年の間に彼は藍色玫瑰花を決して見出し得なかったからである。第一の公子は多少の憤を帯びて国王に言うには——私はこの一年の間、私の書斎にばかり閉籠った。然しどの植物学書にも玫瑰花に藍色の種類があるとは説いていなかった。それ故私は次にさまざまの科学の書を繙読《はんどく》して独特の方法から科学の力で藍色玫瑰花を得ようとして空しく一年を徒費した。王は第一の公子の徒労を心から憫《あわれ》み且つ謝した。第二の公子も亦打沈んで顔色は藍色玫瑰花のように青い。彼も亦その花を得なかったからである。第二の公子は多少怨を含んで国王に言うには——私はこの一年の間、身をもって世界中のあらゆる地方を山野と言わず庭園と言わず歴訪して、専念に藍色玫瑰花を尋ねた。私は黄紅白紫さまざまなものを見出したが藍色のものは一枝もなかった。但私は行く先き先きで人々の嘲笑だけを得て帰った。王は第二の公子の徒労を心から憫み且つ謝した。第三の公子が国王の前に出た。彼は決して前の両公子のような顔色ではなかった。そうして俏麗《しょうれい》な頬に優しい笑を含んで言った——私は藍色玫瑰花を見つけた。しかし花の色の衰えることを惧《おそ》れたから私は摘まずに帰って来た。今夜、私は姫君のお供をしてその花を摘みたいものだと思う。その花こそそんなに遠い地の果ではなく、何ものも備わらないものは一つもない吾が国王の宮殿のその御苑のなかにあるのだから。王は第三の公子のこの答を得て心地よげに笑って言われた——卿は本当にそこでそれを見出したか。さてその夜第三の公子が王女を誘うて出たところは、宮殿の後苑の玉階からやや遠い噴泉のほとりであった。公子は姫を誘うてそこに歩みながら、この一年の間どんなに姫のことを思いつづけて毎夜ひそかにこの噴泉のほとりに来て佇んだかを語りつづけた。第三の公子と姫とがその噴泉のほとりに歩み来った時に、この二人は皎《こう》たる月下に肩を摩して腰を下した。円かな月は才子と佳人とが何を囁いたかを聞いたであろう。姫は、その池辺に藍色玫瑰花が果してあるかどうかを敢て見ようとはしなかった。但、父王が本当にそこに藍色玫瑰花があったかどうかを笑って尋ねた時に、姫は面を伏せて、有ったと答えた。次の日姫の誕生日には、王は姫の婿が定まったことを賓客と庶民とに披露した……

「佐藤君。では、もう帰ろうか？」

私の読み終るのを待っていたらしい鄭が、不意にそう私に——読み了《おわ》ってその上品な趣味を喜んでいる私に、そう呼びかけた。

「さあ。然《そ》うしよう。」

私と鄭とが立つと、一人の青年——さっき私たちを食堂や村落の方へ案内したと同じあの青年が、私と鄭に向って流麗な英語で言う。

「まあいいでしょう。夜までいらっしゃい。今夜は六月の十五日だ。満月だから夕方から月を見ながらお帰りなさい。厦門から来ている会の人たちもその頃に帰るから。今は暑いのに。」

私は時計を出して見た。三時半である。月を見ながら帰るのも望ましいが、夕方までの二三時間が退屈だし、それに二時の約束の舟人が待ちくたびれているだろうと思ったから、私たちは彼等と別れた。丁度、学校の鐘《ベル》が鳴りひびいて、これは今からクリスチャンたちの午後の会合が初まる合図らしかった……

集美学校という題をつけながら、私は学校そのものに就いてはあまり書かないでしまったようで気がひける。それ故、私はここに「福建私立集美学校九年秋季招生簡章」——これは私が何かの参考にと思って学校で貰ってきたもので、同校の民国九年の秋の生徒募集書だが——のなかからどこか一頁をやぶって貼りつけて置こうと思う。

中学校の「課程及教授時間数表」がいいだろう。

学科＼学年	第一学年	毎週時数	第二学年	毎週時数	第三学年	毎週時数	第四学年	毎週時数
修身	修己	一	家庭及社会	一	社会及国家	一	倫理学	一
国文	講読近世文 作文 習字	十	講読近世中古文 作文	八	講読中古文及古文 文字学大意 作文	四	講読上古文 文字学大意 詩歌 作文	三
英語	読本 黙書 習字 文法 造句	十	読本 文法 造句 黙書	十	読本 作文 修詞 訳述 会話	十	文集 修詞学 作文 会話	十

数学	算術 代数	六	幾何 代数	八	立体幾何 平面三角	六	高等代数 解析幾何大意	六
歴史	本国史	二	同上		世界史	三	同上	三
地理	地理概論 本国地理		本国地理 世界地理	二	世界地理	二	地文学	二
理科					物理 科学	六	物理 科学	六
博物	植物 動物	二	動物 鉱物	二				
法制					法制大要	一	同上	一
経済					経済大要	一	同上	一
図画	自在画	一	用器画	一	同上	一	同上	一
体操	普通 兵式	二	同上	二	同上	二	同上	二
合計		三六		三六		三六		三五

――学年は四年らしいが、学科目やその時間の関係などは我国のものと大差がないような気がする。数学の程度が少し高いようにも見える。――確か、日本の高等師範学校の教授某氏が大体の方針に参与したような事を聞いた。私はこの学校では工業学校やら高等師範やら大分さまざまな学校が混成されているように厦門で聞いたように思うが、それはすこし景気のいい噂か、でなければ私の聞きちがいであったと見えて、予科本科二科から成り立つ師範学校と、前掲の学科表による中学科、外に中学程度の商業科及び女子高等小学校だけしか今はないらしい。併し厦門へ大学を設立のことは事実らしかった。九年秋季招生簡章によると、学費としては師範生は入学最初の制服費十二元その他学費も宿膳費もこれは一切不用。中学と商業は制服費十二元寄宿舎の帳被枕蓆費十二元とそれに寄宿舎膳費毎月四元。月謝は何れも無料である。師範予科生二百人を筆頭に中学の五十人、師範二部及商業は各四十名宛の生徒を募集している。入学試験地は厦門を初め遠県各勧学所、星嘉坡《シンガポール》、小呂宋《ルソン》などとある。大学招生簡章も確に見たのに、どうしてだか私は持っていない。或は貰ったのに無くしたのかも知れない。

因みに集美学校は宗教学校ではないが、校主の信仰と厦門地方の一般知識階級の信仰とによって、基督教的空気を持っているらしい。そうして、厦門地方の一般知識階級の信仰を基督教化した第一の有力者は或る独身の米国婦人だという。この婦人は二十幾歳から四十歳の今日まで二十年間、そうして今も尚ひきつづいて経営している幼稚園で幼児に与えた感化であると聞いた。現時中流以上の家庭の三十歳以下の青年少年及び幼童でこの婦人の幼稚園に遊ばなかった者は殆んど無いと言っていいそうだ。彼の女は幼童たちのためにさまざまな遊戯やら、多少の教化的寓意ある童謡を厦門語でつくって、作曲したりして子供と遊んでいるという。その童謡の一例――「ここは大きな洞穴だ、私は一本の蠟燭だ。消えまいぞ。燃えよう、燃えて光ろう。」――どんな婦人で、どうしてそんな生涯をこんな異郷の田舎に楽しんでいるかを私は知らないが、亦その志の憐むに堪えたるものがあるのを思う。――余談になったが、ここにそれを思い出したから集美学校の序に書いて置いてもそれほどに不自然ではあるまい。

南方紀行　厦門採訪冊

鷺江の月明

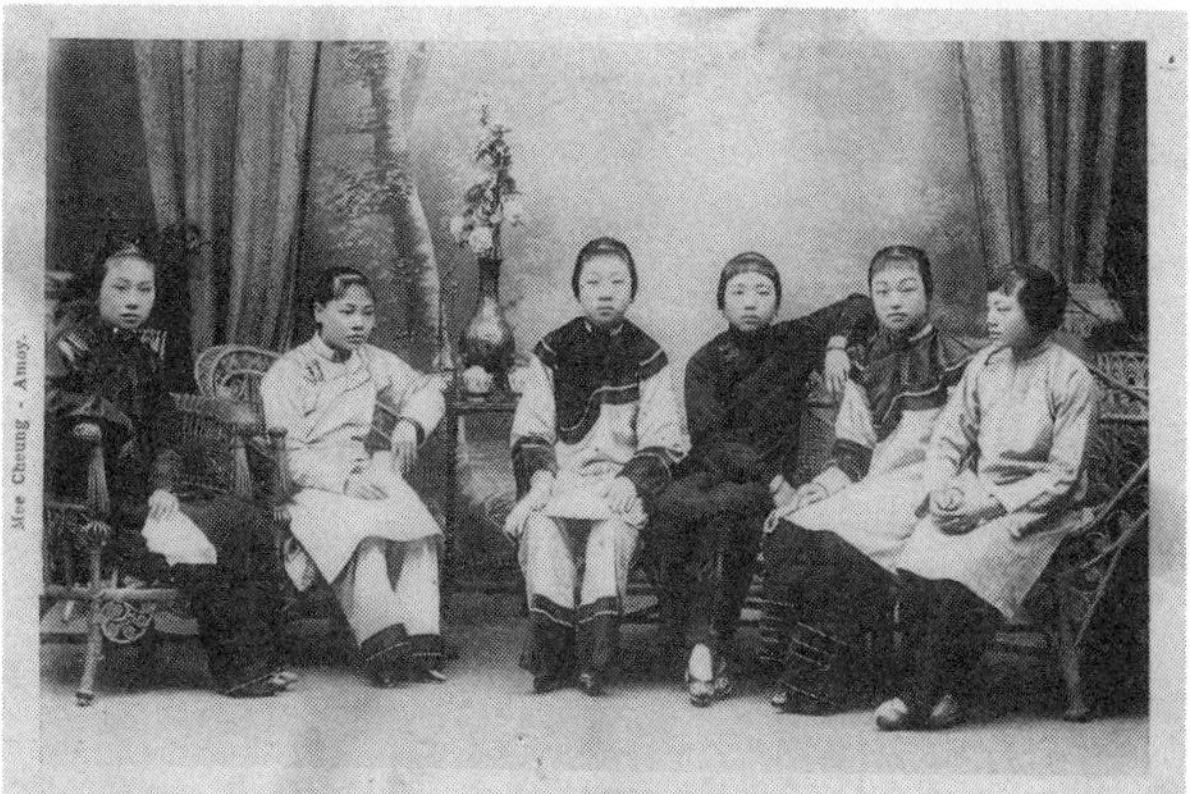

厦門の歌妓（1910年頃の絵葉書より）

集美学校からの帰りである。

学校校舎の煉瓦をここに荷上げしたらしいと見える赤い粉のために浜一面が赤いところへ出て、そこで待ちくたびれて舟のなかに昼寝している舟人を起した。舟人は汀を指差して不機嫌である。引き汐の勢で帰ろうと思ったのにもう大分退いてしまったからであろう。その罰と言うわけでもあるまいが、逆風だからと言って舟の日覆いを剝がれた。しかしもうぼつぼつ昃《ひかげ》の薄れかかった太陽は、水の上ではそれほど堪えられなくはない。我々の船舶は逆風のなかに帆を上げてまぎりながら、厦門島の山かげを山に近く縫行した。そのために幾分か時間がかかったけれども、私は決して退屈はしなかった。いや、退屈どころではない。私は私たちの小舟を遅れさせて水の上の夕暮れを私に見せてくれたあの日のあのそよかな逆風に感謝しなければならないように思う。それほどその日の鷺江の夕暮は美しく楽しいものであった。私はその夕方以来支那の沿海地方では鷺江の風光が第一だという定評や、西湖もこれには及ばないと言った人を、信じようと思う。——西湖も他のどの地方をも知らない私ではあるが。

私自身に就て言えば、私はあの日の夕方ほど私の趣味にしっくり合った自然をその前にもその後にも未だ一度も見たことはない。

——水路を半分も来ていくつもの小島が見え出すところへ来たころには、夕日は目に見えながらゆるゆると西に舂《うすづ》き傾いた。西方の山々にはかすかな夕雲が煙のように消えて行くところであった。羅《うすもの》を脱ぎ去ったこの幾重にも連った山々や、複雑に突入した鷺江の岸べの高低が、入日の光に濃い影を荷葉皴《かようしゅん》に刻んだが、やがて濃淡さまざまに紫や、藍や、紺青や、黄や、赤金や説き尽し難い色に幾重にもかすみながら、然もそれは刻刻に、物憂く気まぐれな気分のように捕捉しがたく変化した——日脚が静かに移って行くがままに。我々の舟が未だかき乱さない水の行手には金が溶けて流れた。水の上の金色が紅く変るころには、山々はその裾の方から極く少しずつ灰色になり、さて暗くなって行く。日は落ちたが余映は虹の紅い部分のような茜で空に残っている。それもやがて薄れる。どういう大気の理由であるかその夕栄が赤い天の川のように一すじに入日のあたった山の頂から遠く東へ流れている。その夕栄の消えるところを尋ねて東の方をふりかえると、ふと、そこには低い山の僅に寸ばかり上に、かそけく淡い満月が大きくふわりと漂うて居るではないか。そのつつましやかに忘れられて居た月は刻刻に白さを増して来た。まだ光とは言えない白さである。その光のない月の下、その我々の舟に近い山裾の干汐《ひしお》したあたりに、一羽の白鷺が立っている。この背の高い多少の神韻を帯びた鳥を白く浮き出させてほのかな夕やみは迫っている。この自然は印度の画家タゴオルの筆である。白鷺は俛《うなだ》れて佇んでいたが、未だ黒く濡れて見える磯の上を一つと啄《ついば》むと、さて軽く飛びたって我々の小舟の上をやや高く、しかしその羽音をけはいに感ぜさせて横切ったが、直ぐ空に消え去った。浜にはただ加靛《かてん》という灌木が黒く這って居る。この磯に沿うて牡蠣を養殖するためとかでそこに無数に並べられた細長い切石が、廃趾か何かのように佗びしい。月の白さは静かに光になって来た。……

「や、見給え！」

鄭君が船の行く手を指す。——一間ほどの黒いものが、未だ仄かに明るい水の面にぽっかり小舟の底のような形に浮くと見れば沈み、沈んで浮き、三度浮いて、さて見えなくなった。

「見たか？」

「見た。何だろうあれは。」

「神魚《シンヒイ》——白鰐《ペーゴオ》。」鄭は私の懐中記事冊へ大きく書きながらこう読んだ。——白鰐は普通十呎《フィート》以上ある。鷺江の到るところにあのように形を見せるが、舟が近づけばどんな小舟にでも必ず姿を潜めて、古来一度も舟を害《そこな》ったことはない。それゆえ人人は神魚と呼んで感謝し尊敬していると言った。——そんな説明は今どうでもいい。静かに見給え。月はだんだん真珠の光になって来た。月光のまず浮んだのは遠い西の岸の小暗い山かげの漣漪《れんい》の上であった。そうして私の心は譬えば月の光とともに匂い出すという月来香《ガットライヒョン》の花のように、夕月と夕月の統治する四辺の風景に魅了された。水上の薄暮は、おもむろに迫って、うす暗がりのなかですべては哀婉で幽雅で、更に孤独な白鷺や古怪な神魚によって一味の凄異を賑うたせながら、アルベエル・サマンの詩情のなかに暮れ悩んでいる。然もアルベエル・サマンの詩もアンリ・ド・レニエの物語も、情趣の限なき密度に於て微妙な推移の効果に於て、この自然——今日の鷺江の夕暮そのものの空想にどうして及ぶものか！

……厦門市街の一角が灰色に見えて来た。しかしそこにともされた街の灯はまだ暮れ切らない大気のなかに空《むな》しくぼやけている。これはタアナアの構図である。西岸の山かげに浮んだ月光は今はくっきりと豊かな銀箔になって来た。どこからの帰帆であろうか西の方から、私たちの路を遠く横切って厦門の路頭——舟着場の方へ急ぐ舢舨がある。私たちの舟人は帆を巻いて漕ぎだした。幾艘かのジャンクの下を抜けると、厦門の市街の灯がもうかがやかに水にうつり始めて、月かげは今から洽《あま》ねく降りそそごうと用意している。

「鄭君！」私は、ホイスラアが描き出した一隻の小舟のなかで快活に言った「今晩は一つ、これから、その何とかいう芸者《ゲイトワ》を見ようじゃないか。君が先日見てきたあんな美しい少女

は初めてだというのを。そうそう、小富貴《ショウフウクイ》！　彼の女はよく歌うかね？」――解ったっ

て解らなくったってこんな晩に聴かなければ音楽を聴く晩は決して無いだろうから……

鷺江の世に稀な夕方に、ホイスラアが描き出した舟のなかで私が言い出した提議には、

鄭は無論賛成であった。そうして鄭は、芸者を見るのなら寧ろ林正熊を誘うて彼のお伴を

しよう――どうせ林正熊は毎晩、寮仔後の花街へ出かけているのだから、と言う。そうし

て舟人に命じて、舢舨を鼓浪嶼の林正熊の屋敷に近い路頭につけさせた。この一日を集美

への往復に費《つか》った舟人は、私たちに銀二円の賃銀を要求したようだったが、鄭は一円五十

銭与えて、舟人がもっと何か言った時に再び十銭だけ追加してやって舟から下りた。月光

と夕闇とはまだ半分ぐらいに織り雜っているので、地に下りた時に私たちの曳いている影

は淡かった。私たちは坂道を上って先ず林正熊を、彼の邸へ誘いに行こうと言うのである。

林正熊というのは、その四五日前の夜、新高銀行厦門支店長をしている林木土が私のた

めに晩餐会をしてくれた時に、やはり客の一人として招かれていた二十一二の青年である

が、漳州軍の参謀長として有名な林季商の長男だという紹介であった。父の林季商は、も

と台湾第一の名家で台湾籍民であったが日本政府の統治に不満でもあったのか、「自分は

やはり劣等の民だから劣国たる清国民でありたい」と言い張ってどうなだめても聞かずに

還籍願を出して、とうとう厦門へ来てしまった人であるという。林正熊はどうもそんな豪傑を父に持った人とは見えない女性的な、人を見るとちょっとはにかむようなところさえある青年で、けれどもさすがに名家の育ちだけに優雅な人柄であった。林木土の晩餐の後でも三四の人を誘うて厦門へ渡ったが鄭もついて行った。私にもその時誘うたものであったが、私はその晩は、林木土と一緒に彼のベランダで清涼な夜を楽しみたい心持があったからついて行かなかったのである。その晩も林正熊は六軒も遊び廻って百円ぐらいはつかったろう――と、夜半に帰って来た鄭が翌日そう言っていた。鄭はその晩に「小富貴」という名の実に美しい妓女を見た――珍らしい程の美しさだから、是非一度見て置けといってその日から私にも勧めていたのであった。

路頭から坂を上るとすぐに左側に長い煉瓦塀があって、その中に樹が茂っているが、一疋の犬が塀の外を歩いている私たちの靴音を聞きつけてけたたましく吠えながら、私たちが沿うて歩む塀の内側から目に見えない私たちの足音をつけ覘《ねら》いながら吠えつづけるのである。

「ここが林季商の屋敷だ。」

と、鄭が言った。その犬のいる林季商の屋敷の塀はなかなか長かった。それを一まわりすると表門のところへ来たが、私達が表門へ来た時には犬も表門まで来てそこで吠えつづけた。鉄の唐草模様のある門扉は正門も側門もまだ宵だのに鎖してある。鄭が大声で呼ぶと、門番の小屋から門番が出て来た。そうして鄭の言葉を取次いで男は内へ這入って行った。鄭はその男の後姿を見送りながら、「あれはこの辺での名うての拳闘家なのだ」と言った。――何にしてもいかにも厳重な取締である。子供が毎度誘拐されようが夕方に頻々と追剝が出ようがどうも仕方がないというような微力な警察力しかないこの地方で、殊につい四年ほど前に直ぐ家のわきの並木道のなかで人殺しがあったというこの場所は、物持ちであり且つは林季商のように特別な仕事に身を委ねている人の屋敷としてはこれ位の事は必要なのであろう。拳闘家だという男は直ぐ出て来たが、まだ吠えている犬を叱りながら、やっと門をあけて私たちを入れてくれた。犬は私たちの足もとをちょっと嗅ぎ上げた。

二十畳ほどの大きさの客間へ通ったが、一人の少年が出て来て鄭と三言四言言葉を交して又這入って行った。林正熊の弟で、兄は今食事中だから暫く待ってくれと言ったのだそうだ。部屋のなかにはいろいろの美術品があるが、主人は特別にこの道に凝っているようにも見えない――洋食屋の装飾品のような、美術品ではない金ぴかの「花生け《フラワ・ベエス》」などが二つ三つ麗々しく並べてあったりする。ひょっとすると、そんなものは主人のではなく、息子たちのものかも知れない。白と赤との土を石の斑のようにねって固く焼いたものが小さな衝立《ついたて》にこしらえられてある。これが縞大理石で、その自然の文《あや》がこのとおりに水を飲んでいる虎や走っている鹿や雲などになっていると思ったらきっとその自然物の珍奇なのに目を睜《みは》るだろうが、こんなものが決して自然では出来ず人工なら難なく出来る――現に漳州あたりではこんな風にこしらえた硯がよくある。三十銭位の品だが、土産と思って日本へ買って行くと、税関吏が三十円位に値ぶみする――という様な事を聞いている私には、余り有難味も少ない。骨董的価値は知らないが一つ形の素直にいい大きな青磁の花瓶があった、――これに牡丹を生けたらいいだろうなと思う。壁上に右左に相対して対になった小さな水墨の山水画が、黒檀の縁のあるそうしてガラスの嵌《はま》った額のなかに納められてかかっている。こういう部屋のなかへ南画をこんなふうに額にするのは不似合ではないと思いながら、その秋景山水を見ると、それは名古屋の南画家石川柳城の筆であった。柳城翁は私の父も面識もあり文通などある人である。以前、日本が占領当時に、台湾の役人をしたことがあったそうだからこの家の主人ともその頃の交友であったろうか……そんなことを考えていると、林正熊が出て来た。もう一人林正熊の友人だという某が一緒に出て来た。酒を飲んでいたと見えてこの男の顔が赤い。この男はその印象から言うと、林正熊の悪友で毎晩彼を誘い出しに来ては金を使わせているような感じのする青年である。小楊子を使いながら顔を赤くしている様子がどうもあまり上品でない遊蕩児である。それに引きかえて林正熊は、先夜は身にそぐわない仕立ての洋服を着ていたせいかそれ程にも思わなかったが、今彼は淡い水色の衫と褲とを着ているので、そのすらりとした姿と少し間のびのした蒼白な細面とが全くなかなか品位のあるいかにも支那人らしい貴公子である。――私は林季商は不肖の子を持ったと思うよりも、この名家の美少年がどんな遊びぶりをするか見たいという念の方が強かった。鄭が何か囁くと、林正熊は笑いながら別の部屋へ這入って行った。それと入れ代りに正熊の弟――兄には少しも似ていない男らしい十七ぐらいの少年だが、兄はお母さん似で弟はお父さん似かな？　――が這入って来て、蓄音機のレコオドを二枚、某の手に渡した。某は今届いたばかりらしいレコオドの封を切りながら部屋の一隅へ行って、高い台のある蓄音機にそれをかけた。北京で出来る支那曲のレコオドである。某は鼻唄をうたいながら聞き惚れていた。林正熊の弟は兄とその仲間との出かける先を見抜いたと見えて、白い麻の袍を着ながして再び現れた兄を、何か言って揶揄した。

外は青いほどの月夜になって居た。こんな明るい月色を私は日本では一度も見たことがない。路頭に立った時は月色と水色とが相映じて一しおに明く、眩しいとも言いたいほど白かった。その月光のために燈光が螢光のように衰えている厦門の街を望みながら我々は舢舨に乗った。舢舨はいつもの英租界の路頭よりもっと下手《しもて》につくらしい。それが蓁仔後であると見えて、私はそのあたりから洩れて来る琵琶の声を既に水上から聞きつけていた。

舟を下りて細い路から直ぐに明るい街であった。その街を横ぎると又直ぐ小巷の傍に十級程の石段のある家があった。私たちは先ずその家へ這入ってずんずん二階へ上って行った。そこは月紅堂という家であった。数人の女たちがどやどやと出て来て、皆、先ず林正熊に話かけながらそれぞれの女がそれぞれに一摘みずつの瓜子《コエチィ》——例の西瓜の種を乾したもの——を私たちにくれた。其の女たちのうちに一人目立って美しい女があった。鄭はその女を眼で差示しながら、「あれが小富貴だ」と言った。なるほど、珍らしく端麗な気品のある顔立である。よく見ようとしているうちにその女は羞を含みながら別の部屋の方へ行ってしまった。別の部屋からは又別の女たちが出て来て瓜子をくれる。小富貴は再び別の空色の晴着をつけて出て来たが、林正熊は鄭と私とを促してこの家を出た。小富貴は別に三十ばかりの女中を従えて私たちについて来た。林正熊はまだ晩餐をすませてなかった私と鄭との為めに、小富貴をつれてどこかへ行こうというのだそうである。そうして程近い馬玉山街の西洋菜館へ行った。——後になって聞くと、厦門では歌妓の外出に客は銀一元を払うのだそうである。ずいぶん高い。遠出だけではない、厦門では女のことは何もかも高価だ。諸物価は日本の三分の一かせいぜい半分だのに。と、そう鄭が説明をしていた。

小富貴は食卓についても唯そこに侍っているというだけのことで、我々に酒を侑《すす》めるのでもなく、さればと言って何かおもしろい乃至《ないし》他愛ない饒舌で客を喜ばすでもないらしかった。しかし美しい女というものはやはりそれ自身が一種の徳望であると見えて、黙って慚羞と微笑とを帯びているところに却って彼の女の値打があった。林正熊は時々何か言って小富貴の機嫌をとっている。小富貴は彼の女のための料理が前に置かれてもほんの一口食べるだけで、或は全く手をつけないで、それを彼の女のお供をして来た女中――福州の女だということはその風俗、剣のような形の大きな簪で髪を束ねているのでわかる――その二十五六の福州女の方へ下げてしまう。此福州女は何か気さくなことを言うと見えて皆が笑う。だが私には何のことだかわからない。小富貴もこの女中とだけはよく喋る。で、お腹がくちいのだか品格を保っているのだか知らないが、小富貴が本当に食べたものはアイスクリームだけであった。小富貴の年を、林正熊に英語で聞くと、林正熊は自分の年だと思ったものか「二十三」と答えたが、「彼の女?」と問い返すと「十七」と答えた。小富貴が果して林正熊の愛妓であるかどうか私は知らないが、二人並んで腰をかけているところは見た目になかなか似合いである。私は彼等が相愛の人たちであればいいと思う。少くとも私に恋物語を書かせればこの二人を書く。私は私の筋向うにいる伏目がちな小富貴を、改めてもう一度つくづくと見た――彼の女は私がいままで見た女性、それには私の故国のものも加えたなかでも、やはり「真美《チンスイ》」と呼ぶべきであった。鄭が讃歎するのも過褒ではない。その耳と耳朶《じだ》のうしろが玉を磨き出したようである。鼻が端正で頤《おとがい》が可憐である。豔美《えんび》というよりも清麗である。もし彼の女の纖細な二重瞼と黒く濡れた瞳とに羞らいがなかったら、若者は彼の女を美しいが冷たくて近づき難いと言ったかも知れない。立ったところを後姿に見ると、冷豔素香、彼の女の腰は細かった。――写真でもあったら国へ帰って色好みの友達に見せてやる値打はあるが……。

西洋菜館を出て私たちは再び月紅堂へ帰ったが、その家で林正熊は私たちの為めに妓に歌わせた――さまざまな楽器の合奏につれて。さまざまな楽器とは先ず琵琶（Gì Pê）である。私が或る家で見たこの楽器の頸の上と下とに江山千古芳、緑水一特新という句が螺《ら》鈿《でん》玉で鏤められたのがあったのを今思い出したが、琵琶はこの国では、我々の所謂胡弓たる絃（Hian）とともに最も普通な楽器であると見えて、妓女たちがさまざまな楽器ではなく単独な楽器だけを択ぶ場合には、常に琵琶か絃である。私は妓女たちがその楽器を弄ぶのを見て、白楽天の琵琶行のうちで婦の琵琶を弾ずるところを描く文字は巧な写生だと感じた。で、さまざまな楽器の合奏とはその琵琶と絃と、爆声を発する小さな鼓の爆鼓（Piak ko）、金属の太鼓たる鑼（Ro）、我々の所謂チャルメラたる喇叭（Cahe）、西洋の楽隊に用いるジンバルに同じい大鈸（Ta chhim）、小鈸（Hsiao chhim）、それに拍子（Phek）、二つの竹片を手くびに掛けて打合せながら拍子をとる小牌などである。これらの諸楽器を合奏する北館――北方支那風の音楽――を開天冠（Khui thian koan）と呼ぶそうであるが、私は即ちその開天冠を聴いたのである。南方であるこの厦門地方でも、今は専ら北館ばかりで南館は殆んど行われていないそうである。それ故、北館の開天冠に相当する南館の打茶囲（Khui le poa）を私は一度も聞かない。これ等の楽器を列挙したところからでも想像できるであろうように、支那音楽というものは実に言語道断に騒々しいものである。しかも不思議なことにこの騒々しい楽声が、音楽に就て全く聾者より以上の者である私――今まで音楽によって一度も真に愉快を感じたと思えない私から、私の心を説き難い昂揚の状態に導いたことは我ながら訝しい事であった。或は私の単なる好奇癖に因るかも知れない。又はその夜の旅情そのものに因るかも知れない。或は又、支那の楽器が野蛮なものであってその野蛮の程度が私の野蛮な耳に適合したのであったかも知れない。何にせよあの実に騒々しい全く嵐のように、嵐のなかで難破しかかっている船のようにさまざまな音響によってけたたましい合奏音を三分程も我慢しているうちに私はそれの騒々しさをふと全く忘れてしまった。そうしてそのこの上なく騒々しい音響のただなかに巧みに縫行しながら歌われる歌妓の細い高い声に聴き入っていると、その肉声はその騒々しい楽器の音を統御し、それを超越して、その上に平然と築き上げているような或る奇妙な静粛だけが私の心に残って行くのであった。それは例えば難破船のなかに愛児の叫喚を聞く親の心であろうか。或は又恋人と永別して来た夜汽車の客が、汽車の進行する音響を承知しながらも忘れ果てて、却ってその客車の一隅にすだく蟋蟀《こおろぎ》の音に一しお髄に徹するようなさびしさを感じさせられるのにさも似ている。或は又、高度の発熱に浮かされながら幼時に遊んだ岩清水を夢幻に見ながら腋下に汗を生じている心にも似ている。噪《さわ》がしさはおさえ難い本能のようにわめき立てる。そのそばに沈静が理智のようにからみついて行く。それは紫の天鵞絨《ビロード》のなかにことさら一すじ細くかがった銀糸のようでもある。——私は今ひとりで考えるが、支那音楽というものは積極的に狡《ずる》いものだと思う。人に先ず騒々しさを与えて人の心と耳とを掻き擾《みだ》して置いて、さて人人がそれに慣れてどうかしてそれに堪えようとする頃に、初めてその音楽の中心である肉声が人の心と耳とを優しく宥《なだ》めるのである。言わば愛と憎とが一度に湧くことによって愛が一層高潮するようなものではなかろうか。限ない紛糾を与えて後にそれを単純に浄化させる——古来の悲劇作者が人の心を昂揚させて人々に涕泣を惜ませなかった秘密と略々相似した法則が支那音楽のなかに潜んでいるのではなかろうか。兎も角も、音楽を全く了解しない事を常に歎いている私は、その晩、開天冠を聞いて始めてそれによって音楽が人の霊を昂揚させる作用を持っていることを承認出来たのである。この事は私が自分の郷土の音楽によっては未だ曾《かつ》て感じないことである。——私はもとより音楽に就て何の理解も無ければ、又私が厦門で聞いたものは権威ある歌妓によって、及び奏楽者によって為されたものでない事は知っているけれども、但、私がそう感じたことは事実であるから憚らずに、臆面もなく書いた。――そう、そう。それから私は歌妓たちの順々に歌うのを聞いて、物惜みのひどい天は容易には二物を兼ね与えないことを知った。美しい鳥はよく歌わなかった。小富貴の声はまるでなっていなかった。よく歌った者も、何という名であったか忘れたが顔の平《ひら》べったい女であった。私は支那の芸者はどんな名前をつけるかと思って鄭に聞いたのを扣《ひか》えて置いたが、例えばその夜、月紅堂で歌った女――というよりも少女たちの名は「千里紅」「夜明珠」「金蘭春」「小富貴」「小容貴」「花宝山」「花宝仙」「金小鳳」「月紅」「花魁」「月郷」「小宝玉」などである。別の機会に台湾の歌妓たちの名を聞いて記して置いたもの「柑仔《ガンマ》」「却仔《キョーア》」「阿招《アチョオ》」「錦仔《ギムマ》」「玉葉《ゲフユア》」「宝玉《ホオギア》」「宝青《ホオチン》」「宝蓮《ホオレン》」などというのとは、自ら多少の区別があるようである。「柑仔」とか「錦仔」とかいう「仔」は我々が「何子」と呼ぶのと同一であろう。

月紅堂を出た私たちは途上で二青年に出会ったが、この二人――屈兄弟は林正熊の友人であると見えて、我々は更にこの二人をも仲間に加えた。宝鳳堂という妓楼に登った。そして再び開天冠を聴いた。開天冠を聴くためには客は銀八元を支払うということも後に鄭から説明された。それに私こそあまり飲めないが他の五人は相当に鯨飲する。そうして開天冠を催しながらも一向それに耳を借す風とてもなく、歌っていない歌妓を相手に談笑している。言葉がわかれば何れはこの女たちも日本の芸者と同様に卑俗なことを無意味に喋り立てているに違いないのだが、何もわからない私にはその朗かな異境の言葉はただ啼鳥の声か何かのように聞かれるのが有難い。その家を出ると私たちは三度東園という家に這入った。これは妓楼ではない茶園である。そうして私が最初に厦門に着いた時本船から舢舨で路頭に着こうとして水に沿うた家々の後を漕いで行った時に、藤色の着物を装うた可憐な少女が出て来て、そこの鉄の欄干に危いほど身を屈めて凭《よ》りかかりながら、地上を覗き込んで猿だか鸚鵡だか犬だか猫だかそれとも人間の子供だか——私の舢舨からは見えない何物かに戯れていたバルコンはこの家のものであったそうだが、なるほどこの家には幾人かのウェイトレスがいた。そうして私たちはここではもう歌は聴かずに女たちがくれる瓜子とそれにお茶とで休息してその家を出た。帰りがけに女たちは口々に何ごとか鳥の叫ぶようなことを言った——勿論、客を送り出す言葉である。歌妓たちも別れの言葉を言ったが、彼の女たちの言った言葉は「再来坐《コオライチェ》」（またいらっしゃい）というので、普通の家の主人が客を送る時にも言う言葉で自然私も聞き覚えていたが、東園の女たちの言う言葉は私には解せられなかった。そこで鄭に問うて見たが、彼の女たちは

「Una《ウナ》 Kia《キア》」

と、言ったのだと言う。文字を尋ねたが鄭は俗語だからどんな字を嵌めていいかわからない多分「慢走」(Man Kia)の訛だろうという――兎に角「お気をつけて」という意味らしい。芸者たちは皆「またいらっしゃい」と言った。料理屋の女中たちは「お気をつけて」という。言うことは何処だって同じようだ。私はつまらないことにひとり興を催した。

東園を出たのはもう十二時半であった。私はもう皆が帰るものとばかり思っていた。しかし皆は再び――いや四度、新らしい妓楼へ登るのであった。そこは確か慶雲堂と謂った。そうしてこの家は今までの外の家よりはいいことに、屋頂を客座にして――ルウフガアデンになっているのである。そうしてそこには私たちの外にも未だ幾組かの客があって月と酒と歌とを楽しんでいた。そのうちの一組が開天冠をやらせているが、その楽人の仲間は、私たちが最初月紅堂で、そうして二度目に宝鳳堂で見た男たちと同じ仲間である。して見るともとより開天冠を奏する仲間は家毎にないばかりではなく、厦門の検番(?)にもこの一組しか居ないのかも知れない。私たちの連中は一たい幾ら飲めば十分なのだか、この家に来てからは更に勢を加えて飲み初めた。私は彼等の旺盛な精力にちょっと怯かされた。彼等は何れも二十二三である、そう思うと私は自分がもう三十になることを感ずると同時に、私という人間が由来どうも歓楽の場には適しないように思えてならない――彼等は先刻から興を尽すために拳《けん》をやりながら互に酒を勧め合っている。拳を知らない私は自然とひとり仲間はずれになった。その悄然としている異邦人を、妓女たちが時々思い出してはまだ満ちている杯を手つきによって無理に飲ませて、その上に新らしく麦酒を注いでしまうと再び暫は顧みなくなるのを感謝しながら、ひとりで天心に小さく懸っている満月を見た。月光は水に似ているが、離家の愁も亦水に似ていた。直ぐに酔う代りには、一度酔って醒めれば二度は決して酔わない私は、静に自分の胸に沁み入る愁を眺めたり、又、高い月を眺めたり、その月下に打興じて帰ろうともしない私の仲間たちを眺めたりした。そうしてアイヘンドルフの「郷愁」の一節を、私は私の国の言葉で幾度も低く口のなかで呟いた——アイヘンドルフは私に今ロ吟するようにと言ってこの詩をつくってくれたようなものである——

遠き旅路に行くものは
いとしき者を伴なへよ
喜びさわぐよそびとの
などかへり見ん旅人を

外の客たちはそれぞれに何時の間にか帰って行った。しかし我々の仲間は決して帰ろうとは思わないらしい。そうして三度、開天冠を命じたのであった。私たちの歌わせる歌声は、あの嵐のような楽音に幽閉されたままで四辺へ遠くまで響き漂うて行った。そうして先刻までは到るところから湧いていた絃歌の響も談笑の声も、もう外のどの家にも、亦この家のなかにも私たちのものの外には無かった。私たちのものがその夜の厦門に於ける最後のものであった。私はそっと自分の懐中時計を覗いて見た。もう朝の三時である！

やっと慶雲堂を出て、あの宵の口に舢舨をつけた路頭に出た。私たちの歌が止むと厦門は急にひっそりとした。さすがに遊び疲れたと見えて街へ出ても誰も口を利くものはなかった。路頭は満潮が殆んど路にまで溢れそうになっている。我々の一人が不意に

「漕ぐ者《コーツナア》！」

と呼んだ。

「コーツーナア！」

そう答えたのは、極く狭いそのくせ両側に高い家並のあるこの路頭の小路に響きかえす山彦であった。再び舟人を呼んだ時に、山彦が再び答えた。三度に呼んだ時に、山彦と一緒に

「応！」

と答える声がして、櫂の音がしめやかに水の上から聞えて来た。私たち六人はその一艘の舢舨に乗った。櫂は一櫂ごとに月かげを砕いた。そうして満潮で湖水よりも平静な水は私たちの唯一艘の舢舨のために遠くまで波紋を漂わせた。何の灯であるか厦門島の遠い漁

師部落のあたりに唯一つ見える灯影が細く、長く長く一筋に水に映っていたのが、その波紋のためにかきみだされてぶるぶると震えた。この月下の小舟はなかなか進まなかった。一たい舢舨ほどの舟に五人以上の人が乗るのは無理である。それに私たちは舟人とともに七人乗込んでいるのである。その七人が皆この青白い月の中に白衣を着て舟中に立って、しかも唯一人口を利こうとしない様子が、酔いそびれている私の病的に透明になっている頭にふと、瞬間的に物凄い話の場面のような気をさせたが、そう思えば潮の加減で岩か何かが埋み隠れてしまったらしい跡に大きな渦が幾つも巻いているのが、やや遠い行く手に見えるのが不安であった。いつもならば二十分とはかからないこの渡舟が、時計を出して見ると――月光のなかでそれがくっきり秒の針の動くのまで見えるが――もう四十分の以上もかかっていて、未だ岸まではいくらかある。月はもうよほど西に傾いて、明け易い夏の夜が殆んど白み初めているのであった――渦巻を避けるために舟の方向を少し変えた時に、私は月光をまともに浴びた舟人の顔を何気なく見た。――舟の進みののろいのも誠に無理ではない。歓楽に疲れ切ってもう物を言わなくなっている若者たちを乗せて漕ぐこの舟人は、明るいとは言え月下にもそれを認められる縦横の皺《しわ》を顔面に刻んだ老人ではないか。何れはその生涯を水鳥の浮寝をして今は老来の寝覚め勝ちな人であろう。――それ故に、私たちの呼声にも第一に目を覚したのであろう……。今までの舟の進行に対する不満と、疲れた神経の生む故のない恐怖とを取除いた私は、その代りには、この老舟夫に対してかすかながらにも哀れを動かした――

漳州

陳烱明（『現代支那人名鑑』1924年刊、
国立国会図書館蔵より）

厦門に於ける第十二日――旧暦六月十七日。

目がさめて枕もとの懐中時計を見ると六時十五分前である。一昨々日、小蒸汽に乗りおくれて懲りているので、今日は割に早く目が覚めたと見える。床のなかに起き直って、窓から外を見ると雲が空一面に重く垂れさがって今にもその灰色の空そのものが落ちて来そうな天気である。窓前の樹に来る朝毎の朗らかな小鳥も今日は天気に怯えて黙っている。しかしどうせ今日行く約束だから、今日行かなきゃ終生行けないだろうから、考えるまでも無く大急ぎで起きて大急ぎで出かける。――厦門に着いた日以来、どこでも噂を聞かせられる漳州の土地を、又、そこで画策をしている陳烱明《ちんけいめい》の仕事を見たいからである。それに漳州軍はここ二週間ほどのうちには、広東軍と一か八かの決戦をすると伝えられていることが私の好奇心を一層募らせたものである。

鄭――台湾の打狗から、海峡を越えて彼自身の故郷であるこの土地へ私を案内してくれた鄭が、路頭まで私のカバンを提げて従《つ》いて来てくれる。本来なら、漳州へも鄭に行って貰うのだが、都合によって鄭は明日の船で打狗へ帰らなければならない。私はいろいろの不便を忍んで基隆《キールン》の方への航路で三日ほど遅れて台湾へ帰ることになる——これほどにしてまで、私は漳州を見て置こうと思ったのだ。又、然《そ》うするように人から勧められたのだ。鄭とは、それ故、今、路頭で別れると四五日後に再び台湾で逢うことではあるが、その四五日間、この不案内な異郷へ私は一人ぽっちに取り残されるわけである。

　鄭とは互に仮りの別れを告げて、私は舢舨に飛び乗ったが、この渡舟——鼓浪嶼から厦門へ渡るもの——の中で、果してひどい大粒な奴が降り出して、十五分程のこの渡舟のなかで、私のポンジィの洋服は、しっとり肌にこたえるほど濡れてしまった。英租界の路頭に着いて、鎮邦街の新高銀行支店の前まで行くと、今日私の為めに漳州へ同行してくれる台湾人が三人、そこで私を待ち合せている筈だ。だが、未だ来ていてはくれない。もう約束の七時だのに。洋傘を降り抜けるような土砂降りのなかで悄然と路傍に立っていると、間もなくその人たちが向うから来て、私を見つけて招く。彼等は或る雑貨や薬品などを商う家で買い物をしていたのだ。この人たちは、一昨々日、旭瀛書院——厦門に於ける日本の小学校で、同地の台湾公会の事業である——の岡本氏が、私の依頼に応じて、私の通弁兼案内者として択んで引き合せてくれた同書院の教師、徐朝帆、余錦華の両君と、もう一人は初めて逢う紳士である。聞けば、この初対面の紳士は許連城という名で台北の医学校の出身だが、現に漳州で開業をしている。兼職としては漳州軍——詳しく言えば、援閩粤《えんびんえつ》軍《ぐん》の一等軍医だそうである。

本当ならここから漳州へは汽車がある筈である。この辺の唯一の鉄道として地図にはそう出ている。漳厦鉄路という、十年ほど以前に出来たのだそうで、厦門から嵩嶼までほんの僅に小蒸汽で渡ると、漳州まであと九十七清里は汽車で行けるのだそうだが、今はこの内乱の騒ぎで中止になっている。それ故、私たちは小蒸気で行かなければならない。——一たい厦門から漳州へは百清里以上ある。だから本当は領事から内地旅行の許可を得なければ悪いのだが、面倒だし、それに無くとも誰も兎や角言いはしないというから、私はそんなものは用意しなかった。

英租界地に近い水上に、我々の乗るべき小蒸汽が浮いている。それには既に人間が一ぱい積み込まれている。我々にはもうあまり気楽に腰を下せる場所もない程だ。それにその船と来たら、隅田川の一銭蒸汽のまあ五倍あるなしで、それが船底からエンジンの鋼鉄まで燻《くすぶ》っていやしないかと感ぜられる程の「時代」で頗《すこぶ》る怪しげに老朽した代物である。いい具合に雨もやんでは来たが、この気づかいな雲脚の下で、こんなケチなものさえ、こんなにどっさり人間が乗せられて、若し船が沈みでもしようものなら……と、少々心細くなる。が、見渡したところそんな不安を嘘にも抱いている人は誰一人なさそうだ。して見れば大丈夫なのだろうが、しかし実に呑気な支那人のことだから、彼等の安心も一向どうも心頼みに出来そうもない。船が沈んでから始めてびっくりするのがオチだろう。若し実際にそんなことがあったら、この界隈であまり好評でない日本人、その日本人の一人たる俺の命などは誰も助けてはくれないに決って居る。若しまたうっかり喧嘩でも売られるとしたら、そうして途中で水の中へ突き落されでもするとしても誰一人かまってくれる人もあるまい――などと、私はありそうもない事を思いめぐらして見たりもした。船がなかなか出なくって退屈なのと、こんなにぎっしり人間がいるなかで私はたった一人の異邦人だからである。船はもう出てもよさそうなものだのに、一向出る様子もない。この我々の船の遡《さかのぼ》るべき河は河床が浅いから、船が出来るだけ上流へ上る為めには、毎日、それぞれの日の満潮を見計らわなければいけない。――満潮に乗じてもやはり漳州までは上り切れない。だから川の途中でもっと吃水の浅い河船に乗り換えなければならないそうである。

昨夜、鄭の友人周君から紹介状を貰って置いた漳州の中学校の英語の先生朱雨亭という人も同船の筈だが、無論、どの人がその人だか見分けのあろうわけもない。周君は朱君に、私が今日この船に乗ることは話して置いてくれたと言っていたから、それなら朱君の方で少し気を利かせて船中唯一の日本人たる僕に声をかけてくれればいいのに。「もしもし、貴君は漳州へ行く日本人で佐藤君ですか」――と、そう英語ではどう言うかな？　私にはどうも完全に言えそうもない。朱雨亭先生もそれがつい面倒でこちらから名告り出るまでは黙っているのじゃないかしら。まさか。先方は私とは違う。英語の先生だもの。……それにしても私が英語で会話をするのだと聞いたら、東京の友達がさぞうれしがるだろうな――私はへんなきっかけで東京がひどく恋しくなった。と、汽笛が鈍く鳴り渡って船がそろそろ出るらしい。もう九時だ。二時間近くも待たせやがった。でもいい都合に天気は晴れて来そうである。

小蒸汽は鼓浪嶼の外側からうらへ廻って、先ず鷺江を横切るのである。航海中にも例の驟雨《しゅうう》が三四回もやって来て船中を騒したが、何れ《いず》は入江から河へ行くのだから、別だん船が揺れる程の浪も何もない。唯、四辺が雨で煙って一昨日、集美への行き帰りに見たような風景が見られない。それにもう一つ、船を蓋《おお》うたテントの屋根が古布なものだからひどく漏れて、だから皆がその下で更に傘をひろげる。それもいいが、その傘から伝え落ちる雫がひとの襟首や肩や帽子の上へぽたぽたと不断に落ちかかるのに彼等は一向知らん顔をしている。そのくせ、少しでも私のが彼等の方へ落ちると睨みつける。こんな最中に人を押しわけて船賃の札を売りに来た。札というのは竹片の頭を擬宝珠のように削って、そこを確か赤インキで染めてあった。何か子供のなぐさみ染みたところが支那人らしくて面白い。今日は雨天だから、札は普通の倍額の六十銭であった。――これが厦門から石碼《チョオベイ》までの水路十七海里の船賃である。船のなかで朝めしの代りに食べた饂飩は一杯十二銭

（？）であった。例の竹の札は後になって再び集めに来たが、その時、私のそばにいたおやじは先刻札を売りに来た時には買って置かなかったと見えて、今金を払っているが、晴天だと言い張ってどうしても三十銭しか払わなかった。成程、さっき売りに来た時には雨天であったが、もう少しずつ晴れて来てうす日が差すまでになっているのだから無理もない。それにしてもこのおやじは三十銭握ったまま、さっきから雲行きを見定めて置いたのだろうとおかしかった。

出帆してから一時間半ほど経ったころ、船は行く手の左に海澄《ハイテン》という町を見る。支流南渓が本流西江と合流するところに沿うている船着き場である。天気がやや明るくなって卵色の日かげがほんのりと差すなかに、滞船の帆柱が三四十本並んでいる。禿山ばかりのこのあたりに、ここばかりが南渓の両岸にこんもりと緑がかたまって水際から盛り上がっているのが懐しい。南渓の水も今まで通って来た泥色にくらべて目立って青い。本流のなかへ混流してからも、その水だけが暫く青く目立つ程である。海澄という名もそんなところから出たのであろう、とひとり合点する。兎も角も水の青と樹々の緑とでこの一角の景色は、譬えば幼少の思い出の焦点のように、そこだけ特別にくっきりしている。それに程遠い船の上から見ていると、どことなく日本的な風光を具えた町に見える。私は、十年ほど以前に遊んだことのある九州の島原に近い名も無い漁村の入江にこれとそっくりな気持のところがあったのを思い浮べた。後になって知った事であるが、ここは明末の頃に和寇の根拠地になっていたそうである。――彼等も亦、その殺伐な生活のうちにも、ここに住んで私のようにその郷土の風光を俤に偲ぶことを愛したかどうかを、私は知らないが。その海澄で我々の船は暫く運転を中止して、河の中流に浮いたままになっていると、海澄の青い水の方から一葉の舢舨が我々の小蒸汽を目差して来る。我々の船はそれを待っているのである。客でも乗せるのかと思ったら、そうでは無いそうだ。舢舨で漕ぎつけるのは数名の漳州軍の兵士どもだった。近頃は船ごとに、何か怪しい荷物でも無いかどうかを取調べに来るのだという。彼等は四人であったが、船に進行を命じて置いて、石碼に着くまでの間船中の人込みをあちらこちらと覗いて歩く。彼等は少々得意げである。この辺から追々少しずつ戦争――というよりは戦争ごっこだと或る人は言ったが、何にしてもそんな気分が漂うて来て、左岸には処々に白堊の小さな高い四角な建物がぽつぽつ見えるので、あれは何だと尋ねたところが、銃楼だと答えた。

間もなく、――海澄から三四十分も経ったろうか――小蒸汽は石碼に着く。我々はここで小蒸汽を乗り捨てて、河船に乗り移るのだが、なる程、峻工しかかっている花崗岩の岸壁に沿うて、それらしい河船が一面に押し合って客を待っている。

客は石碼で昼めしを食う順序である。ちょうど十二時だから。我々も船を決めて置いてから町へ上って見た。ここはちょっとした市街地で、言わば漳州への門戸である。それ故、漳州軍は根拠地たる漳州の市街を改築すると同時に、この町にも市区改正をしたり公園を築いたり、又漳州石碼間を通ずる道路を開通したりしたそうだ。花崗岩で出来た立派な護岸工事もその事業の一つだそうである。許連城君はさすが漳州軍の軍医だけに漳州びいきである。――一たい陳炯明の仕事は坊間では毀誉相半しているのだが。石碼の町は、今、町幅を以前の三倍ほどに広げている。以前の家並の礎がところどころに未だ残っているからよくわかる。新しい道は五間幅もあろうか。両側の家は厦門の市街に見るような汚いしかし或る重厚な気持を帯びた煉瓦造ではなく、新らしく白く薄っぺらな洋館まがいの、小さな活動写真小屋のような感じのものだ。この意味ではたしかに町は悪くなったであろうと思える――少なくとも亡国的の美観がなくなり、されぼと言って新興の勢力がごく稀薄なあるかないか程のマヤカシものだから心細い。それも無理はなかろう、僅か一年かそこらの急拵えな改設であって見れば。が、道はたしかに広くて便利だ。誰かがこんな道なら人力車を使ったらよかろうと言うと、

「それは使おうと思えば使える。現にそう言っている人もいる。しかし人間が人間を曳いて走るなどという非民衆的な乗物はいけないというのが、漳州の政府の考えだから。」

と、許連城君が言う。その大通りを行き尽すと、やがて公園なるものに出る。それは町

はずれの田甫を埋めて、田甫つづきに拵えたもので、怪しげな木柵へ太い針金を張り渡した垣があったと言えばその無風流の程度は解るだろう。怪しげな樹がポツポツと植えつけられてその一隅にすり鉢を伏せたとおりの形をした傾斜の急な丘がこしらえられてある。その上つらの芝草は植えたばかりで未だ繁っていない。この雨に濘《ぬか》った「盛り上げた土」の上へ登って見ると、いかにも公園だという申訳ででもあるらしく、附近に何か赤い小粒な花が少しばかり咲いていた。これでも公園だと思うからであろう、この丘の上のぞんざいな四阿《あずまや》のなかの白木の腰掛へ呑気に腰を下している男が一人あった。

この公園なるものを見ただけで、気の早い話だが、私は陳烱明が少し嫌やになった——それまでは唯単純な好奇心だけで、好悪の念はちっとも雑ってはいなかったのだが、やはりこの男も山師かも知れない。人格そのものが山師でないなら、少くとも今現に漳州でしている仕事というのは純粋な仕事ではないかも知れない。旅の者である私は旅の者相応な無責任をもって、少々早まるかも知れないが毀誉褒貶相半するこの人の噂の、毀と貶との側へ極く微量の分銅を置こうかと用意している。

陳烱明とはどんな人か。その人たちが漳州で何をしているか。その当時、その地方の内乱はどうだったたか。

厦門に着いた日以来、諸所で私から聞きもしないのに人々が私に噂して聞かせたところを綜合して見ると大体こうである。――陳烱明は広東の人である。初め、兵を養って故郷の広東で勢力があったが、広西軍の莫栄新の威力に押されて陳烱明はどうしても広東を逃げ出さなければならなくなった。そこで、陳烱明は自分の軍隊を率いて福建省の方へ落ちて来たのである。そうしてその軍勢を自ら援閩粤軍（福建を援ける広東軍）と号した。勿論彼自身が総司令である。一たい彼は何の為めに兵を擁しているかというのに、彼の目的とするところは現に不統一に大きな中華民国を聯邦共和国にしよう。即ち支那に於て各々異った方言を使う民だけそれぞれに独立した政府を形作って、その地方的な独立政府の聯邦を中華民国としよう。そういうのが彼等の理想なのである。この理想を抱いている人民は福建地方にもある。しかしこの当時福建地方にはそれほど纏った勢力にはなっていないのである。中で最も家柄も徳望もあった人は林季商である。陳烱明が福建省の方へ這入って来るに就いては、これを喜ばない人々もあった。しかし林季商はどういう考か陳烱明を喜んで迎える意志があるので、林季商に服しているこの地方の人たちは林季商の考えに従って、敢て自分の意志を通そうとはしなかった。尤も彼等が陳烱明の来ることを拒んで争って見たとて、何れ勝味はなかったのだ。陳烱明はそれだけの勢力をもって、その上に林季商との黙契もあるために、戦わずしてやすやすと漳州へ這入って来た。自らそこの省長になった。そうしてこれまでは漳州平原の中心地で大きくこそはあるがほんの古臭い市街に過ぎなかった漳州を、陳烱明は、彼の考え通りに造り直そうと企てている。彼は上海だとか広東だとかいう外国人の手で出来上った文明の市街を、彼等中華民国人自身の手でこの片陬《へんすう》の地に建てようというのである。先ず市区改正を始めた。公園を築いた。街の四方に公設市場を立てた。龍渓に沿うたところに固い岩壁で護岸工事を起した。ただそういう外形的な方面だけではない、衛生会というものを設けて、これは悪疫流行の時には全漳州の洋医は皆義務的に出動す可きである。貧民教養院というのが出来た。これは市民を貧富によって三つの階級に分って、年に上等は十二円中等は六円、下等は三円ずつを拠金して維持するのである。又、強制的に義務教育を施す国民学校があって、官立もあり公立もある。公立は地方の物産の利益を基本金にするのである。外に工読学校がある——産業的工芸の技術とそれに一般普通の学芸をも兼習させる実業学校である。農林学校もあり、進んでは近く農事試験所の設立も予定している。フランスとアメリカとには現に若干の留学生を派遣しているが、来年度からは日本の台湾へも毎年十名ずつ留学させるという。月刊の教育雑誌を刊行しているし、又更に「閩星日刊」という新聞があって、これに依って彼等の思想を発表し鼓吹している。新聞は全面、白話文——口語体で、陳烱明自身が主幹である。彼は殆んど欠かさずに執筆している。彼等の思想は社会主義で、それ故、急進的で危険なものとして、この新聞は厦門へ入れることを禁止されている程である。陳烱明は一年かそこらの間にこの市街を一新した。そうして以上のような諸計画を実行乃至着手しているのである。「兎に角えらい」と多くの人々が言う。「何、何時までつゞける積りだか。いゝ加減な大風呂敷をひろげて空景気を煽っているのさ」と言うものがある。「何だ彼だと後から後から思いつくのも無理じゃない。無法な金を強迫しては申わけに、言わば十割も儲かる受負仕事をしているのだ。尤も無理もないあれだけの大勢家内を養うのだから」と言う者がある。「しかし、陳烱明自身の月給は唯の二百円です。しかも彼は未だに独身で自らを奉ずることの極めて薄い彼はその二百円のうち四十円だけを自分のものにして、あとは皆、故郷にのこして来た母に仕送りをしているのだ」と言う者がある。大尉相当官たる一等軍医の許連城君は開業医を兼職しながら月給八十円だそうな。それなら無論、総司令たる陳烱明の月給は安い。そうして卒一名の月給は八円だそうな。「何れは無頼漢の事だから、兵卒というのは副業で、賭博はあたりまえだが、泥棒ぐらい働いていますよ」と言う者がある。それにしてもその地方では月八円あれば兎も角も男一人の口は干《ひ》上《あが》らないと看做されよう。一たい、漳州軍は現に実数二万人はある。このうち二千足らずだけが陳烱明の広東から従えて来た手兵で、これは陳烱明の為めに身命を抛つ精鋭だと言う。二万人の兵を擁している陳烱明は必要に応じて市民から軍費の取立てをする。それが可なり度重なる。この一年の間に、多いのになると総額十五万円ぐらいから普通でも万を越えるぐらいの額を徴されたそうだ。財を吝しむことの甚しい支那人にはこれが一番つらい。蔭で怨嗟の声を洩す者がぼつぼつ出て来る。――陳烱明は心から漳州の改善を企てているのではない。奴等は広東を追いまくられて食いはぐれたから福建へ落ちて来たのだ。そうして勝手に福建を荒している。福建は広東の植民地じゃない。そう言って今更に悲憤する者がある。こうなって来ると以前から、福建の民は福建の民自身の力で自立すればいい、広東人の援けを待つという不合理な道理はない、とそう考えて居た人々の心は最も平でなかった。

そういう人の一人に、安海《アンハイ》の許督蓮がある。彼は、以前、袁世凱の政府のころに厦門に居て、一新聞の社長をしていた人である。当時、尖鋭な筆法で堂々と北京政府の秕政《ひせい》を鳴らして民意を鍾《あつ》めたが、とうとう政府の忌諱《きき》に触れて厦門を追放された。そうして、鄭成功の父である鄭芝龍の故郷として知られた石井《チョオチイ》に近い海岸の町、安海へ逃れて、そこで彼の理想を小さく実現していた。彼はその附近の荒廃して行く土地を耕して罌粟《けし》畑にしたが、その畑から採った阿片の収入を地主と折半して、その利益を投じてさまざまに地方の開発を努めて居た。一例としては、附近一帯の土地へ鉄路を設けた――鉄路と言っても、その上を台車、乃ちトロッコの走る路なのだが、陸上交通の便というものの殆んど絶無と言っていいこの地方では、台車で旅客や荷物が運べるという事だけでも、我々が想像する以上の恩恵なのである。国士を以て自任している許督蓮は、もはや壮年を過ぎようとしているのにまだ妻をも迎えず、八十になる老母によく仕えながらその母と二人で住んで、町の人人から仰ぎ慕われていた。この許督蓮が陳烱明を見て甚だ不満に思った。そこで、彼の兼々心服している林季商、その時には陳烱明の参謀長にはなっていたがあまり得意の状態にはいなかったその林季商へ許督蓮は密使を出した。——早く陳烱明を見捨てよ、安海に来て貰い度い、許督蓮は安海に於ける彼の勢力を挙げて林季商に捧げたいと申し出たのである。けれども林季商は、陳烱明との交誼をも顧慮し、更に長髪賊の乱に際して国事に尽した末に提督にまでなった彼の父祖の事を考えると、「軽々しく土豪と協力して土匪の頭と誤解されるようなことがあっては、名誉ある父祖に対して申訳がない」とそう答えて敢て肯じなかった。

早春のころの事であったそうなが、或る日、厦門の港へあとへあとへ追っかけ追っかけ帆船が入って来た。路頭はこの突然に船を下りて簇《むら》がった老幼男女のために黒くなって犇《ひし》めいた。それは安海から来た人々なので、どうしたわけであろうかと尋ねて見ると、安海は今、激しい市街掠奪《りゃくだつ》戦が初まって居る——我々はやっと命だけ拾って逃げて来たのだと言う。「敵は?」というと、「雲南軍!」と答えた。雲南軍というのは名もない烏合の上匪である。不意を打たれた安海の市街は、一旦雲南軍の手中に落ちたけれども、許督蓮に心服している安海の市民は数日のうちに雲南軍を撃退して、もう一度許督蓮を呼び迎えた。しかし許督蓮が帰って来て安海がやっと平安に復りかけようとすると、予めこの謀をもっていて町を見捨て去ったかと思える雲南軍は、待ち構えていたかのようにもう一度荒々しく押し返した。この再度の襲撃は三日間にわたった市街白兵戦であった。そうして安海は全滅したと言っていい。死者三千、安海に処女なし。こう厦門の新聞は伝えたと言う。最も奇怪《きっかい》な事としては、この擾乱のうちに許督蓮の母である八十の老婦人が、雲南軍の兵卒どもの為めに交々犯されたという事実である。——彼等は、この老いて頽廃しきった肉体の或る部分を、笑いながら彼等の掌ではげしく打ってその腫れ上って来るのを待ってその事を行ったと伝えられている。この事実は彼等の野獣のような好奇心からばかりではなく、彼の女の孝行な息子許督蓮に与える最大の又最も露骨な侮辱として択ばれた方法であったとしか思えない。許督蓮の母は自ら井戸に投じて憤死したとも噂される。

雲南軍のこの全く文字通りに言語道断な安海蹂躪は、どうも前後の事情から推して陳烱明が雲南軍を使唆したに相違ないと思える理由が多々あった。許督蓮の林季商に送った密使がどうしたわけか、陳烱明に洩れた。それ以来、陳氏は許氏に対して激しい反感を蔵していながら、互に主義主張を同一にしている許氏に対して戦を挑む理由はなかった。それ故陳氏は裏面から雲南軍をそそのかしてこの挙に出たのであろう。——そういう尻押しがなかったならば兵力に於ても軍資に於ても雲南軍があれだけ猛悪な戦闘力を有している筈はない。こういうのが一般の観察であった。許督蓮も亦この事を知っている。それ故、僅に身をもって逃れることの出来た許督蓮は、陳烱明に決闘状を贈って、終生を賭してこの怨に報ゆる、汝とは倶に天を戴かないと書いたとも伝えられている。その事の結末がどういう風に運んで行ったかは、未だ厦門にも報道されていなかったけれども、その安海の乱の顚末が一通り明らかにされて以来、陳烱明の徳望は一時に衰えた。

土豪と力を合せて土匪の頭目と見られることを危んだ林季商は、陳烱明も亦土匪と何の選ぶところもなかったのを観て、表面的には陳氏と何の齟齬もないけれども今は漳州軍の参謀という名を空しくして漳州に近い徳化の地に手兵を蓄えて隠れて居る。この粗雑な頭脳ではあるかも知れないが、一種高貴な心情を持った人はこの地方の不穏を彼一身の責に帰して、徳化が由来磁器の産地であるというので陶窯を設けて古風な手法で製陶を試みたりして、身を風流に托する方法で、やっと心中の鬱悶を遣っているとも言われて居る。

これだけ物議を喚び起した漳州軍は、愈々近々に広東軍と輸贏《しゅえい》を決するという。「漳州軍の決戦々々も久しいものだ」「だが、今度こそはやるだろう。あれほど勢力を養ったからには、陳烱明も早くもう一度故郷へ捲土重来《けんどちょうらい》したいに相違ない」「それにもう随分さまざまな口実で金を搾った挙句だから、これ以上漳州にいたところで、もう金を集める名義もあるまいから」人人は厦門でこんな風に噂をする。茲《ここ》に注目すべき現象としては、陳烱明を散々冷淡に言う人は日本人だが、台湾人は皆一様に「兎にも角にも」と言いながら、大なり小なり陳烱明の見識と仕事とに同感している。常に被統治者という意識を抱いている台湾人には、陳烱明の主張のなかに何か彼等に慰安を与える物が見出されるのではないかと、私は感ぜざるを得なかった。

「今度の漳州の決戦には両軍とも飛行機を使って空中戦をやるそうです。いずれ市街はめちゃめちゃになるでしょう」と言う。で、飛行機はどこに幾つあるかと聞き返すと誰も答える人はない。飛行機は無論、飛行船があるという噂も聞いた事がないと言う人もある。何が何だか少しも解らない。——兎に角、決戦することだけは本当らしい。漳州ではもうぼつぼつ田舎の方へ避難している人もあるそうだ。許連城君も家族を厦門へ避難させるつもりだそうである。

石碼で小蒸汽を川船に乗りかえて龍渓を遡って行く。龍渓は福建省では第二の大江だそうである。

乗り合いは我々の同行四人を加えて十二三人である。船——こんな船を舫と呼ぶのか知ら――は、それだけの乗客がどうにか横になっていられる程の大きさだ。茅のような草で丸く屋根が葺いてある。帆を上げて進むのである。天気はすっかり晴れて来て、雲の断え間からきらきらする日かげが水の面に躍っている。日盛りの時間だが水の上だから涼しい。殊に我々は屋根のない部分に席をとったから存分に風が通う。そのくせここは帆の影になって日は射さない。あたりの景色が自由に見られる。「これは肥沃ないい土地です。台北あたりの田舎より、農作にはずっといいに決っている。山だって植林すれば茂りますとも」徐朝帆君は、茂った深い蘆荻が風のまにまになびいている両岸の土地、そのところどころに稍《やや》遠く見える裸の丘陵などを眺めては頻りに感嘆している。同君は台北附近の農家の生れで、だからこんな打開けた土地を見ると気が晴々するそうである。いかにも楽しそうにあたりを見渡していたが、感歎する事にも飽きたと見えて徐朝帆君は船の者に命じて枕を呼んで横になった。船の者はその序に私にも枕をくれた。枕というのは径五寸ぐらいの竹筒で、その一面を坐りのいいように削り取ったものである。竹筒の枕は固くて痛い。その代りには永いこと冷《ひやり》としている。この辺の人は木の寝床や石の腰掛けの上へじかに眠るくらいだから、ひやりとしさえすれば竹筒の枕ぐらいは平気だ。私も厦門で支那の宿屋に泊って初め二日ほど木の枕に閉口したが、もう大分慣れて来た。

この我々の川船には、艫《とも》のすぐわきに二人の男女が乗っていた。船の為めに働く者の外は皆横になって眠って仕舞ったのに、この二人は船の出る時から今まで、こうしてそこに並んで腰かけたきりで、睦じそうに煙草のやりとりをしたり、菓子を出して摘み合ったり、断えず喃喃《なんなん》私語している。ああして互に話合いたいからわざと少し人を避けてあんな場所をとったかと思える程なのである。男は三十二三。女は二十四五か。男も男盛りの悪い男振ではないが、女は小肥りのした床しくはない代りに艶っぽい且つ整った顔立ちである。私は黒い広東絹の衣物を着て、手頸には翡翠《ひすい》のと金のと二通りの輪を二重に嵌めている。異郷の風俗を知らないから、良家の婦女と教坊の妓女とを区別出来ないが、どうしてもこの女は物腰から見て後者の出のように感ぜられる。帆の影の動く工合で、このふたりの上に日が射すと、男は緑色の裏のある絹紬の洋傘をひろげて女に着せかけてやる。女も申わけにその柄に小さな白い指を持ち副えた。夫婦であるか情人たちであるかは知らないが、このふたりの私語と微笑とは何時間経っても尽きそうにもない。彼等の今の心持を考えていると、目には見えない美しい双蝶が互に縺《もつ》れ合いながら空の方へ高く昇って行くかのように感ぜられる。——何にせよ、憂悶ある孤客をして艶羨せしむるに足る姿である。君たちは永く然うしていて、願わくば偕に閨怨《けいえん》と傷春とを解せざれ。運命を恨むためにこの江上の楽しい半日を断腸して追想する日はなかれ。——私がこの遠い旅に出て来たことの真意を、後になって知る人があったならば、私のこんな感傷を必ずしも哂《わら》ったり咎めたりはしないであろう……

私は、この一対から目をそむけると、よく働く若い船頭の方を見た。その若者は私に無言の愛嬌笑いで答えながら、一生懸命に櫂を漕いでいる。その逞ましい黒い両腕には裂けて弾《は》ぜるような筋肉がむくむくとうごめいている。彼はこの船の親方の息子らしい。未だ二十にならぬかも知れない。大男で、ただ片目に星が這入っている。しかし、船を操ることは実に敏捷である。船に乗組んでは居るが別に何も働かない彼の老父に頼んで帆の加減を直すことを命じたり、時々、前を行く船を追い越すために立って行って、舵取りの手からもどかしげに舵を奪って彼自身で舵を操る。そうして、面白いほどずんずん先進の船を追い越してしまった。私達四人の石碼見物のために出遅れたこの船が、こうして何時の間にか殆んど一番前方を行く船の仲間入りをして居た。彼の仕事に対する敏猾と、立派な体格と、又断えず口角に笑いを浮べた快活と、それに一目が眇《びょう》しているということが、私に先刻から或るロマンティックな興味を与えて居たのであった。

――あまり同じ方向ばかり向いていたので、私の頭、例の竹筒の上へ乗せてある私の首が痛くなって来た。それで寝返りをすると、ふと私の目の前に一枚の英文の新聞らしい紙片があった。さっき同伴の四人で食べたカステラに似たような菓子の包まれてあった紙片である。退屈だからそれを拾いあげて皺をのばしてひろげると、写真版入りで市街家屋のことや或は「木造建築の経済的価値」というような題の文章などが出ている。新聞見たいな体裁だが建築雑誌のきれか知ら——その小さな活字が、今のこの船とは全く思いがけなく別世界を現出しているのを無責任に覗いていると、私はいつの間にやら皆と同じように昼寝をしていたらしい。——人人の声で目を覚した時には、船の前方稍遠くに夕日の流れている水の上に長い石橋がかかっているのが見られた。それが漳州の旧橋だという。下流の方を振り返って見ると、沢山の船があとから後から帆に風を孕んで上って来る。五時に二十分前である。五時には着くだろうが、我々のこの船はあの若い快活な船頭が、「六時間もかかることもあるのですがこの風の工合なら」——と言ったとおり、三十海里の水路を四時間で来たのだ。

船の帆を下して、帆柱を倒して、さて旧橋の下をくぐると、向うにもう一つやはり長い石橋が見える。それが新橋だという。船は右岸にある立派な花崗岩で築かれた岩壁の階段のあるところへ着けられた。船賃は確に八十銭であったと記憶する。

河岸から近いところにある許連城君の宏仁医院に立ち寄って、兎も角も手荷物をそこへ預けた。許君は気がかりな患者を見舞わなければならないとかで、その代りに十五ぐらいの童児を一人——あとで判ったが、これは許君の長男だという。許君は我々と大差ない年ごろなのに、もうこんな生長した子供があるのはちょっと異な気もするが、台湾人は一たい早婚だからあたり前かも知れない――その伶悧な童児を我々の案内につけてくれた。徐朝帆君も余錦華君も厦門には既に両三年居るらしいが漳州へは始めてなのだ。

我々は日の暮れる迄の一二時間を、この童児につれられてあちらこちらと歩く。家々は石碼で見たような安普請で、もう落成しているのに何だか未だ普請中のように落ちつかない。先ず言って見れば、田舎の郵便局と歯医者の家と都会の床屋の家と活動写真館とがその一族を引きつれて立ち並んでいるという有様である。この家々は、町幅を広くするために漳州の政府が金を出して建て直させた家なのである。尤も一部分を改築した分は金は出なかったそうである。この家と家とに挟まれて幅八間ほどの立派な石のある大通りがある。この石甃が問題の石甃なのであろう。これの一丈に就て両側の家々が銀二十五円ずつ支払わせられた――精々が五円ぐらいの仕事に五十円も金をとったと厦門で噂をしていたのはこれの事であろう。立派な石甃で、我々日本人の目が日本の相場で考えると五十円では仲々安い。併し、鼓浪嶼では石と煉瓦との堂々たる洋風建築の一丈平方が、銀九十円か百円で出来るというのだから、それに、ここに敷かれた石というのは皆、新らしく切り出されたものではなく昔の城壁を崩して来て並べただけだというのだから、やはり高すぎるようだ。十倍は少し誇張にしても三倍や五倍は儲かったかも知れない。こんな立派な切石ではなく、細石を敷いた道もある。これには両側の家は各十五円ずつ出したそうである。石を敷かない土のままの路もある。この五十円の路を人間が——左様、東京で言えばまず三田通ぐらいの混雑で往来している。一たい漳州の人口は城の内外で十五万だそうだ。町を往来する人間の七分までは、カアキ色のでぶ〳〵の軍服をつけた兵卒達である。彼等は思い思いにぶら〳〵と漫歩している。

どこかから断えず軍楽隊の音がひびいて来る。

我々はやがて公園へ出て来た。ここは先ず公園と称してもおかしくはない。夾竹桃が花盛りである。芝生がある。芝生をめぐって円を描く小径がある。大紅花《ハイビスカス》が簇って咲いている。ところどころの木かげに空色に塗ったベンチが沢山ある。そのベンチにも芝生にもまたそれぞれの路にも、カアキ色が吾がもの顔に歩いたり臥《ね》そべったりしている。そうして空は夕やけがして真赤である。公園の入口には——我々は裏口から這入って表へ出て来たらしいが——高さ三丈ほどの碑が柱のように聳えている。石で出来ていて、石の面に別に青銅の板が嵌めてあって、その銅板の上には、「博愛」「平等」「互助」「自由」——こういう仏蘭西革命の三標語を思い浮べさせる四つの言葉が、碑の四面に一つずつ彫られてあった。どこかの木かげには池があって、その池には噴水があったが、そこからは水が出ていなかった——ような気がする。

先ず公園を見せた童児は、公園を抜けて東門に近い公設市場を見せる。だが私はそんなものを見たって何にもならない。それに困った事には、何か解らないことがあって余君や徐君に尋ねると両君とも妙にいやな顔をするのである。余君はたまり兼ねたように私の袖をひかえて小声で、「あまり日本語で話をしない方がいい。皆、日本人を嫌っているから」と言う。そうして嫌われている日本人と道連れになったことを迷惑しているらしくもある。私は尋ねて見たいことがひょいと口から出て来ても嚙み殺してしまわなけりゃならない。豚の臓腑などをならべたなかをつまらなく歩み抜けて市場を出ると、町はずれの方へ来た。その辺にもやはり兵卒があちらこちらに龍眼肉の枝を折っては食べていた。童児は西の山を指して何か我々に説明をする。――山には、赤い夕靄《もや》がかかっていて、暑そうに曇ってはっきりは見えない。童児が何を言っているのかと尋ねると、「あの山のことです」とだけ余錦華君は答えた。

結局何のことだか解らない山を見て、我々はもう一度町の方へ来た。童児は或る四つ角のところへ来てしばらく立って考えてから、兵卒が賑やかに歩いている方へ皆をつれて行った。そこはその空気によって妓楼の一廓であることが察せられる。陳炯明は町の諸方に散在していた娼家を新たにここへ一纏めにしたのだそうである。鍵の手になった町を家並に皆で五十軒以上あるだろう。上海何某女史というような名前を四つ五つ並べた看板がかかっている。或る家からは琵琶を弄ぶ声が洩れている。最も大きな妓楼から絃歌が溢れ出している。この家はよほどいい家と見えて鍵の手の突きあたりにあって、この家だけが庭でもあるのか家の片わきに長い板囲いがしてある。ぞんざいな仮りの板囲いに隙間があったからちょっと物数奇に覗いて見たら、なかは大きな池になっていて、その泥水の上に少年士官とも見える軍服の人が妓を乗せて小舟を浮かべているのがちらと見えた。

自然ともう一度公園の方へ出て来た。公園では今、輿に乗った人が二十人ばかりの兵卒に護られて通る――それを皆が目送している。その輿には四十を越えた支那服の紳士が乗っている。それにつづいてもう一つ輿が行く。護っている兵卒は前を行くものの半数ほどで、この紗を垂れた輿の主は婦人だ――瞥見しただけでよく解らないが二十五六と思う美人であった。その後姿を見送っていると、前の二つにつづいてわざと（?）半町ほど遅れて、輿がもう一つ、これはただ三四人の兵卒に護られて我々の傍を通りすぎる。これは娘のように若くて端麗な婦人だ。水色の衫をつけている。この輿には紗が垂れてないので顔がよく見える。その女は我々群集の方を品格を示しながら振り返って見た。髪にでもかざして居たのであろう、行きずりに茉莉花の匂いが漂うて残った。もう一度見て置いていい顔だった。――「陳炯明だろう?」と余君が言う。「違うよ、浙江軍の軍人だ」と徐君が言う。「どうして。浙江軍の軍人が今来ているのですか」と僕は尋ねたが、別に浙江軍の将軍と決めるべき理由も無いようであった。余君と徐君とは時々こんな風に大した拠所のないことを考えては言う面白い人であった。——何にしろ、今の輿はえらい人とその夫人で、あとからのは多分第二夫人じゃなかったか知ら。私は勝手にそう決めて置こう。

疲れたからベンチへ腰を下そうとしていると、洋服の青年が二人近よって来て、そのうちの一人は偶然徐君たちの友達であったと見える。彼等は立話を初めた。この青年も台湾人と見えて台湾人としては上手な日本語で話し合っている。聞くともなくそれを聞くと、——

「いつまでもあんなことをしていても成功の見込みもありません。それでやめました。ちょっと新らしく計画したこともあるのです。」

「一たいどんなことです。」

「全く違った方面の事です。」

「金の儲かることですか。」

「ええ、まあそうです——蜜蜂を飼って見ようと思っているのです。この辺は龍眼肉や茘枝や芭蕉なども沢山できるし、それに花が多いからきっとよかろうと思うのです。」

「ふむ。そりゃいい。一たい農業にはよほどいい土地のようですね。」——こう言ったのは川船の中以来頻りにその事を考えていたらしい徐君であった。

帰りがけに孔子廟へ寄り道をして見たら、廟の木で出来た部分は手のとどく限り剝ぎ砕かれていた。冬ごもりのうちに兵卒たちがここへ集って来て、焚火の料《しろ》にしたのに相違ない。現に今も、七八人円居《まどい》して夕明りのなかで夢中になにかしている――多分博奕《ばくち》に耽っているのであろう。宏仁医院へ帰ったが、主人の許君は未だ病家から帰っていない。一緒に夕飯を食べようと言い置いてくれたそうである。許君を待つ間、今度は川の方へ行って見ようと、宏仁医院の裏口から出る。するとそこがすぐ川岸だった。一人の若い兵卒がどうしたのか水に落ちて溺れながらもがいている最中であった。それを夕涼みにでも出て来たらしい人人が、その傍に立ち停って、まるでよその猫がドブに落ちでもしたかのように手を束ねて傍観している。尤も川はそれほど深くはないのかも知れない。それにしてはやっと水から這い出して繫いであった船の上で慄えている兵卒の顔色はあまり蒼すぎて、おかしく気の毒だ。そんなものを見ながら、私は岩壁の幅二尺程の夕闇のなかに白い石の上を辿って歩く。湧くが如き絃歌が旧橋の上から聞えて来る。その旧橋の中ほどには橋の上に一つの堂がある。水害を守るようにと観音が祠ってあるのだそうなが、音楽はその観音堂から聞えて来るのだ。我々は誰が言い出すとなく自然に川下にある旧橋の方へ志している。岩壁に沿うて、川船が沢山繫がれてあるが、そのなかに岩壁から板梯子で通ずるようになっていて、それには灯がほんのり点って、酒を酌んでいるけはいやら談笑の声やらが聞えて来る。これが所謂花舫であろう。二十艘ぐらいはあったと思う。

旧橋の観音堂で管絃を弄んでいるのはやはりカアキ色の兵卒の群で、その近くには涼風を貪りに来た人人が欄干にもたれている。その人人の間を分けて三四台の重い荷車が向岸の方へ渡って行く。ふと、その荷車のなかで猫の啼き声がした――私は、これはきっと決戦を予想した避難民の車だと思った。東の空が月しろで白くなっている。今にあそこから月が出るだろう。私は異郷の人人のなかに雑って、片肘を石の欄干に托して耳は騒がしい騒音を聞きながら目は空を見つめ、ぐったりした体に空腹を感じながら、心は程よい哀愁に浸った。

読者は、私の記述の冗漫なのにうんざりするだろうと思う。私は、何も読者に気兼ねをする必要はない。但どうもこんな調子をつづけていれば、私の一年前の思い出はどこで停止するかわからないのは自分でも困ったものだ。――路傍で遊んでいた豚の尻尾の動き方などさえ思い出されるのだから。

私は漳州で二日泊った、第一の晩は中華旅社という支那風の宿屋で。第二の晩は宏仁医院で。私の泊って見ようと考えていた温泉のある宿屋は改築中だったので、夜その門から見た私たちは休業しているものと思い込んだのであった。我々の択んだ中華旅社は私の厦門で泊った南華大旅社より清潔でもあり親切でもあった。これなら我慢してとまっていられる。南華は実際、清潔なるものを一向美徳と思わない私にさえ少々ひどすぎた。中華は一泊朝飯つきで銀一円二十銭だった。朝、宿を立つ時三人で二十銭ずつ出し合った六十銭を、五十ぐらいの辮髪《べんぱつ》のあるギャルソン――支那の文字では何と呼ぶか知ら――に与えたら、彼は片膝を床につけて跪き同時に両手を空に挙げる戯曲的に古風な又、非人道的に慇懃な礼をして玄関まで見送った上に、中学校への道すじをくどいほど詳しく指差しながら教えてくれた。

私は官立中学校へ例の朱雨亭君を訪ねたのである。学校は夏休みだから朱君は出ていなかった。且つ彼の家は遠い城外にあるという事であった。それ故若し彼が学校へ出て来たら「これこれの日本人が来た。許連城という医者の家にいる」旨を伝えて呉れるように学校へ言い残して来た。この中学校は古雅な建物であった。昇天の竜をぐるぐると浮き彫りにした上に金と朱とで彩色した石柱が四本並んで立った門をくぐると道があって、その右手には大きな長方形の池がある。その池に沿うた柳の並樹の間から見ると、池の向うに、小さな八角の窓をところどころに持った銀灰色の壁が、汀の石を礎にして立っているのが見える。長さ四五間の石橋を渡ると、そこがじかに校舎のホオルになっている。小さな部屋が幾つもあって、複雑に曲った廊下やら階段やらが、なかなか散文的ではない。聞くところによれば、これは清朝の時代に考棚（試験場）のあるこの地へ秀才や稟生や貢生の試験を受けに来る青雲の夢を抱いた少年たちを宿泊させ、平時には子弟の教育場に当てていた建物の一半である。残りの一半は中学の裏手に師範学校になっている。――後で朱雨亭君に逢えた時、この校舎を讃めたら、そう説明をしてから、何しろ昔のもので部屋は小さくもあり暗くもあるから近々改築をするのだと、得意そうに言っていたが、何れは又活動写真館の親類が出来上りはしないかと人ごとながら案ぜられた。

考棚は芝山の麓にある。その芝山の上には仰止亭がある。亭は朱子がここに来て経史を講じた場所の跡だそうだ。講義をしていると附近の蛙があまり喧しかったので、朱子は蛙に向って言った。「私は今、道を説いているのである。鳴くのは止めてくれ。」すると蛙が鳴き止んだ。止めよと仰せられたというのが亭の名になった。朱子は聞きわけのいい蛙に感心してそれを覚えて居ようと、その首に観世縒《かんぜより》をしばって置いた。それがそのまま白い輪になった。それ故、芝山の或る洞には首に白い線のある蛙の一族が今でも住んでいる。――鄭から私はそんな事も聞いていた。鄭は自分が漳州へ従いて来てくれない代りに、漳州に関して知って居ていい事を何かと説明をして、私の手帳へ書きつけて置いてくれたりした。漳州の人口やら、地勢やら、産物やら――産物には米、紙、砂糖、芭蕉果、茘枝、龍眼肉、筍、糸、印肉など。果物はこの地方では漳州のが第一だと言う。それに世界的商品としてのこの地の水仙花、彼は又、見物すべき場所として次の場所を列記している——公園、仰止亭、考棚、景色のいい西門外、南靖橋、漳州第一の御寺南院。鄭のおかげで私は、私の案内者である筈の徐君や余君などより予備知識をよけい持っていたようだ。私が、鄭から教わった見物すべき場所を数え挙げても彼等は、公園の外は一つも知らなかった。兎に角、許連城君を訪ねた。許君は病人が案外悪くなっていて、昨夜は折角待たして置きながら一緒の食卓へ就けなかったのを、気の毒がってくれた。今日も同君の長男——昨日の童児を案内に頼む。「仰止亭へ行きたい。仰止亭はどこだ」と徐君が尋ねると、許君は彼の長男を顧みて「仰止亭を見せなかったかね」と父親らしく小言を言った様子だった。童児は腑に落ちない顔つきで、「仰止亭は昨日教えたのに」と言う。よく聞くと、兵卒が龍眼肉を折って食べていた町はずれから見た山が芝山で、その山の上が仰止亭だったそうだ。そう言えば亭のようなものが見えたっけ。その山を見ながら何も解らずに居たのは私だけじゃなかったと見える。罪は解らないことを解ったふりで居た徐と余の二君にあろう。——この人たちは一たい妙に先生気質《かたぎ》で人に物を問うのを喜ばない風がある。同時によく知らない事を問われるのをも嫌がる。仰止亭の話を知ってから、徐君は急に仰止亭に興味を覚えたらしく、遠望だけではなく、今日はそこへ行って見ようと言う。私はもとより賛成だ。余君の方はあまり物に面白味を感じないように出来ていると見える。何を見ても、唯「暑い、暑い」とばかり言っていて、何時もきょとんとしたつまらなさそうな顔をしている。そのくせ、同君は二十三ぐらいで我々三人のうちでは最も若いのだのに。仰止亭へも「あんなところへ」という顔つきだったが、仕方がないから附合おうというつもりらしい。

芝山へ行く途中で、徐君は岡本氏へ土産にするために印肉を買うと言う。或る街のその店へ行く。一番上等なのは十匁の価銀十八円だそうである。この家は古くから有名な印肉屋で伝来の方法で製造しているので、支那中でも珍重されている店だという。徐君は五匁買ったようだったが、買うときまると奥から白い髯のある老人が出て来て、うす暗い店の隅で片手に小さな秤を持ってじっと印肉を量ると、一言も言わずに又奥へ這入って行ったのは印象が深い。その店を出て大分遠く街を歩く。黙って歩いて居ては退屈だから、私は家々の門口にある横聯や竪聯を見て歩く。そのうちに私は一つ発見をした。「万商雲集」「珠玉満堂」「五福臨門」「貴客常臨」「天官賜福」などあるのが月並な横聯の文句に、この新らしい市街漳州には流石に新思想を盛った文句があった——覚えているのでは「輸新文明」「世界更新」「人民平等」などがそれである。新思想と言えばその朝、許君の家で、評判の「閩星日刊」を一覧した。普通の新聞紙二面を四面にして折った小さな新聞で、それに九ポイントの活字が使ってある。仏蘭西留学生何某が第一面に社会主義の学説の飜訳を書いている。外国電報欄の最初の項目には「日本三井の社員大淘汰」というような見出しがあって「資金××億社員×万日本第一の大会社と称する三井では社員×百人を一時に淘汰した。……中産階級の一大恐慌として社会問題を惹起している云々」というようなことが大きな活字を雑えて掲げてある。就中、連載小説がコロレンコオ原作何某訳であったのは、珍らしかった。この新聞を一枚参考の為めに貰って来た筈だのに、どこで紛失したものやらその後捜しても見つからない。コロレンコオのどんなものをどんな風に訳してあったのかを見究めて置かなかったのが残念である。果して幾人の人がどれだけの興味で見るかは知らないが、新聞小説にコロレンコオが出ているのは高尚なものではないか。

　行人に尋ねてやっと仰止亭への登る口を見つけたが、その登り口である朱子廟は軍隊の駐屯所に当てているので、馬丁のような男にけんつくを喰って中へは這入れない。仕方がないから漳州農事試験所予定地という立札のあるあたりをがむしゃらに登って行った。急な茨ばかりの草原で皆、手の甲をひどくつっ突かれた。その道のない坂を登り着くと、目の前にテントを張って兵士が七八人居る。大砲を二門、砲口を市街の反対の方向に向けて並べてある。徐君が仰止亭へ登っていいかと尋ねるためにテントの方へ進んで行くと、行きなり装剣した銃を胸元に擬せられた。

　やっとの思いで仰止亭へ登ったが、成程、余君がつまらなそうな顔をする通り、格別変った事があるわけもない。ただ上衣を脱ぐと万斛《ばんこく》の涼風が体に泌みる。東南に面すると漳州の全市街が一眸《ぼう》に集る。この市街はこうして見ると思ったより広大だ。それに黒いまで繁った樹木が芝山の裏の方にはわけてどっさりかたまって居る。皆、果樹で、この山の麓にあるものは砂糖黍畑《さとうきびばたけ》だ。この豊饒な収穫が農家育ちの徐君の目を羨しがらせて居た。

山を下りる、荒廃した赤煉瓦の牆壁《しょうへき》を広くめぐらした建物があって、確か砲兵駐屯所か何かに使われていたが、後で聞くとこれが考棚の廃屋なのであった。西門外へ行って見た――この辺は土地が低いと見えて、龍渓の水が流れ込んで半ば湖沼の感じがする。樹木に富んだその水辺に民家が点々と散在している。ちょっと水郷を偲ばせるものがある。その景色の一角に高い塔がある。龍門（文）塔という名だそうな。こんな風にところどころで見かける塔は一種の地勢迷信から建てたものだという説明は後で人から教えられたが、この龍門塔は、漳州という地形は水と土との関係が投網《とあみ》を投げたような相《すがた》――どういう意味でだか知らないが、兎に角そんな相になっているので、そうしてこの龍門塔のあるあたりがその投網のしめくくりになっているべき地位にある。この地点を大切にしないと、漳州の土地は水害やその他の災害でつぶれるそうである。それ故、その標にこんな塔を建てたのだと言う。何はともあれ、それが風光を補っているのが有難い。――誰か気転の利いた趣味の士があって、物質的な俗物をうまくだまして、旧橋の上の観音堂と言いこの塔と言い、風光の美のためにこんなさまざまなものを所々に建てることを工夫したのじゃないかと思われる程だ。龍渓の流域が水害で困ることはひどいものと見えて、つい二週間ほど前にも出水があったそうで、我々が渡ろうと思った小さな橋が、来て見ると流れて仕舞っていたりした。道端の樹木の幹には皆、一丈ばかりの高さに泥水に漬ったあとがくっきり泥色に染って居た。

或る大きな茘枝の樹のかげに、例のカアキ色を着た連中が三十人以上もかたまって、脱ぎすてた軍服の一枚の上へ二十銭銀貨を堆高《うずたか》く投げ出して賭博をしていた。そこには駄菓子やちょっとした食い物などを売るおやじが湯を煮沸《にえたぎ》らせながら茶店を出して居た。

漳州軍がいよいよ広東軍と決戦をして、しかも漳州軍はなかなか優勢で汕頭、潮州の辺まで破竹の勢で征みて行った。広東へ入城するのも不日の中だと予測されているというような報道を、私が知ったのは私の漳州見物をした後約一ケ月も経ってからの事であった。尤もそれ以前から私は絶えず漳州の様子を台湾の諸新聞などを通して注意していた。――或る旅行者の談として、漳州ではその後豚一頭に就て三十銭（?）鶏一羽に就て十銭（?）などという苛酷な悪税を課している。人人は塗炭の苦のうちに陳烱明を呪っているというような記事も見た。私は漳州軍がいよいよ決戦をしてなかなか有利だという記事を見ながら、あの私がそこを見物した日の夕方に川に墜ちて溺れながら、真蒼にふるえてやっと手近かの舟へ這い上ったあの滑稽な気の毒な兵卒のことを思い出して、あんな弱そうな兵卒が集っていても勝てるなら広東軍はどんなに弱いのだろうなどと思った。それにしても人情は妙で、ただあの日私が二日ほどそこを覗いて来たというただそれだけの因縁で、私はなるべく漳州が勝てばいいとも思った。漳州の陳烱明が広東を陥入れたという報道は、その後また一ヶ月ほどして私が台湾の日月潭や埔里社や蕃地である霧社や能高山などの山地を歩きまわって台中の市街へ出て来てから、その間の二週間分ほどの新聞を一纏めにしたものを手にした時そのうちの或る日の記事のなかからそれを見出した。

私の書いた「星」という話は、その晩、許君の宏仁医院の二階に泊めてもらった時、就眠前に徐朝帆君から聞いたものの一つを骨子にして書いたのだ――あの晩は、窓の少ない支那家屋の有力な明り窓たる屋根瓦のなかに葺き雑ぜた硝子から洩れてくる十八日の月光が私の足のところに当っているのを見ながら、私は南京虫のいる毛布をもちあつかった。夜更けだったのに、誰が家の子ぞやまだ起きている人がいると見えて、断えずどこかから絃の音が洩れて来た。この良夜をどうしてあの水上の花舫のなかで泊らなかったろう――夕方ちょっとそんな相談もあったのだのに――と、私はよく眠れずにそれを心残りに思った。今日もやはりそれを心残りに思う。それにもう一つの心残りは、江東橋を見なかった事である。鄭君が漳州から三十里もある南靖の拱橋をさえ見物すべく数えながら江東橋を言い洩らしていたのが恨めしいほどだ。――江東橋に就ては、厦門日本居留民会で発行している厦門事情には次のように誌してある。……同安県道ナル漳州ヨリ五里ノ所ニ著名ナル一大橋アリ。唐朝ノ建築ニ係リ長サ約八百尺ヲ算スベク、石材ノ巨大ナル長六十尺巾五尺厚六尺ニ達スルモノアリ。云々。行って見たなら唯ちょっとした見ものにしか過ぎないかも知れないのだ、そう自分を慰めて見ても、やはり残念である。私は、私があれほど憧憬しているあの唐の時代の遺物を見ないで来たのである！

南方紀行　厦門採訪冊

朱雨亭のこと、その他

A New Bridge at Chiang Chow.

漳州の新橋と橋上の観音堂（1920年頃の絵葉書より）

この一篇は小説「その日暮しをする人」のうちの一断篇であって、紀行とは自ら別のものではあるが、紀行中に書き洩した旅中の事実をそのなかに挿話としてとり入れてあるから、仮に「朱雨亭のこと、その他」と題をしてここに附録しておくことにする。

……ものを書きたいなどとは更に思いはしないし、無理にそう努めて見たところで書けそうなことと言っては何もない。――いや、何もないのじゃない。その日頃、私の心のなかには或る結局どうしても自分自身の力では統治しきれないそれ故ここで一言では言い現し難い或る感情が胸一ぱいあった。あまりに胸一ぱいで全く取りみだされたその私の心についてはどうそれを書いていいのやら解らないし、その上にそれを直ぐには無理に書いてしまってはいけないような心持もあった。しかも、どうしてもその事について外に洩らさないでは、私の心のなかはそのために今にも弾ぜそうにふくれ上ってそのために息がつまるかと思えるほど苦しくなることもあった。これはただのたとえでは無い。私は死を企てる人間の状態をやっとその時に初めて理解したようにも思う。人間は恐らく誰しもそれがまだ単に精神的の苦しさである間は決して自分で自分を殺すものではなくて、その精神的な苦しみがその極度になった時に何か生理的というようなものになって来て、ちょうど最も激烈な病苦の頂点で病人がその看護の人たちに向って頭や胸をもどかしそうに指さして、ここのところへ早く穴を開けてくれと叫ぶ時の心持と全く同じもので、しかもその同じことを自分自身の手でしてしまうのではなかろうか――私はそういう状態に近いものを味わなければならないようなことがほんの瞬間的にではあったが屢々《しばしば》あった。それほどに私の心のなかに生きて蟠《わだか》まっている気持を、私は残らず吐き出してしまったなら、きっといくらかは気が楽になり、もしそうならなかったならば私はその時にこそ私が書き上げたものを遺書にして死ぬことも出来るだろう。とそんなことをさえ、ふと考えたこともあった。実際、私は今、世に問おうなどというつもりではない純粋な手記をつくって置こうと考えたりもした。――そうして直ぐさまそんなやすっぽいロマンティシズムの自分を嘲笑うことで一時の心をともかくもどうやら取り返しもした。私は自分に対しては自重しながら自嘲するという方法やら、また私が怨恨のようなものを彼に宿している或る男に対しては極度に侮蔑してしまって何の敵意をも持たなくなるという方法やら、そういうことを私の心がいつの間にかおのずと学んでいた。但、私が彼の女のことをどうして忘れようかということだけがいつまでも私にとって方法のない事であった。私は最初、どうかしてその女を憎むことによって疎んじようと試みた。けれども私にはその女に憎んでいいような何ごとかがあるとはどうしても思い込めなかった。その緒《いとぐち》をさえ見出せなかった。その女のことを思い出すと私は思いつめて憎めるどころではない反って益々思い募って来るだけであった。その時の私の心はただ単純な愛恋のものだけになってしまって、ペンを取って書き出すものは彼の女への手紙であったが、その手紙は決して相手の手に這入りはしない。そうして其には何の不思議もない。私は其をポストのなかへ入れる代りには、封をして自分の机の抽き出しへ入れて置くからである。私は自分の情痴を知りながらも、その恐らくは生涯、決して相手の手に這入ることもないであろう手紙を短いのやら長いのやら少くとも二十通近く書いたかもしれない。——「このごろのわが恋ごころ記しあつめ功に申せば五位の冠」とそんな歌が、どんな人がどんな時に残したのであろう？　万葉集のなかにあるように覚えているが、私はそんな手紙を書き終えて二十分ほども考え込んだのちに、ふと今言った万葉集のうたを思いだして、さて机の前にある手紙を見つめながらこれの原稿料は一たいどこから出るのだろうなあ——と、そんなつまらない冗談を自分自身に言いながら無理に笑っても見た。そんなふうで熱心に私が書くものは原稿ではないので、しかし私は何か書かなければいけないので、——世間では私のことを衣食の為めに書く必要のない人と言ってくれるようであるが、それは何かの誤聞である。まあ仮りに私の父に何か恒産のようなものがあると仮定して見てもいい。ところで、この場合、私がもう十九や二十でもあろうことか、しかもまあどんな入り組んだ訳け合いから、どんな間違ってないつもりであろうとも夫のある女、しかもその夫は私の友達である女と恋に陥って、そのために仕事が出来ないからと言って父母や兄弟に金の無心を誰が出来ようか。その上に、それらの動揺のために私は久しい間、殆んど全く文筆から遠ざかったような形にもなっているのを、私の六十になった父や母などはそっと案じていてくれるのであった。父や母は私の部屋をちらと窺って見て私が机でものを書いていると喜んでいる様子であった。紙が原稿用紙だから一途にそれを何かの作品であろうとでも思っているのであろう。しかもそれが例の手紙だったのである。

「何か出来ますかな」

父が食事の時などに、何気なさそうにそんなことを言い出すことがあると、私はうろたえながら、

「え、いや、どうもうまく書けないから破いて仕舞ったが……」

と、ひとり言のようにあいまいな口調で言いわけの嘘をついたりした。そうしてこんなことをして居るうちには何れ何も書くことは出来なくなるだろう。だが、そんな事が何だ。

──私はそう思って妙に誰にともなく反抗心を起している傍、だがやはり何か書かなくてはなるまいという見えや意地や又は父や母やそれからその後の私をだっていくらかは心配していてくれるだろうとも未だ自惚られる彼の女に対する気やすめなどもいくらかはあり、それに私にはいつかも別の機会に別のところにも書いたように、そのころから莫迦々々しい品物を買って無駄費いをする癖などが新らしく出来てしまってそのためには未完成な三四年前の旧稿などをとり出して売るような浅ましいことまでもする程に、そんな小遣銭がないと心までが萎び果てて来るというわけでもあったし、その上にまたその頃から天気がじめ〳〵とした雨つづきで今までのように市街を見かけだけ元気よく歩きまわって暮すということにも適しなくなって見ると私の悲涼な──いやそんな立派な昂揚的な言葉は決して使えないであろう、ただ困憊し切って佗しく味気ないだけのその私の籠居を少しでも私が私自らで慰めるには、私はどうもやはり何か書きでもするよりよんどころなくもあった。けれども私は所謂《いわゆる》小説──主として人間同志の意志が紛糾し合ったりしているところを描くものである小説なるものを、もともと書けもしないが上に、それでなくとも今目《ま》のあたりに自分が人生そのものに圧しつぶされかかっているこのような日ごろに私は、どうしてそんな小説などを書けるものではない。言わば私は自分の身辺に現出した小説的事実に中毒しているではないか。一たい小説などというものはどんな人生の悲しい事実に向っても決して目をそむけもしなければ又軽々しく笑ったり怒ったり歎いたりしないようなそんな真直ぐな男々しい心を持ってこそ出来もしよう。と言って、私が今までによく時々に書いたような全くただへんなメルヘンであるような世界を描こうにも、困憊しきって不統一にされている私がどうしてそんな世界のなかへこだわりなくすっぽりと這入り切って行けようか。――こう思ってくれば、これはどうもやはり結局何も書けそうにはないということになって来るのであった。しかも私はどうかして何かを書かなければと自分で努めて見なければならない。またしても私は何ごともどうでもいゝような気にもなって来る。が、もう一度、さまざまと自ら思い励ました揚句に、私はやっと紀行文でも書いて見ようかなと思い立ったのであった。これならば思い出すがままに――そうして思い出して見ても楽しくはあろうとも苦しくはなさそうだし、その思い出すまゝを一つ気まぐれに書きなぐってやっても、そうしてその結果どんな纏《まとま》りのないものになってしまってもいゝわけのようでもある。それに若しまたうまくその一年前の旅の思い出にすっかり思い耽ることでも出来たとしたら、少くともそれを書いている時間だけでも今日という日を忘れてもいられよう。そうしてそんなふうに何か頭でも使っていれば自然と疲れてよく眠ることも出来るかも知れない。然うだ、然うだ！　私はそう無理にも自分の気を煽り立てゝ見て、さて「厦門採訪冊」という紀行文を起草し出して見たのであった。

――その「厦門採訪冊」を私は自暴自棄ともいう調子で書きなぐった。思い返すと過ぎ去ったことは皆美しくたのしいように見えたし、書かれることは私が愛してる異境ででもあったから、今日という日を忘れようという私の考はどうやら成功したように思えた。けれどもそれらの思い出のどこかに隙間でもあり、ちょっとでも筆が渋るような事があったらそれこそその日はもうおしまいであった――私はいつのまにやら直ぐにその旅のことからどういうきっかけがあるのやら直ぐに今日のことを思い出すのであった。一たい私をこれほどなやませる出来事は、私がその旅から帰ると直ぐに起った事でこそあれ旅とは直接にはまず何の関聯《かんれん》のしようもなかったのだのに――。私はなるべく現実を忘れたいから、文章の前後がどういう具合になろうが一切かまわずに、とっとと書いた。狩り立てられるもののようにせかせかと懸命に書いた。そうして人に頼んでわざと出来るだけ頻々と居催促をして貰う方法で、出来ただけのものはどんどん私のそばから持去ってしまってもらうということにした――何故かというのに、気の弱い男である私はこうすれば成る可くその使を空手《くうしゅ》では帰せないと思って厭でも応でも書くように努力しもするし、又気まぐれなくせにものにこだわり過ぎる男である私は、その書きとばしたものをもう一度読み返して気にしたり、その結果はうんざりして中途で止すようなことのなるべく少ない為めには書き貯えた原稿などは手近かにないのがよいからである。何と！　こんなさまざまなことをしながら私は自暴自棄的に書くのであった……

記憶というものは、一たい心や頭のどんなところに残ってしまい込まれているものやら私は知らないが、今さらにこれは不思議な作用である――私はその不思議な作用である自分の記憶のさまで古くもないものから、私自身の気に入ったことどもやらそれを喚び起すに当然な順序となるものなどをごた〳〵と書き流してしまったらもなく「厦門採訪冊」の稿を急ぎながら、はかばかしく行かないのに喘《あえ》ぎながら、自分の頭のなかやら心のなかやらをあちらこちらと彷徨しているうちに、其処で或る夜、私はふと一人の人物に出会したと思ってもらいたい。初め、私はその人物のことを何のつもりもなく思い出して、さてその人物のことをちょっと書きつけたのであった……

……朱雨亭というのがその人物の名前であった。ちょうど私が厦門からその当時その地方の内乱の中心地であった漳州へ見物を志した時であったが、私はそれまで私がつれていた案内者と別れてしまって、それ故、漳州へ行くについても私にはい丶案内者がなかった。やっと二人ほど同行者があった。それも出発の前日に決ったのであったが、その同じ日に、厦門で私を親切に取扱ってくれた人のひとりである周君が、私に次のような意味のことを言って一枚の名刺を渡した――

「この人に紹介しよう。二十四五の青年だが、漳州中学校の教師だ。彼は二三年前漳州に居住していて、その地方のことなら地理的にも歴史的にも亦現在のあらゆる方面のことにも精通している真面目な新思想家で、それに日本のことに就て興味を持っているそうで、私が彼に君の話をしたところが彼も君に会えるのを大へん喜んでいた。彼は今日厦門へ出て来ている。そうして明朝君が乗って行こうとするその同じ小蒸汽船で彼も漳州へ帰る。きっと君は明朝小蒸汽船のなかで彼を見出すだろう。彼の方から君を認めて君に声をかけるだろう。私がそう彼に言って置いたから。その男は朱雨亭というのだ」そう言って周君は、その彼自身の名刺に記入した朱雨亭先生という文字を指さしてから「英語の教師だ。だから、貴国の言葉は知らないがきっと、その言葉で君と話すことが出来るだろう」そう周君も英語で私に言ってくれた。私は大へん好都合に思った。というのは私はその日に同行者を二人約束をしたけれども、その二人は漳州へは始めて行く人たちである上に、どうもいろいろの点であまり気の利いた同行者ではないように私は彼等を観察していたからである。彼等は二人とも台湾人でそれ故いくらか日本語に通じる。まあその点だけがいくらか取柄ではあるがその日本語もよほどもどかしくって、或は私の英語の会話の方が未だしも役に立つかも知れないと思える程だと言ったらその貧弱の度は判るだろう。

その翌日、私は漳州の方へ遡って行く小蒸汽船に乗った。それは危いほど一ぱいに人を乗せていた。そうして船は我々が予想したよりは二時間以上も出帆が遅かった。私はその船が出帆するまでの間、どこに朱雨亭がいるであろうか――それにしても私の方から彼を見わける事は全く出来ないのだから、船中唯一の日本人たる私は、朱雨亭が早く見つけてくれゝばいゝと思いながら、自分自身を広告するように時々座席から立上って四方を見まわしたりした。そうして二人の同行者に向っては私に捜す人があることを告げて、もし彼等に好意さえあったら、朱雨亭君の有無を群集のなかで呼んで貰いたいと思った。しかし同行者たちは――彼等は小学校の先生であったが、そんなことをするのは不作法でもあり又彼自身で好ましい事でもなかったからであろう。「こんな人込みで解るものじゃない」と呟いて外の話題の方を彼等同志でつづけていた。この場合私が若し日常自分が使う言葉――即ち日本語で叫んでいゝのなら多分、立ち上って「朱雨亭君というのはどなたでしょう」とわめいて見たであろうと思う。私はそれほど朱雨亭を心頼みにしていた、しかし誰も私を見つけてくれそうにもないので、私は朱雨亭が今日船へ乗らなかったのかも知れない、仕方がなければ漳州へ着いてから中学校へ行って見よう――私はそう思って船中ではあきらめてしまった。さてその日は船中ででも其の外のどこででも私は朱雨亭から認められもせず、私も朱雨亭を知ることも出来なかった。そうして、その次の日になって、私は朝早く中学校へ朱雨亭を訪ねて行った。しかし夏期休暇中である学校へは、朱雨亭は出勤してはいなかった。それならば彼の家はと訪ねると城外のかなり遠いところだと言った、私は全く思い諦めて、けれども朱雨亭が私に会って日本の事情なども知りたいと言ったという周君の言葉をも思い出したものだから、かたがた、私がその日多分そこにいるであろう或る家と私自身の名とを名告って、若し朱雨亭君が学校に出て来るかも知れないと言われるなら、そうして果して出て来たら、さう私の言伝てを頼みたいと言い残して中学校から帰って来た。私と私の二人の同行者とは中学校から帰ると、昨日偶々この街に同行したもう一人のこの地に居住の台湾人の息子――彼は未だほんの少年であったが、その少年に、もう一度昨日の夕方のつゞきの案内を頼むことにした。この少年は怜悧な目つきをした気の利いた童子で、私たちは昨日も漳州に着くが早いか、まだ日かげがあったから私たちのこの短い日数を僅の時間でも無駄に費すまいと心がけて、この少年につれられて市街の古城門や新設の市場や公園などを見て歩いたのであった。この少年の態度は私の同行者二人よりはずっとてきぱきしたものであった。けれども彼と私とはたとい一言でも通じ合うような言葉は一語も互に持ち合さなかった。少年が何かの前に立ったり或は遠く指さしたりして永々と説明をする場合にも、私の同行者はほんの少しばかりそれも不得要領なことを私に通訳するだけであった。それをあの怜悧な少年が傍にいて或る好奇的な目つきで私の目をじっと見つめて、「私の言ったことがそんなにあっさりであなたにはのみ込めますか」と言いたそうに私には感じられたりした。私はこの少年の案内振りが気に入りながらも、しかも私がこの少年と直接問答出来ないのがもどかしくもあり、また私の同行者たちがあまりぼんやりなのが腹立しくもあって、明日はどうかして朱雨亭君に案内して貰いたいものだと願っていたのに、やはり朱雨亭君とは逢えなかったのであった。そうしてその一日もやはりあの少年の案内で、あまり見るところと云って沢山もない漳州城の内外を殆んど見物して日盛りのなかを、あの少年の家へ帰って来たのであった。そうして我々はその地方の慣例であるらしく夕刻近くまで午睡をした。

我々すべてが午睡から目を覚して、その家の入口に近いところに腰をかけて雑談していた時であるが二人づれの青年がそこに這入って来た。その一人は私の同行者の知り合いであると見えて直ぐに彼等は言葉をかけ合った。そうして私の同行者は私に「朱雨亭が来たそうだ」と告げた。私は今来ている二人のうちの一人が朱雨亭だと知ると彼を迎えようと腰かけから立った。朱と私とは立って相対した。――今まで未だ誰ともあまり口を利かない方の青年が朱雨亭であるらしい。その青年は腰かけから立った私の顔を今別に見ようともせずに――きっとさっきから見つめていたからであろう――又、私には何も言わない前に同伴者であるもう一人の青年に何ごとかを支那語で呟いたかと思うと、朱から話しかけられたその青年は、台湾人にしてはかなり流暢な日本語で私に話しかけた――

「朱君はあなたにならもう二度も会っていると言って驚いていますよ。」

「へえ？　今までに二度。どこででしょう？——一度は船でですか。それにしても二度とは!?」

私もひどく訝しい気がして、思わず他の言葉を平常語る人間に対《むか》ってのようではない自然な軽い調子でこう言った。しかし相手から、一度は公園で昨夕の夕方に、一度は小蒸汽船のなかで、然も二度とも私たちは互に一間とは離れていないところで顔を見合っていた筈だということを説明された時に、そうして私がもう一度つくづくと朱雨亭の顔を不思議がって睇視《ていし》した時に、いかにも！　私があれほど捜し求めていた人、朱雨亭にはなるほど私はもう二度までも会っていて、言われて見れば互に一間とは距たらないところで、そればかりか船のなかはもとより公園ででも二十分ももっと以上も互に相対していたことは、全く事実である。なお私になって見れば、それればかりか小蒸汽船では朱雨亭がまだそれに乗り込まないうちから、乗り込もうとして艀《はしけ》の艀舨にいる間から私は彼に注目をしていたのであった——というのは此青年は小蒸汽船が出帆の合図をしてしまってから危くも乗りそこねようとして大急ぎに艀舨を急がせたあの小蒸汽船の最後の乗客こそ自分が今見ている彼であったからだ。彼はちょうど舷に近く腰を下していた私のそばへ艀舨から慌しく乗りうつって、彼の白い洋服の袖は私の肩にふれて私の側をすり抜けた。こんなぎっしりの人込みのなかで、今ごろ来てどこへ腰をかけるつもりだろうか、そんな考えもあった私はふり返ってその青年を見た。彼は私の斜めうしろの二三列のところに割り込んで行った。そこにはやはり一人の洋服の青年がいてこの青年と慌しく乗り込んだ彼とは友達同士らしかった。そこには先刻から青年とその同伴の二人の処子とがいた。この十五六ぐらいの娘たちはこの荒涼たる船中で一番目に立つ娘たちで、この地方では極く稀に見るような女学生とも思われる風俗であった。それが先刻から船の出帆が手間どる退屈しのぎに時々私の観察の目を注がせていたのであった。きっと彼の女たちはこの地方に於ける急進的新思想の地だと噂に聞くその漳州の娘たちではなかろうか。たゞに彼の女たちの髪容《かみかたち》だけでなくその表情や動作などのなかにもどこと言ってとり立ててでもない潑溂たるところがあった。それ故に船が動き出してからも時々自然とその方へ私の目が向くことがあった。従って遅ればせに乗込んで来て彼の女たちのそばに腰を下したあの青年をも私は自然と注目していた。——その彼が今になって目のあたり名告るのを見ると、朱雨亭その人であったのだ。それればかりではない。私たち——私と朱雨亭とは二十分以上も隣同士に並んで腰をかけもしたのではないか。それは昨日の夕方である。私は私の二人の同行者と一緒にあの怜悧な少年の案内で公園を歩いていた時であった。私の同行者たちは偶然、公園の芝生で一人の彼の知り人に会ったらしく立話を初めた。見知らない青年は台湾人らしかったが上手な日本語を使った。私の同伴者たちは厦門語で語るのに彼はいつも日本語ばかりで答えていた。――この青年は何でも「今までの仕事はつまらないからやめた。これから蜜蜂を飼って見るつもりだ」というようなことやその他のことを、二十分近くも話していた。私は聞くともなしに彼等の語るのに耳を傾けていたが話はなかなか永そうだから近くにあった共同ベンチに腰を下した。するとその蜜蜂を飼おうと心がけているという青年とつれだっていた青年が、彼もやはり三人の熱心な立ち話とは関係がなかったと見えて、私の腰を下した共同ベンチへ来て腰を下した。その彼、私の隣りにその時腰をかけた青年が、今になって先方からそう言われて見るとなるほどやはり朱雨亭であった。そうしてあの時蜜蜂を飼おうと語った青年は、今、朱雨亭と私との対談の通訳に余程役立っているこの青年と同一人であった。朱雨亭は勿論船中でも日本人である私にすぐ目をつけたそうである。しかし朱雨亭は周の言葉で私が全くの一人で、同伴者も何もなしで漳州見物をするものと思い込んでいた。それ故、同行者のある私を見つけても、彼は周から聞いていた私とはどこか違うような気がして別人だと決めてしまっていたのだという事であった。――私たちすべては互に、日本語やら英語やら厦門語やらを相手の便宜によって交々《こもごも》使い分けながらやっと朱雨亭と私とのこの妙な行き違いを一しきり話し合った。

「それで、もう見物は終ったか。」

こう朱雨亭が私に問いかけた――問いかけたらしかった。私は今までの対談の間でも朱雨亭と私との直接でする問答には全く困難を感じていた。というのは朱雨亭の英語はどうも私には実に聞きづらい発音であった。いかにも重苦しい日本の東北人のような音声でとぎれとぎれに言うのである。英語の先生で学力はあるのだろうがこの発音はいかにも悪いと私は思った。朱雨亭に言わせれば私の発音がいかにも悪く、聞きづらいと言ったろう。そうして英語に慣れた外の人から聞けば私も朱雨亭も同じ程度だと言うかも知れない。なるほど私は英語は事実出来ない。しかし周となり鄭となりその外の人々なりとともかくも英語で一とおりは用が弁じて来たのである。しかし朱雨亭とはどうも互に相通じそうにはないのであった。そこで私は誰かの通訳を予期して日本語で言った――

「大抵は見たつもりです。南院というお寺は未だですが。」

例の「蜜蜂を飼おうという青年」がそれを朱雨亭に通弁しながら、朱雨亭の返事を待たずに彼自身で答えた。――

「では、これから御一緒にそこへ行きましょう。近いところです。夕飯までに行って帰って来ましょう。」

私達はこの青年の案内で、今はこの地に駐屯している援閩粤軍の赤十字病院になっているという南院を見物した。もとより朱雨亭もそこに従いて行ってはくれた。しかし言葉が通わないということはやがて、私達が相異った二つの世界に住んでいて、しかも互に通うべき道もないということに外ならない。そうして私と朱雨亭とは南院の行きにも帰りにも殆んどろくには口を利き合わなかった。

朱雨亭と私とがこの通りであったのに引きかえて全く偶然に行き合ったあの「蜜蜂を飼おうと言った青年」は、彼が日本語に巧であったというわけで私にさまざまな話を聞かせた。道すがらあそこの旧橋を渡りながら、この旧橋の南半は又の名を仰駕橋ともいう――それは正徳君の滑稽な伝説から出ている。正徳君という人は民情に精しくなければならないというので、天子でありながら平民に姿を代えて四百余州を歩いた人である。この漳州地方へも来た。そうしてこの橋を渡っていると、その時、一人の貧しそうな婦女がこの橋のたもとにいて、とぼとぼと橋を渡ってくる正徳君に対《むか》って幾百度も敬礼をしながら彼を迎えていた。正徳君はこの下賤な女が一向名告りもしない彼を見分け得てこのとおりに彼を尊敬しているのを且つ驚き且つ喜んで、その後この橋を彼自ら仰駕橋と呼んだ。この民情に通じた筈の天子は、橋のたもとで幾百度も彼に御辞儀をしていた女というのは実はただ水辺の洗濯女であったのを知らなかったのだ……。この正徳君のことはその外にもさまざまに或は小説に或は芝居になって伝わっている。「正徳君蘇州に遊ぶ」というのがある。芝居だが、蘇州の或る旗亭に白牡丹という一人の美女があった。その身はそんななりわいをしていたが世に珍らしい貞操のある女で、今まで誰にもなびいた事は一度もなかった。

偶々この時もやはり平民の姿をして蘇州に遊んだ正徳君はこの女の噂を聞いて、その女を召して見ると聞いたにも優る美女である。正徳君はその容色に迷うて言い寄った。しかし女は決して身を任せようとはしない。女の操の堅いことを知って益々彼女を愛するようになった正徳君は、自分で天子だと名告った上で、なおも疑っている女の面前でその外袍を脱ぎ捨てると、その下には袞龍《こんりょう》の衣が現われる。后にしようという勅があって白牡丹は正徳君に手をとられて都の方へ行く。その途上で激しい雷雨があって白牡丹はその時電光に打たれて死ぬという筋である。なるほど白牡丹は容色も徳望も具備してはいた、けれども皇后になるだけの何物かが欠けていた。それを敢てしようとして彼の女は死んだというのがその芝居の教訓だ……。そんな事をも彼「蜜蜂を飼おうと言った青年」は話して聞かせた。私はその話をただいかにも支那人らしい莫迦な話として覚えていたが、今になってそれを思い出すとその話はなるほど莫迦々々しい。しかし身の程を知ることや運命に盲従することなどを極端に教えているその卑屈なモラルのなかに、私は或るそれは恒に人間の微小をばかり考えていた支那人にふさわしい悲しいものがあるのを今やっと気がつくように思う――。

……さて、朱雨亭と私とはあんな奇妙な具合でやっと互に捜しあてたかと思うと、言葉が思わしく通じないという事のために会わなかったも同然なようなことになったし、しかも朱雨亭と私との縁がなかったのはたゞにそれだけではない。あの夕方、街のどの家にももう灯のともるころに、南院から帰った時に、朱雨亭は私に向って言った――

「今夜私は友人を訪ねなければならない。その代り私は明日君と一緒に厦門へもう一度行こう。そうすれば又船のなかで話が出来るから」

私もそれに対して言葉を番《つが》えて別れた。しかし言葉のよく通じ合わないふたりは言葉を惜しんで約束をしていたことを、その翌日の朝になって私はやっと気がついて迷うた――私は一ったいどこで彼を待ったらいゝだろうか。河岸に近いこの家へ朱雨亭が私を誘いに来るだろうか、それとも河岸へ行けば自然と彼に逢うだろうか。そこで私は私の同行者にそのことを相談した。彼等はともかくも河岸へ行こうと言った。しかしそこには朱雨亭が今見あたらないばかりか、その河岸一面に二町ばかりも並んで列《つらな》っているこの川船のどこに朱雨亭が私を尋ね、或は私がどこに朱雨亭を尋ねたものであるか判る筈もない。しかし私の同行者たちは私の気持ちなどには一向無関心に一艘の船のなかへどんどん這入って行く。私が朱雨亭と約束をしたことを彼等に告げても彼等はどういうわけか、朱雨亭に反感でももっているかと思えるほど無愛想な態度で、朱雨亭が果して来るかどうか解るものではないと言う。また川船で会わなくとも石碼まで下って行って小蒸汽船に乗れば、川船は無数だが小蒸汽船は一つだからきっとそこで落ち合うという。なるほどそれに違いない。

けれどもあのごたごたした小蒸汽船のなかで誰がゆっくり話し合えるものか。それに川船のなかは二時間近くかゝるのに小蒸汽船は四十分ぐらいで厦門へついて仕舞うではないか。私は人の気心を知らない私の同行者に少し腹を立てて、ひとり船の上に立ってもしや朱雨亭らしい人でも見えないかと、あたりを見まわした。そのうちにこの乗合船は満員になって、岸から離れた。私はもし朱雨亭がわざわざ私のために厦門へ来るのだったら、こうして出し抜いたようなことになるのではないかとも考え、いや彼は多分厦門へ用事があるのだろうとも考えて朱雨亭はもうどうでもいいと思った。それよりはこの時に限らず、この三日の間何かにつけて私の気持ちの邪魔にはなったかと言っても、決してそう便宜にはならなかった且つどことなく打とけ難い私の同行者を、私は少しいまいましくも思った。

わざわざ私のためではないとしたら、朱雨亭は多分ひとりでも来るであろう。そう思っていた私は、小蒸汽船のなかから果して朱雨亭の姿を見とめた。――今私たちと同じく川船を下りたのであろう、そうして舢舨で小蒸汽船に乗ろうと水の上にいる彼である。彼の舢舨は私達のとは反対に小蒸汽船の舳《へさき》の方の舷へ着けられた。けれども朱雨亭と私とは今度は互に注意し合った。彼の方から人を押しわけて私の傍へやって来てくれた。しかし私たちにはお互に不慣れな外国語でまで喋らなければならないほどの用事は何もなかった。私と彼とは互に目を見合って親愛の情を無言で表白しただけであった。彼は私の同行者に向って厦門語で何か喋り、私は私の同行者に向って日本語で時々用事を喋った。彼は一たいに口の重い人らしかった。そうして彼が私に船中で話しかけた事は僅に「漳州は面白かったか」とか「何時日本へ帰るか」とかいうような数語であった。私は漳州の近況などに就て朱雨亭から聞いて置きたい話題を幾つか念頭に浮べはしたけれども其はやゝ精密なことではあり、私は私の同行者の不得要領な通弁でそれを聞こうとは思わなかった。私はただ眉の太い色の浅黒い支那人というよりは東京の学生などに得てこういうタイプのある丸顔の朱雨亭を見つめながら、この男性的な風貌の青年が時々ちょっとはにかむような相手にひるむような表情をするのを一種の好意を持って眺めつゞけていた。私は何か一言彼にお愛想を言いたいと思いながら、しかし適当なような辞柄《じへい》はどれ一つも英語では思い浮ばなかった。こうして私と彼とは船中では殆んど互に語り合わなかった。そのうちに小蒸汽船は厦門へ着いた。鷺江はその日はひどく波立っていた——何でも、その翌日は旧暦の六月十九日で「陸月十九日無風海亦鳴」とその地方の諺にもあるような厄日であった。湾内に着いた我々の小蒸汽船のまわりには、上陸する人たちを客にしようという舢舨がうじゃうじゃと群がりながら波に揉まれ合って浮き上ったり沈み込んだりしていた。小蒸汽船の客たちは何も争う必要もないのに争うて舢舨へ乗りうつっている。私の二人の同行者も一隻の舢舨のなかへつづいて飛び乗った。私もそれに飛び乗った。朱雨亭が私につづいて乗ろうと身構した。その時である。一つの大きな波が来て、それでなくとも既に三人の人間が飛びうつったはずみに本船からやや遠退いてしまっていた私たちの船は、その大きな波の表を滑って急に遠く本船から離れてしまった。小さな舟に三人の客を得た舟人は、朱雨亭が乗ろうとしていたことを知ってはいたが、それだけの客に満足して、その浪の間をもう一度本船の方へ漕ぎ返そうともしなかった。ひとり甲板にとりのこされた朱雨亭を私は見た――さて、それっきり私は朱雨亭を見ない。

――唯、それだけの事である。それだけの事を、しかしそのころ――この文章の初めに書き記したようなあんな心の態で、無理に自分で自分の気を引き立てながら「厦門採訪冊」の稿を強いて綴っていた私は、自分の記憶をさぐってその底に埋もれていた朱雨亭を見出して、彼のことを一とおり考えつづけているうちに、今まではたゞ互にまずい英語で数語を交しただけの人と思っていた朱雨亭には、どうやら何かしらの意味があるように私には思われて来た。私と朱雨亭とが互に名告り合うまでのあの妙な行きちがいや、やっと会ってからの言葉の通じない為めのもどかしさや、それら私と朱雨亭とのさまざまな無縁は、最後にあの浪のために一言の「左様なら」さえ言わずに永久に別れたことによって全く完成されたように思う。あの旅の間私は行く先き先きの土地で少しでも自分に因縁のあった人々に対しては、旅人らしい心持ちで或は約し難い再会を約したり、或はそれぞれに

fare wellを告げて来た。それを言う暇のなかったのはただ朱雨亭だけであった。何でもない事ではある。だが、それが私のこの頃の心に漂うている或る心持ちとしっくり結びつくのを私は感じた。私は、それ故、せめては紀行文のなかへだけでも朱雨亭の事を出来るだけ精《くわ》しく書いて置きたいと思い立った。それにしても私はいろいろなことを忘れている――あの「蜜蜂を飼うのだと言った青年」私にいろいろのことを聞かせた青年、正徳君と白牡丹との話やら、漳州軍は本当に広東軍と決戦するだろう――参謀長の林季商も昨日徳化から本営に出て来たなどという消息を私に教えたあの青年は何という名だったろう。確、あの青年にも名刺は貰った筈だ。そう言えば朱雨亭の雨亭は雅号で本名は何とか言った筈だ。又その私にくれた名刺には、何処とかの人だということも書かれてあったと覚えている。彼の名刺は、旅中に自然と集った名刺のなかでも一番大形で又肉筆のような特色のある活字で大きく刷られたもので、最も支那的の気持のあるものであった。それにしてもあの一束の名刺はどこかへしまって置いた筈だが、どこにあったろうか。――私はこのごろどうもひどく物覚えが悪くなって仕舞ったが、これからさきも紀行文を書きつづけるにはどうしてもあのいつか数えたら百枚以上もあった名刺の必要な場合が出て来る。そう気がついて私は寝床のなかから起き出た。――言い忘れていたが私はそのころ、雨もふるしそれに起きて見たところで何をするということもないから、夏の蒸せるころだというのに夜も昼も部屋をうす暗くして寝床のなかにもぐったきりであった。そうして原稿も枕もとを鼠の巣のようにとり散して書いて居た——。さて私は起き上って、その名刺類を捜そうとした。予《か》ねて注意をしてしまってある筈だから、それは直ぐ見つかるつもりであったのにどうしたものかどこにも見当らなかった。私は心あたりの場所をそれからそれへと引っかきまわして、或はスウツケースやら鞄やら台湾で買った籐のバスケットやらをのこらずひっくり返した。それが私の心持をだんだんいらいらさせて来た。そんなものなどが無ければ無くとも書けることだと思いながらも、私はどうしてもそれを捜し出さないうえは何も手につかないようなヒステリカルな気持ちになった。そうして最後に私は考えた——こんなに捜して見ても見つからない以上は、これはきっとあの鞄のなかへまぎれ込んで居るに相違ない。さて私はそのあの鞄を開けようかどうしようかと迷うのであった。

　私には一つの鞄がある。そのころ私は万一その鞄を人に見られるようなことがあっては——見られても悪いことは何もない。たゞ見られたくはない。という気持ちからその鞄の鍵は、私が外へ出る時にはいつもチョッキのポケットに入れて置くし、また家のなかにいる時でも長押の上の塵の中などへ載せて置くのであったが、私はその鞄のなかにさまざまな手紙やら或は写真やらその他、——そう、ただその他というだけにして私はやはりその目録書をここへ書き出すことはやはりやめるが、ともかくもそんなものがぎっしりと一ぱいに這入っていた。それは私があの台湾や厦門から帰ると早々、私が旅装をもまだ解かないうちに偶然起ったところの或出来事に関するそれぞれの思い出を持っている品物ばかりであった。私は支那で買って来たこの支那流の鞄がその大きさやまたがっしりと鍵が出来るという理由から、特にこの鞄を択んでそのなかに前述のような品物を秘かに持っていたのである。――私はこの鞄を自分でも心がけて開けないようにしていた。この鞄はなるべく開けてはいけないものと、そう自分の心へも自分の意志で鍵を下して置いたのであった。さて私はもう一月以上もこの鞄を開けることなしに来た。すべての事を思い諦めて忘れるには一切それに関係のあるものを見ないのがいいではないか。私があの鞄と心のなかで言ったのは実にその鞄を指しているのである。私は今その鞄を開けようかどうしようかと迷っている。私がそれを今開けるのはたゞの情痴からではない。必要があるからだ、そう私は自分で自分に言いわけをした。私は実際その夜はそれを開けて見たいようなセンチメントに襲われて来てもいた。それにもう夜も更けてしまって家人は誰れも彼れも眠っているようであった。私は押入れのなかからあのあまり大きくはない鞄をとり出した。さて私は、長押の上をまさぐって妙に厳かに不細工な形に出来ているその鞄の鍵を取出すと、自分自身の枕もとに私は坐って、――この鞄のなかに、旅で出会った人々の名刺が果してまぎれ入っているかどうかを見るのだ、――だからただそれだけにしよう。――決して手紙などを読返しては見まい。そんなことは今更心を掻き乱されるのに役立つばかりだから……。私はこう自分で自分に相談をすると鞄の鍵をこぜ返した。私は一種ひどく気が沈んだ人の呼吸をしながら、その鞄のなかをそっと掻きまわした。決して月日の経ったものではないのに連日の雨で鞄のなかはかびの匂いがした。私はそのなかのものをまぜ返しながら、手に触れるもの一つ一つは今更に思い出すひまもなく悉く思い出のあるそれらの品物――或るものは或る時に彼の女が私に持って行ってくれと言ってくれた。或るものは又或る時に私が彼の女にくれと頼んで貰った。それらの品物は大きく二つに開かれた鞄の上で入り雑った。私のこころはその鞄と全く同じように掻き乱されるのを感じた。「……あまり果敢ない。あまり果敢ない」そう言って聞きわけもなく泣き入った彼の女の声。私の心に沁み入っていたその声が再び私の心のなかから湧き出して来た。泣き伏してしまって、もう私を玄関までも見送ってくれることも出来なくなった彼の女は、私がその家の門前を車に乗ろうとしている時、慌しくあの二階のガラス障子を開けるとそこに立ちつくして彼の女と私との間に町角の家が現れるまで私を見送ったし、私は見返ったし、彼の女はいつまでも泣いて立っていた……さまざまの場合のいろいろな声やらまぼろしやらが一度に私の身のまわりに苦しく落ちかかって来る。

「名刺はここにもない。どこへ無くしたのだろうな」

私は言わでものことをこうひとりで呟いて、その鞄――二つの箱をただ合せさえすれば殆んど自然と鍵のかかってしまうその木の鞄を閉めた。カチンと金属の音がしてその鞄はひとりでに閉まった。私は既に鍵の下りてしまったその鞄をそこへ横に投げ出したまま、心のなかで静かに叫んだ――

「朱雨亭！　朱雨亭！」

それは彼の女の名や彼の女と私と、ふたりのすべてとをひっくるめて、さては自分自身のすべての過去、更に転変するところのすべてのものに呼びかけることの代りででもあったように――。

気がついて見ると私は、どういうわけからであったか、そこに蚊帳の隅に端坐していた。さて私は自分の胸が妙にすがすがしいのを感じながら、いつまでも端坐をして、あの常には決して耳に聞くことの出来ない或る大きな翼「時」が、我等すべてのものの上を翔って行くのを感じながら、私はもう幾日か掃除をしないために白く塵の積っている部屋の一隅を、青い蚊帳越しに凝《じ》っと見入った……。

老青年

上海四馬路（『支那大観』第壱集「中部支那」1920年刊より）

一

御手紙ありがとう拝見致しました。漢口《ハンコウ》の方は如何で御座りましたか。私達五人は元気で居ります。美子《よしこ》、三馬二《さまじ》、麗子《うらこ》は毎日学校に行っています。御安心下され。

お父さまからのお金はまだつきません。そのお金を一日も早くまって居ります。今まではお小使が一つもありませんでしたから、よその毛糸を編んでお小使にして居りました。又前の山本さんのおばさんに色々お世話になって居ります。一日も早く上海に帰れることをお願い致します。

お父さんが上海へお帰りになってからは、中野のおばさんも、田島のおじさんも、少しもお頼みを聞いて下さりませんし、買物はみな現金でなければ売ってくれません。まことにこまります。お米を言いに行きましたら中野の方から止めてあるので持って来ませんでした。その日、夜の御飯をみなたべませんでした。私は泣いて居りました。前のおばさんが親切にして下さりますのでお米を一升いただきました。小さな子供が可愛そうでなりません。今はたゞお金を待つばかりで御座ります。毎日苦しい日を暮して居ります。それに中野の人達や田島のおじさんも私にはかたきであります。手紙に書くことの出来ないほど色々の事を言われて居ります。

三馬二の靴は小さくてはいりません。大鳥の靴も御座りません。私もこの頃少し顔がはれて夜ねむることが出来ません。

お父さんどうぞ私をおゆるし下さりませ。母が来て居ります。お父さんのお心の内はじゅうぶんおさっし致しますが、私としてはどうすることも出来ません。私の心も御さっし下されて私を御ゆるし下さりませ。

早く上海へ帰れますようお願い致します。

お正月が近づきます。お身お大切に祈り上げます。


来年は十七になる満子からのこの手紙をポケットに入れて、山野は勿論、心当りは一軒のこらず歩いた。直情径行で議論などでは一歩も後へ引かぬ山野は、しかし、金を借りる段になると実に内気だった。師走の風に吹きっつぁらされ水ばなをすゝり上げながら山野は、娘の手紙を悲しいと思った。けれどもその手紙が実によく書けているのには満足であった。しかしまた、小娘にそんな哀切な手紙を書かせるというのも身に余る苦労の果ての早熟がさせるのだと思うと、満足は再び苦痛に逆戻りした。よその毛糸を編んでいるという満子のかじかんだ手が、あじきなく暮れやすい夕暗のなかで彼の目に浮んだ。

「畜生！」

山野は舌鼓をうって心のなかで罵った。それは彼が帰ってからはなに一つ面倒を見てはくれぬという身内に対する憤りであるように思えた。「中野の人達や田島のおじさんも私にはかたきであります」彼は満子の文句を思い出していたのであった。けれどもこの憤りもだんだん掘り下げて行くと結局自分のところへ帰って来るように思えた。

どうしてもどうしても金の要《い》ることだ金が出来ずば子供ら飢ゆる
子等置きて帰れば子供米なくて食はで居たりと手紙来りぬ
金借りる望は駄目とあきらめて突きさした煙草に火をつけて立つ
ただそれと打ち明け難き恋のごと金を借りるに悩むものかな
九分までのあきらめに居て悲しくも一分の望み白きベル押す
悪人であれば金の出来ること過去に幾らもありたるものを
悪人になれぬことが誇りにや悲しみにやと高く唱はん
クリスマスの花屋の花は美ししもの貧しくも眺めて行かん
一番に尊かりける我がものがありやなしやと疑ふ此頃

消えにける炭団の如く姿のみ残して去せしわが心かも
「ざま見ろ」と鏡の中の我を見て罵りたくもなりし我かな
金はなかなか出来なかったが、その幾日かのうちに歌はいくつか出来た。巧いかまずいかを問題にして詠む歌ではないのだ。やれ文法が違うの、言葉が粗雑のと、気取ったネクタイをつけた若い奴等が、「たらちねの」だとか「けるかも」だとかいいさえすれば言葉が洗練されたいい歌ででもありそうな顔をしているのを山野はいつも腹立たしく思っていた。山上憶良が今生きていれば俺と同じ歌を作るのだ、そう言い返しては、ただ出まかせに吐き出して人の意嚮は知らず、山野自らは年久しく慰められて来た。

山野は最後に石田を訪れた。年来の友人で、それに年配も稍々《やや》外の連中より近い上に、相手が妻も子もないボヘミアンだけに山野も石田には話しやすかった。それだけに今までにも度々そういう相談を持ちかけたこともあったし、またそういう相手だから石田とても余裕がたっぷりある身分でもない。けれども、山野はもう石田にでも話さずにはいられなくなったのである。山野がどもりながらの手短な説明と一緒に取り出してさしつけた満子の手紙を、石田は読み終ると、十弗《ドル》貸そうといった。

「この手紙には、なけなしの金を十弗出す値うちはあるからね。あんまり子供にも苦労させん方がいいぜ」

「そ、そ、そ、そんなくだらん事をこの場合きかさなくとも、分っているじゃないか」

「細君、やっぱり、大阪まで子供の後を慕うて行ったと見えるね」

「畜生奴、いつまでも余計な真似をするんだ」

気の弱い山野はそれを隠そうとしていつも荒々しい言葉をいうが、そういう時にこそ彼は一番やさしい心を動かしていた。殊に山野の子供達に対する愛情は最も深いものであった。その山野が、しかし、細君にばかりどうしてあんなに気が強いのだか石田には分らなかった。いつか一度聞いて見ようとも思っていたが、人の言出しもしない事をわざわざ改まって訊く程の石田でもなかった。それに自尊心の高い山野ではあるが、しかし直情の人である彼のことだから、深い事情でもあるのなら自然と分らずにはいないのだから、彼が細君を嫌うのは要するにやっぱり彼の生活を理解しない妻に対する憤りなのであろうが、もう五十にもなって、子供の五人まである古女房に理解をもへちまをも要求する山野が、石田には面白かった。そうして誰が何んといっても妥協しようとしないところに山野の面目はあるが気の毒なのは子供達である。この機会にそれを言い出そうと思ったのだが、金を借せる序に意見をするなどということは石田の気質にはなかった。

「君、西鶴は偉い。俺は感心した」

突然山野はそう言い出した。山野が時折りひどく誰かに感心するのは今に始まらないが、それが西鶴であったのは石田には思いがけなかった。

「何んだってそんな古くさいものに感心したんだね、今更」

「漢江(日)へ行く船のなかで読んだのだ。ポケットに這入るような手ごろなのがあったので、本屋に頼んで借りたのだ。面白いので読んでいるうちに汚くして了った。もう返したって売り物にはなるまい。そうだ。あれも金を払わなきゃ……」山野はちょっとそう独り言の一句を挿んで、それから再び石田に呼びかけた。「君は、一体、読んだことがあるか」

「少しは読んだよ。何んだい君のいうのは」

「万の文反古という奴のなかの京にも思うようなる事なしというのだがね」

「万の文反古は西鶴じゃないという説があるよ」

「そんな詮索はどうでもよろしい。面白ければいいではないか」

そこで山野は訥々と、手紙の形を取ったこの短篇の筋を話し出すのであった。十八年前故郷の仙台から、悋気《りんき》深い妻を置き去りに逃げ出した男が、昔の友達に寄せたその手紙には、十七年の間は二十三人の女房を持替えて、少しは持合せていた金銀も一切、祝言事に遣い込み今では手と身とばかりになって了って、も早や女房を持つ力もなく、落ぶれて都ながら桜も見ず夕涼みにも行かず、松茸も食わず、雪のうちの鰒《ふぐ》汁も知らず、ただ鳥羽に帰る車の音を聞いて、ここも都の片ほとりであったかと気づくばかりの身の上であった。

その男が、どこか知らに不満足無しには存在しない女というものを、今迄の女達で充分承知をしながら、それでも十八年の年月を故郷で待っている筈の女房のもとへも、帰って見ようという気にもならぬから、彼女には一生帰らぬものと諦めてくれるようにと、友達を通じて申しやっているのである。

「つまりは」石田は山野のまだ続きそうな話を引き取って言った。「女ずきの女嫌いとでもいう所が、君の同感をそそった訳けだね。何から何まで気に入る女がありそうだなんて、そんな夢を見るのがそもそもの間違いさ。取り柄が一つあればいいんだよ」

「ところが取り柄は何処に一つも無いのだ。みんな鍍金《めっき》だからすぐに地金が剝げて了うんだ」

「その鍍金は、君のような男が勝手に鍍金してやるんだからね。自分が着せた着物を自分で引き剝すんだよ。女こそいゝ迷惑さ。女の悪口をいうのは女好きに限るよ。俺は女の悪口は一ことも云った覚えはない。その代り女房なんてものは持ったことはないんだからね。女を欲しければ買いに行くに限る。売り物だからいつも疵《きず》は隠してあるという訳けさ」

「その代りそんなことをしていて、とても女の真実の姿を見るなんてことは出来ないじゃないか」

「真実が好きなら味の苦い所を賞美するさ。そんなくだらん話はもう止めてそれじゃ十弗持って行くかね」

石田は立って行って押入れに放り込んであった洋服の上着のポケットから中南銀行の札を一枚取り出して渡すと、山野は受け取りながら唯一こと「や」と云った。言葉とも声ともつかんこの曖昧な音のなかに山野は充分の感謝を籠めていたのである。感謝の辞を述べることなどには山野の唇は不手際に出来ていた。山野は十弗の紙幣をポケットへ蔵《おさ》めようとしながらいった。

「君、これは君が満子に貸してくれた筈だったが、此のうちで花彫《ポウチウ》半斤分だけ僕に遣わしてくれよ。酒ぐらいは飲まずにゃ居られんからね。」

「君の手に持てば君の金だもの好きなようにするがいいが、老酒《ラウチウ》半斤位なら僕だっておごるぜ。そうだ、着替える間ちょっと待ち給え僕も出かけるから」

石田の家の中は昼でも電燈をともす程暗かったし、それに山野の心持はいつも夜のように悲しかったが、外へ出て見るとまだ日が暮れたばかりであった。彼等はパブリックガーデンを過ぎた。プラタナスの葉はすっかり落ちて了っていた。暮色の迫った中空に対岸の浦東のドックから煙が立って遠い鉄槌の音が寒そうに微かに響いていたのが止んだ。ジャンクの帆が黒い影を水の上に落して行く。大馬路の方の門から這入って来た三人連の女達が彼等の前を斜に通り過ぎたが、この女達の重いあくどい化粧の臭いが彼等の鼻に残った。

黙ってこの妖しい風俗の女達を見送っていた石田がこの時突然口を開いた。

「君、子供というものは可愛いかね」

山野はこの突然な分りきった質問を発した相手の顔を暗の中で験すように一目見て、力を込めて云った。

「可愛いさ、そりゃ可愛いさ。なぜ、そんなことをきくんだ」

「僕にも子供があるからさ」

「ホホー」山野は口を尖がらして一種特有の感嘆詞を発した。「これは初耳だな。どうしてまた……」

「ハハハ、まだあんまり誰にも話したことはないがね。ここへ来てから五六年もたたんうちだったからもうかれこれ十五年にはなる。僕は誰も相手にしないような支那の女と妙なことで関係をして了ってね。そいつが君、子供を生んで了ったんだよ。そうなると僕はもう一そう我慢がならんので、とうとうその女に寄りつかなくなったのだが、僕の女は金には困るし、子供は持ち扱うというので、女の子だったが何んでも十五弗かそこらで売って了ったそうだよ。呑気なもので、女からは子供はもう売って了って心配することは無くなったからまた元通りになってくれ、なんて云ってよこしたりしたものだ。……時々僕はへんな空想をしてね、そいつが今ではもう十五六にもなって、ああいう連中の中へでも這入っていやしないか、などと馬鹿馬鹿しい。」

石田は木立の路のなかへ消えて行く例の三人連の女の黒い後影を顎でしゃくって見せた。

「ホホーー」山野は再び特有の感嘆詞を投げたが別にそれ以上何んとも問いはしなかった。

四馬路の店店は、クリスマスデコレーションで輝いていた。玄茂源という酒家の楼上には酒客が一杯であった。そうして彼等を坐らせる余地もなかった。やっと立ち上った客の後の、食い荒した蟹の殻を積み上げたテーブルに彼等は対座した。爆魚《パオイウ》、蚶子《ハンツー》、菜茶蛋《ママ》(注・茶葉蛋《チャイエタン》か)の小皿ものの外に蟹の雌ばかり二つ煮させた。酒を汲み交しながら石田は山野に云った。

「もう二週間も前のことだが、猪股の所へ寄った序でにちょっと覗いて見たら隣の例の女は、いまだに単衣と浴衣とを重ね着していたっけが、君あれも何んとかしてやったらいいじゃないか」

「実にだらしのない奴だ。あんなぐうたら女の話はよせ。切角の生一本の紹興酒がまずくなるよ」

「だらしがないって、君がちゃんとしてやらないからじゃないか」

「ちゃんとも何もない。あんな女には何もしてやらないでもよろしい。また俺には出来もしない」

それがまるで石田のせいででもあるかのような口振りなので、石田は思わず笑った。

半斤入りの酒器を四本並べてその大部分は山野が平げたのであった。八時を過ぎるとお祭のように賑であったここの客たちもいつの間にか少くなった。陶然とした山野と別に酔った風はないが顔だけは真赤になった石田とはそこの階段を下りると今度は青蓮閣に登った。この茶館も玄茂源に劣らぬ馬鹿馬鹿しい賑いであった。

「全く、亡国の賑いだ」山野は云った。その雑閙《ざっとう》のなかをケバケバしい娼婦たちが重い香を発散させながらゆるやかな目つかいで右往左往しては遊子を漁っているのである。ここはこういう娼婦たちの市場として有名な場所なのである。

「一つよく気をつけて君の娘らしいのを索《さ》がすのだね」

山野がそんな冗談をいうと、石田はただハハハと空虚な然し愉快げな声を上げた。彼等は茶を飲んでじきにこの家から出た。

「猪股の所へ一つ行って見ようか」

街を出ると山野がそう云い出した。酔払った山野が女の所へ行き度くなったのだなと石田は思いながら兎も角も賛成した。彼等は酔った頬を風に吹かせながらよろめいて歩いた。

「助平で、剛情で、変屈で、……」

山野は不意に大きな声で調子をつけて云い出した。行人がこの東洋人《トンヤンレン》の叫び声に振り返った程であった。山野はそれに気がついたのか急に声をひそめて云い足した。

「理窟には敗けぬ、頭を下げぬ、ねえ、石田君、これではどうも出世をせん筈じゃ」

「そこへ持って来て詩人と来ている」

石田は答えた。

「京にも思うようなるこ、、とな、、し、、じゃ。」

「上海にも思うようなることなしか」

「日の下には思うようなることなしじゃ」

石田は生れながらの小声であり、そこへ山野は声をひそめたものだから、彼等はまるで何か重大な相談事のひそひそ話でもあるかの如くそんなことを云い合いながら歩いていた。

二

山野も亦、人生を戦さだと思って生きている人人の一人であった。彼は貧乏とも戦わなければならんし、また異性とも戦わなければならなかった。この絶え間のない戦の最中で、彼は歌を作り句を詠みまた文章を書いた。それで名を成そうなどと云う子供らしい野心はいつの間にか磨滅して了った今日でも、彼は依然として歌うこと――というよりも怒鳴ることを止めない。そうして彼の歌も彼の句も五十を越した今日でも、青年のように若若しい。歌うことは彼に取って必要であり本能であった。そうしてそれに依って彼は慰められた。こういう恵みを与えられている彼は同時に普通の人人からは理解されない異人種としての烙印を捺されていた。そうしてこの烙印は女達に取っては最も分りにくい印であった。彼は決して幸福ではなかった。然しその幸福でもない人生を彼は何人よりも愛していた。彼の誰も認める人のない作品集はその理由に依って、特別な魅力を持っていた。それがどうして人人に知られないかというのは、人人は芸術というものを花屋がこしらえた細工のいい花束でなければならんと考えていたからである。けれども山野の作品は子供がむしり取ってくっつけ合した雑草の花のでこぼこな束だった。そういうものは芸術の領域へは入れられないというのが、教養のある物の分った人の考えというものであるらしい。山野は自分で教養のないことや細工の手際の悪いことは充分に承知し切って偉い人人は尊敬し、名も無い自分を卑下して、それでも自分の感じたことは感じた通りに言わなければいけないし、また誰しも自分の出来ることより外には出来ないのだと決めているから、彼は心配することなしに歌ったり書いたりした。長い年月の間こういうことをして、人の認めもしないことを続けているのを人人は哂《わら》っている。また自分一人で楽しむことならば別にそれを人に見せる為めに、全くのなけなしの金を掻き集めてそんなものを本なぞにする必要はないと人人は思っている。けれども言葉というものはその本質の中に人にきいて貰いたいという性質を持っているように、文学もまたその通りなのである。彼は理窟は分らなかったけれども兎も角も機会ある毎に彼の作品を人にも見せ度かった。見えや外聞をいうような彼ならそんなものを書いてそれを求めるよりも、薬売りを止めた方がよかったのだ。

運河から運河へ船を雇うて、上海近郷の所所の田舎町へ、宝丹だの千金丹だの売薬の行商を考えついたのも、もとより口すぎの必要にかられたのではあるが、それが若し彼の詩情に適したものでなかったとしたら、決して幾年も続く筈のものではなかった。

それは嘉興《カーシン》に近い新塍鎮《シンチエン》、王店鎮《ワンティエン》、歟城鎮《ユーチエン》、海塩県《ハイイエン》、鳳家橋《フォンキアキャオ》、硤石鎮《シアシイ》、屠甸寺《トウティエンス》店《ティエン》、桐郷県《トンヒアン》、双林鎮《シュワンリン》、新倉鎮《シンツァン》、沈蕩鎮《シェンタン》、新篁里《シンホアン》、平湖県《ピンフウ》などという地方であった。六月七月頃という不健康な季節を当てこんで、郷下《シャンシャー》――片田舎の人人を相手に商いをするのであった。炎天に照りつけられて歩き廻って、時にはやっと四十銭や七十銭位にしかならないような日もあったが、成功すれば十円位にもなることがある。そうして彼は一銭の大蒜《にんにく》、三銭の茄子、四銭の干海老、五銭の焼酎、それから三銭で三つの卵などという質素な生活をして普段は寧ろずぼらな彼がこういう旅の間には自分でも不思議に思う程けち臭くなって了って、子供の為に買おうと思った椅子と竹茣蓙《ござ》との値段がほんの僅ばかり折合わぬのを、思い切って土産に買ってやることさえ諦める。瞼がもう開かなくなった程ひどく眼を病んでそれでも十銭の眼薬代を出し惜しむ憐な男に、それを呉れてやろうという気にさえならない程なのである。そうして八厘で十個の楊梅や一つ八厘の水蜜桃を食ったことを贅沢な間食と考えなければならぬ。そうして蚕の季節で懐加減のいい百姓たちが皆質受けの為めにその店先で、中には二十元三十元と支払うものさえあるのをぼんやりとみとれていて、ふと物欲しげだった自分に苦笑されたりする。四間ほどの筏を百十八もつないで流して来て、その筏の間には船が二三艘も雑り五六人の女に鶏や犬までいる。この呑気なものの為めに、水上の交通は一時絶たれて、午前の商売の汐時を外すのを怨めしがって、気がいら立ったりする。情けないのはこういう旅路の雨である。濡れしおれたシミッタレた姿で東西に南北に客を漁りに行く風態を、これが一等国民の誇るべき風態かとしみじみ自から憫んでいる折りから、同じ日本の売薬を持った支那人の同業者にあちらでもこちらでも、出会すと、彼等は旅慣れている上に暮し方も上手だし、かけ引きが上手なだけに相手を見ては安くも高くも、濫売をする。こういう強敵に出会しては経験のある商売ではあるが、先の見込も危いような気がする。そういえば以前には訳けなく十円ばかりも売れたような土地で一日中駈けずり廻ってやっとそれの半分にも及ばないことなぞ思い合されるのであった。然し厭がる船頭を無理に促して銀河の光の中に帆を上げたり、船がかりした岸の楊《やなぎ》のかげにふと新月を見つけたり、欝欝と繁った森を浸すばかりに湛《たた》えた水や、そこに山鳩の鳴くのを聴きながら彩色を施した塔の五輪に残月の懸るのを眺めたり、或いはまた陸に上って忍草の生い繁った石橋を渡って荒れ果てた空地や崩壊した土塀の上に自《おの》ずから径《こみち》をなした所をまるで中世の支那がその儘《まま》にあると思いながら蟬時雨を聞いたりする時には、彼は、彼の生活が何か幸福なものであるような気持がした。それに毎年同じ場所を数年も歩いているうちには、いつもそこで休みなれた田舎茶屋の子供、東洋人《トンヤンレン》を珍らしがってぼんやり自分の顔を見つめていたその女の子が、いつの間にか少女になって今は物影からそっと覗いて見ては軽い会釈をするまでに大人になったのや、或いはまた少し賑かな田舎町の娼家とも思える楼上に目につく女がいて、それが頭痛膏を買ってくれたと覚えているのが、もう色香に衰えを見せて年増になりながらやっぱりそこに居残っているのや、そういうものを見るにつけても自然の、——分けても夏の自然のいつも新しく生生と盛んなのに対して人間の「時」の過ぎ易いのを感じては、禿げて行く自分の頭の事を考えるのであった。彼はそれらの折折の日記を楽しんで書き誌しているが。

支那の田舎にはまた、そこでなければ決して見られないようなものが沢山あった。夜廻りが余所から来た船をたゝき起して一厘の油銭を請求する習慣。大きな眼を心地よげにつぶって水に浸っている水牛のそこだけ水から出ている顔に、虻のような大きな蠅がたかるのをうるさがって、水牛は顔をすっぽり水の中につけると蠅はその間だけは水面から出た水牛の角に止って待っていて水牛が再び顔を上げると蠅はすぐさまたちまち顔に止る。水牛はそれを何度も繰り返すが蠅もいつでも同じことをする。こういう人事や自然の些細な事柄。さては又人だかりがしているので見に行くと、広場に生えた木に大男が五六人も太い鎖で縛りつけられて、巡査の駐在所になっている廟の二階では喇叭《ラッパ》を無暗と吹いているという強盗を仕置にする有様。情夫の為めに本夫に毒を飲ました女。しかしその夫は仏助で薬を吐いたのを、女は今度は刃物を持って首を突いた。夫は治療を受けに医者に連れられて来たし、女は縛られてあった。こう云う場合夫は女を殺して了おうと売って了おうと勝手だと云うので、群集の半分は殺して了えといい、半分は売って了えという。「わたし思います、殺して了う仕方ない。売って金にする、相方《どちら》も宜しい」というのが才林の判断であった。果して売ってしまったか。殺したか……。

才林というのは山野に取っては、此の上もない得難い従僕であった。従僕というよりも共同に働いてくれる友達と云わなければなるまい。才林の方でも彼を主人というよりも一個の老朋友《ロバンイフ》と思っている。彼が最初に才林を知ったのは十年ばかり前嘉興で偶然雇入れたのであるが、この文字を知らぬボーイは支那人には珍らしい正直な人物なのを見込んで、彼はそれを上海に連れて帰り、日本人仲間にボーイ働きの周旋口をさがしてやった。その勤め口が駄目になると才林は山野の所へまた帰って来る。山野はまたそのうちに新らしい仕事の口を索《さが》してやるという風であったが、才林は貧乏人でなければ決して示せないような、美しい人情を山野に見せたことがあった。それは六七年前であったが、山野が困窮の極にいるのを見兼ねて、この支那人は活動写真——一銭銅貨を投げると自働する覗きカラクリを持って一ヶ月余りも田舎廻りをして、その結果九弗の金を儲け残し、彼自身は決して一文も懐にせず、山野の前にその金を積んで渡したことがあった。活動写真こそ持っては行かぬが売薬で、田舎廻りがどれ程困難かということを知っている山野に取っては、この九弗は金額以外にどれだけ嬉しかったか分らない。才林は姑蘇の娘《ニャン》々と恋仲になって子供まである家庭を作っているが、季節毎にきっと山野を思い出して、今でも送り物を絶やさない。この間の月見にも月見の饅頭をくれたが、正月になったらまた支那餅をくれるだろう。あれこそ恵まれた男である。

売薬行商の商売も年毎に以前程売れなくなった所へ、国内の動乱がとうとう彼の馴染の地方にまで及んで来て、彼は夏になっても、もう商いにも出かけることが出来なくなった。あれはいゝ商売だったんだがと、山野は今でもそう回想する。売薬に較べると正月に賑かな蘇州へ、上海ではあり振れた日本の玩具を持って行ったのは、全くの失敗で、巧く行けば年中行事にしようと考えていた当てもはずれて了った。持って行った玩具の飛行機がまるで飛ばなかったのは、おかしくもあったし悲惨でもあった。しかしその悲惨は笑いながら文章に書くことも出来た。悲惨といえばもっと悲惨なことはいくらもあった。初めて内地から支那へ飛び出して来て、漢口の屠牛所で血のしたたっている牛の生皮を担いだ頃のことを山野ははっきりと思い出す。しかしその当時の彼が持ち運んでいるその荷物が、なまなかの代物でなかった所に却って何か面白味をさえ――詩的なような気持ちをさえ感じたものであった。それはその後雇われた鶏卵の会社の卵計算係りよりは、ずっと面白味のある職業であったようにさえ思えないではない。その卵会社では仲間とも上役とも激しい口喧嘩をして、三月とは経たぬうちに飛び出して了った。

若しあの時大阪で巡査の試験に合格していたならば、彼の生活はどうであったろう。一人の紳士風な年配の男が、受験者の溜りで彼の顔を見るといきなり近づいておじぎをしながら、試験場で何卒自分に教えてくれと懇願したものだ。少しも自信がないと山野が云っても、その男はきき入れなかった。そうして山野の側に坐って山野の答案を盗み見しながらその男は、試験にはパスしたのだ。山野を訪ねて年配の男が祝酒をおごろうと云い出した時には、山野は呆然としたものだ。なぜかというに、彼自身は落第していたからである。教えた男が不合格で教わった男が合格だというところを見ると合格と不合格との差はほんの一線であったと見える。そうすれば山野だって、必ずしも巡査になれないのではなかったかも知れない。先の見込のない文学雑誌の校正係りになったのが彼の一生の踏み出しであったが。十七の時に飛び出した故郷の島では、二人しかない兄弟の兄はもう死んで了って、生き残った嫂はささやかな荒物屋を営んで、自分自身の家に家賃を支払っているという奇妙な有様だ。その嫂のこと。大阪に預けて来た子供達のこと。

山野はほろ酔いの頭の中で雑然と自分の過去の生活を逆上って考えたのであったが、子供達のことに思い及ぶと酒がさめるような気がした。いつも新しい世界を開拓して、そこで生生とした道を見出し、どんな苦しい中でも生《いき》ることは楽しくないことはないと、結局考える山野であったが、そういう放浪者魂はいつの間にか山野のなかで亡びて了ったような気がする。じじむさい生活だ。口喧しい古女房をたたき出して了って、子供等は身内に預けて、一人になればまた生活の道も拓けるものと考えたのに、遠くにやった子供のことが近くにいるよりもひしひしと身に迫る。金を儲けることだけを人生と心得て、夫の人生の侶伴《りょはん》となるどころか、家の中にいて内部の敵であった女房が、こちらにいる間もうるさく自分の留守をつけねらっては子供等の側に寄りつくのを罵ったり殴ったり、最後には貴様が出て行かなければ俺が出るとまで言い、言うばかりかそれを実行してとうとう追っ払ったと思ったものが、いつの間にか海を越えて大阪くんだりまで、子供等に影のように随いて行っている。それを考えると、変に胸が苦しいような気持がする。こういう感情をこれ程、強く味うのも年を取ったからであるかも知れぬ。凡ての健全なと称する人人のなかに、放浪者魂が眠っているように放浪者であることを喜んで認めているこの自分のなかにも家畜のような普通人の魂が眠っていて、年取って衰えたのにつけ込んでそいつがぬっくり浮き上ろうとしているらしい。人生の人並みの幸福なんていうものは古女房と一緒にとっくに吐出して了った自分ではなかったか。

山野はこんなことを自問自答しながら彼と一緒に歩いている石田に気がついた。石田もまた放浪者だった。高等学校時代に失恋をしたというので、長崎から家郷には手紙一本、ただ海外へ行く積りだとのみ言いやったまま、この土地へ来て了った石田。聴けばそれにも売って了った子供があるという。そんなことをひょっくり口に出して話す時には、石田も人並の魂に脅かされるものと見える。猪股はどうだろう。相当の商家の養子を飛び出して、広東で石炭の荷上げ人足をした男だ。おとなしい彼は、人足でかせぎ貯めたその金でこゝへ漂って来たと思ったら、支那の女を妻にして南京の桃の林の中で羨ましい事をやらかしていると思ったが、やっぱり放浪者だった――一年とは続かなかった。それにしてもその彼等にも、こんな慚愧とも後悔ともつかない感情がこみ上げるだろうか。

「ねえ、石田君。われわれのような人種はいつでも何処ででも、生活の道を見出すものなのだ。そうして愚痴を言いながらも、数奇な生活を自慢するものなんだ。ねえ、そうだろう。」

石田には山野がつけ景気でそんなことを言出したとは気づかなかった。今に何か山野らしい奇矯な意見が出るものと思っていたのが、不意に自分の名を呼びかけられてちょっと立止まって相手の顔を見上げた石田は、つまらなそうな生返事をし、彼等は再び黙りつつ、と路次に曲った。きたならしい支那人長屋の一つの前に二人は同時に立止ると窓を見上げた。窓は暗かった。石田は書生のように声を上げて叫んだ。

「猪股君！　居るか」

顔が一つ窓から現れた。それは彼等が立ち止っていた家の隣の窓だった。

石田と山野とは黙って二三間歩くと隣の家に這入った。石田は上手な支那語で影も見えないそこの家主に声をかけながら、彼等はものなれた調子で暗の中に急に突っ立った階段を手さぐりに二階へ上って行った。彼等の足音をききつけて階上の男は豆ランプを持って彼等の足下を照らす為めに出て来た。

この純然たる支那家屋の二階は、無論天井などはなく、土足で歩く床のある八畳程の部屋に、たった三畳だけ日本風の畳が敷いてあった。その上にちょこんとひとり坐っていた女は、石田や山野の来たのを見ても別に歓迎するらしい表情も言葉も出さなかった。部屋の唯一の家具である支那風の卓子は薪に適当なものであったが、それには蒲団がたたんだとも丸めたともつかぬ形で積み上げられ、卓子の側にはこれも名ばかりの腰掛がたった一つだけ備わっていた。猪股は手に持っていた豆ランプを窓の縁に置いた序に、その腰掛を占領して了ったものだから石田と山野とは女のいる畳の端へ、靴は脱がぬ足を床へ投げ出して腰を下した。

「何んだ。馬小舎みたような」と女が云ったというのは、甚だ剴切《がいせつ》だと石田はいつもそれを思い出して可笑しくなるのであった。――この家は実に山野の妾宅である。

三

泣かすなと言へば守でも雇うてと最《い》ともつともな妻の言葉かな
我の病む枕辺に来て反物の金呉れと言ふよき妻持てり
我が幸はよき妻持てる事である幸極まりて男の涙
病み居ても頭の髪をひつ摑み心慰《ゐ》ゆまで擲《な》ぐりつけたし
たくましき割木の如きもの持つて擲《なぐ》り伏せたき妻にあるかな
良妻の展覧会がありとせば一等賞は我れが戴く
蓋破れし行平の粥を食ふ男妻の指輪の光れる前に

こういう歌を作りながら山野は、彼の女房を呪咀していたが、もともと異性崇拝者である彼には、よく知らない女は天使である代りに、接近した女はいつの間にかただの雌に見えて了うのであった。彼は友達も誰も知らない中にとうとう妻を追出して了った。細君は知人の間を訴えて歩き、知人達は山野を説得したけれども山野は頭から取り合わなかった。細君は近所に間借をして一人でどうやら口すぎをしながら、山野の留守を見計っては子供達に逢いに行くのであった。それを山野が見つけて罵り追い返すのを、知人連は見兼ねてそれぞれに山野を再び説いて見ても山野は一層頑として受け付けなかった。そうして山野は外へ出ては、年の若いカフェーの女などをつかまえては酔って手を握ったり、俺の女房になれ大事にしてやるぞ、などと相手構わず云うのを、冗談と思って笑っていると案外本気なのに気の弱い女などは寧ろ恐をなし、すれっからしたのは、その禿げ頭を御覧なさいよなどときめつけるので山野もやっと我に返っては苦笑せざるを得ないのであった。しかし、山野の禿げ頭をいい出す女たちにしたところが山野がもう五十を越した人とは気付かなかった。この若々しい感情を持った中老人は実際、頭の毛こそ薄かったが四十位にしか見えず、若《もし》その気魄からいうと青年に相違なかった。こういう山野の所へ青島の友達から、手紙で一人の女を紹介して来たのであった。年は三十で殖民地を巡業する劇団に女優をしていたのだが、上海で何か口すぎの道はあるまいかという話をきくと、山野には三十位だの女優をしていただのという言葉だけでもう見ぬ恋をするに充分だった。山野は考えがあると云ってなけなしの財布を傾けて、早速その女に旅費まで送って呼び寄せたのであった。山野はその女の為めに部屋を一つ索した。猪股の住んでいる長屋続きの隣が山野には適当なものと思われた。さすがに山野も、子供たちの手前その女を自分の家へ置く事は憚られたのであった。食い詰めている女には何の贅沢をいう資格もなかった。それに山野は実際彼に珍しい間は心から親切を尽すのであった。しかし女の極端なふしだらは間もなく詩人山野を顰蹙《ひんしゅく》せしめずにはいなかった。寝床はいつも敷きっ放しだし寝間著も浴衣も区別はなかったし持っていた筈の帯などはどうしたのか無くなって了って、何時も細帯一本で暮していた。学校なぞも女学校の三年位は通い、近代戯曲のテーマ位は了解するような顔をしていたのを、真に受けたのが山野らしい所だと、石田や猪股は最初から笑っていた。ぼつぼつ彼自身の夢が醒めかかると、山野には女の荒れすさんだ膚も生活も我慢の出来ぬものになって来た。その山野の感情を倍加させるものは地金を現し始めた女だった。山野は一こと

「何んというざまだ、その身だしなみは」

というと、女の答はこうであった――

「へん、身だしなみが聞いてあきれるよ、人を馬小舎のような所へぶち込んで置きやがって、ここで厚化粧でもしていりゃさぞ似合うことでしょうよ。考えて見るがいいや、人を自由にして置き乍ら小使の五円と投げ出したことがあるか。一人前の口をきいているよ、この助平親爺がさ」

その憎憎しげな口振りが、然し実感的なというよりも、寧ろ場末の下手クソな新派の芝居を思わせるのであった。それが山野には一層我慢がならなかった。がその位の言い草ならまだしも何んでもなかったけれども、山野が続いて言おうものなら、日本語の中にもこうも品の悪い言葉がそんなにどっさりあり、それをまたよくもこうまで蒐集したものだと思われる言葉が、この全く馬小舎のような部屋中に充満した。その一語一語の中にその女の魂や生活があるのかと思うと山野は恐しくなって部屋から逃げ出すのであった。彼は猪股の所へ避難をしてから猪股が山野の抽象的な言い方には満足せずに、もっと具体的にその言葉を言わせようとしても山野は言うことが出来なかった程であった。

「女というものは恐しいもんだ。深酷なものだ。男はどんなに我を忘れても、あんなことを、平気な面《つら》をして、やすやすとはいえん」

山野はども り乍ら嘆息した。

初めは

女は「只もう感謝します」と言つた

「恵まれて居ます」とも言つた

私は善人であつた

花の色も咲きながらうつらふ如く
女の感謝も日に日に失せて去つた
今は淡い色さへない白紙となつた
而して本質が鋭く醜く露はれて来た
無智　虚栄　欲求　反抗　罵詈　涙

アア厭だ厭だ
私は両腕で頭を抱へて家を逃げだした
外に流があつて水が清い
私の心は踊つた
すぐ様衣を脱いで流の真中へ飛び込んだ
冷やかい水晶の溶ろけた如な水が
醜穢に包まれて居た私の体を
清く頭髪まで浄めてくれた
私は苦悶憤怒愛愁悲嘆から逃れた世界を見た

そして我ながらも尊さを覚ゆる爽快さを感じた
岸に上つた時
脱ぎ捨てて置いた衣が
見るも汚らはしく土の上にべつたりとしてゐるのが眼に入つた
今この爽快な心持に輝いて居る私が
再び此旧衣にさへ触るることを厭うた
私は裸で振魔羅《ふりまら》で新しい衣を求めに歩いた

山野は浅ましくなって、子供たちは内地の親類にあずけ、身一つになって生活をやりなおそうと決心をしたのであったが、それでもそんなことを言乍ら然し山野は酒に酔った揚句などは、やっぱりその女の所へ訪ねて行って見たりもする。女もなかなか酒を飲んだ。そうして足も遠くなり金廻りも悪い山野よりも、これも山野に劣らぬ酒豪の猪股をせびっては、この隣人たちは「馬小舎」の中で酒盛をよくやるのであった。

或日猪股が石田を訪問した。そうして山野の女がこの頃病気になって呻っているのでそれを山野に通知して何とかしてやらなければなるまいと言ったが、山野はそれは君が無暗《むやみ》と酒なぞを喰わせるから病気になったんだ。俺の知ったことではないとばかり取り合う様子もない。女が頼むから救民病院へ往診を頼んだが病院ではそんな場所柄をきいてか往診は出来ないから患者を連れて来いと云うが一体どうしたものだろうという。女はこうしていては死んで了うから医者を呼んでくれとあばれ狂う。どうしたもんだろう。猪股は石田に謀るのであった。病院まで行くことも出来ない程の重態かと石田がいうと、決してそうではないが、寝間着と蒲団とより外には一物もないんだから、外へ出ることはならない。さればと云ってその儘捨てて置く訳にも行かぬが、余り立ち入った世話をしては山野の感情を害しはしないかなあ、というのが猪股のいう所である。仕方があるまいというので彼等は相談の上で、女には古着屋で寄せ集めて来た着物を巻きつけさして病院へ連れ込んだ。もとより女が云う程の大した病気ではなかったのだ。

女の病気が癒ったのを見計って、石田は山野を促して女と別れさした。山野が女の為めに内地へ帰る旅費を与えることになった。山野はくだらない女の為に馬鹿な金を使わされたと云って愚痴たらたらであったし、女はまた助平爺の為めにさんざん好きなことをされたと最後の毒舌を残して立ち去った。山野はその女が立ち去ると間もなく、満子や美子や三馬二や麗子や大鳥を自分の膝下へ呼び戻したのである。山野の憎んでいる細君、そうして子供等は父には憚かって愛している母が、また影のように子供等に随いて来たことは考えるまでもなかった。山野の気質を呑み込んでいると自から信じている石田は、以前山野の細君が彼に頼んだ時には到底無益と知って試みなかったものを、今度は誰にも頼まれないのに、山野に細君を家へ入れることを奨めた。これが絶好の機会で、若しかすると山野自身もそれを望んでいるかのように石田は考えたのであった。石田が言い出した時には、しかし、山野はただ黙って強く首を振った。

＊

日本から上海へ遊ぶ美術家や文学者などがあると、彼地にも若い芸術愛好家の一群があってきっと親切に、この種の旅客を歓待し案内してくれる。それ等の青年たちの間にたゞ一人外の人人程ハイカラではなく、年も先ず四十から五十までの間に見える位のしかし頭の禿げた丈の高い人物が雑っていて、世界の港であるこの都市を歌い切れぬ程よき街だと云って讃美するのを見るであろう。その人に向って試に「貴方は何年此の土地にいますか」と聞くと「三十年程になります」と答えるであろう。朴訥で親切で然し何処かに調子はずれの所がある。彼を評する為めには好漢という言葉が一番適している。そうしてもう三年もしたら六十になると聞いても彼は決して好々爺とは思わぬであろう。それは彼一癖ありげな言説と、それから不思議に輝いている若さとに因る。そうしてこの好漢に対してその外の青年たちは、別に気を兼ぬることもなく相手をやはり一個の青年として遇しているのを見ても不自然を感じない。この人物が即ち山野である。

石田は青年たちとは別にその土地に在住する同業者というので、内地からの芸術家を歓待するのであろう。そうした石田は山野とも連れ立っている。旅客が山野という人物に好意ある奇異を感じて、若し石田に山野のことを尋ねると石田は答える。

「あれは不思議な人物です。生れ乍らの詩人です。放浪者の中の放浪者です。彼の書いた土くれという本はなかなか立派ですよ」

「あの人は独身ですか」

「いやいや、もう二十にもなる娘を頭に五人の子供のお父さんですがね。………その細君が嫌で七年の間も別れていたものです。そうして誰が何んと云ってもきかなかったのだが、近頃またその細君、うちへ帰っています。山野も自分の年にでも感ずる所があったのですかね、何しろいい事には相違ない。何んにしても随分変った人物で。」

「それで、貴方は奥さんは?」

「僕ですか、いや、妻もなく子もなしですよ」

なかなか俗ばなれのした石田ではあるが、流石に面識の浅い人にまでは、むかし支那少女の情婦が赤ん坊の時に売って了った自分の子供がある話まではしないのである。

南京雨花台の女

南京雨花台の凧揚げ（古写真より）

民国十一年の清明節であった。雨花台の屷を見ようと集った満城の士女の踏青《タチン》に雑った一人の日本人があった。城中に居住の日本人の数は乏しくなかったがこんな場所へ来てみるのは彼一人であった。

身には古ぼけた袍をつけて言葉は無論物ごしから口の利き方何一つ日本人らしい様子は見られなかった。群集のなかに彼を見知っている五福街あたりの住民がいたら、

「おや、金先生《チンセンシン》も出て来ているな」

と思っても、それが日本人であろうなどとは夢にも気がつく筈もなかった。

この全く和臭を脱した日本人、金先生は郷関を出てもう十数年転々として南方支那に住み、広東の言葉でも厦門のも上海のも一とおり以上には操るし必要とあれば多少の官話も出来たからどの地方の産かは判らないまでも文字を解する支那の読書人として通用している。現に五福街の前清時代に万寿宮の守備兵共のために建てられた家屋の柳の木のある窓を書斎にして、年頃も背格好も似合わしい碧梅という支那女と同棲生活をして隣人たちに金先生と呼ばれ親しまれていた。問う人があると泉州の産と答えてすっかり支那人になり

切っている。しかし泉州は泉州でも福建ではなく先生は日本の泉州は堺の産であった。その旧家の次男坊に生れた純然たる日本人であった。中学を出て四五年の間は洋画家を志していたが両親達の賛成は遂に得られなかった。家庭の無理解に気を腐してぐずぐずしているうち、親戚の勧誘によって灘の造酒家の婿養子となったのは先生が二十五歳の秋であった。思えばそれが間違のはじめであった。深い分別もなく性来酒が好きだから造酒家ならよかろう、灘という土地も伝統のある古いひびきがうれしいという淡い夢想に自らだまされた。先方は相当な資産家だから絵のたしなみがある位が旦那衆らしいという仲人の口に先方の娘の写真を見るとまず十人並以上であって見れば考える余地がないと思ったのが無分別、村に数代つづくという資産家の一から十まで伝統《しきたり》づくめのかびくさい空気はまだしも我慢出来るとして、家つきの女房がなまなかに十人並の顔をしているだけに事毎に我意を通そうとするのが、奔放不羈な性格を具えたボヘミヤン気質の金先生に我慢のなろう筈もなかった。小ぬか三合の諺も思い合わされて、これが平俗な幸福を購《あがな》う方法かと考えるとむらむらと起る反抗心をおさえるのが卑屈な気がしてならない。俺は種馬ではないぞ本来人中の獅子、家畜になんぞなってやるものかという肚が無論家つきのひとり娘と調和する道理もない。口論は婿殿の作画の問題から起った。

「慰みに絵を描くのを悪いとはいわぬ、描くならもう一つそれらしい人前でお目にかけられる代物でなくてはこんなひとりよがりの道楽にのぼせ切っているのでは世間で気違あつかいされてもし方がない。」

というどうせ素人のいう事と気にもとめないから一向とり合わないが、それがまたお高くとまって相手にせぬと嫁御寮の御機嫌をそこねる。婿殿を変人扱いして娘の肩を持った母親が言葉のはずみで

「こんな馬鹿な真似をするより、まだしも女狂いでもするなら世間に例もあるからと」

何から何まで世間体づくめの家風に憤を感じている婿殿はようしそれでは女狂を始めて見せてやるぞその時になって吼え面をかくなと先方が先方ならこちらもこちらと悪意を耀せり合ってくだらぬ口喧嘩が半年がかりで発展した。婿が女狂でもはじめようものならすぐにも追い出してやろうという気組が見えているから婿殿は自重してその代りには先方の希望どおりこちらから追ん出てやる。後でこちらの落度になるのは気が利かないが、もう三年近く我慢していた今、これ位の金額は手切金に出しても或は貸しても違はあるまい。当座の小使銭に借りて行こうとあり合せの盆の掛金の残りのうちから一握の紙幣を持ち出す決心がつくのに多少の時間はかかったが、いざ家出には格別のみれんも心残もなく、籠を抜け出した気安さで神戸の埠頭をうろついていた。失踪するなら支那大陸へ押し渡って実物の南画風景を見物してやろうと妄想を描いた事はあったが、支那の下層民の生活の実況

を身を以て研究する運命にあろうとは夢にも思い知らなかった。当年の金先生は日本内地でぐず〳〵していては事面倒と気がついたから知人の台湾にいるのをたよって打狗を志した。行って見ると暫く文通の絶えていた知人は対岸地方へ行っているというので後を慕うと厦門へ渡った。

鼓浪嶼の美景に満足して鷺江を讃美している間はよかったが懐中の乏しくなって行くのと知人が意外に不深切なのに気づいて途方に暮れていると知人は旅費を調達してくれた。広東の知人の店へ紹介しようと言ってくれる。後にして思えば体よく厦門から広東へ追放して、後くされを絶ったのであった。希望をつないで行った広東の店では適当な職業の予想もない。致し方がないから当分食客にでも置いてやろうという態度、こんな事より体は壮健なり言葉さえ通じるなら労働者にでもなった方が増しだと決心を洩すと、埠頭の荷上人足なら啞でも出来よう幸《さいわい》人足頭に頼んでやろうと来た。

強壮なのは皆海外へ出てしまって屑ばかり残っている厦門あたりならば知らぬこと広東で一人前の労働者になろうという無謀に気づくまでには半年近くかかった。文字の書けるのと算数の出来るのを重宝がって苦力の親方は彼を会計方兼秘書とでもいうべき者に取扱ってくれた。この仕事をさせてみると勘定をゴマかすような事は少しもない信用の出来る人物というので大に認められたが、親方のヒーキがあるのでどうやら人足たちも仲間へ入れて置いてくれる。いつ誰が何のきっかけで呼び出したかこの素性の知れないへんな人足を金と名づけ、金先生という。呼ばれた当人も自ら金と名告って、夜毎に五体の節々は痛いが心中は灘の酒問屋の旦那面より支那の路頭で荷揚人足をしている方が分相応身勝手というロマンティケルである。場合によっては花子になって行人に食を乞う位の仙骨はある。広東の苦力を漂泊生活の振り出しにした金先生はあげ潮に打ちあげられたものか上海へ出て来たのはよかったが知人の出来るまでは路頭に迷うばかりであったが、思い切って屠殺場の残骸運搬人足になった。荷物が荷物だけに痛快な気持である。上海は世界が広いだけに、金先生のような変人仲間も二三人はいた。或る者はいかがわしい支那文献――例えば梁の武帝が尼僧院へ幸して日に何人夜に何人を御した話などのたぐいを書き直して物好きな老紳士の一粲《いっさん》に供する和訳太郎氏がいるかと思うと、もっと堅実な人格者は附近の農民たちのために売薬や玩具などを行商している。金先生はそのいずれをも頼まれるままに手伝うことを辞しなかった。が主に後者の方に力を尽した。そうして蘇州河と大河との中間にある江湖の風趣を見ることを喜んだ。金先生の為人《ひととなり》の奇は次第に多くの人に知られ多くの人に愛せられた。そうして或は絵を求め或は文を求めてはその代として先生のために阿賭物を贈るものを生じた。先生は敢て拒まずまた貪らず若干の余裕の生ずるに従って杖を遠近に曳いた末に、南京の都に入ってこのすごろくは上りのように見えた。現在同棲の女碧梅はもと蘇州の産で既に夫を失った中年の後家であったがひとりの男の子と老母とを養う必要から友人の兄の理髪師の世話で金先生に身を委ねている。彼女だけはさすがに金先生が日本人であることを知らないではないが日本人なるが故に彼を憎悪すべき理由を発見しなかった。しかし金先生が日本人であることを格別吹聴する必要をも感じなかった。実は未亡人とても再婚することはこの国では罪悪とする風習があったから、彼女は金先生が中華人たると否とにかかわらず同棲者の有るのは秘密にしているわけである。金先生はこんな窮屈な思いをするのや、碧梅が支那の女の一般の風によって賭博と阿片のために金銭を浪費するのと、彼女の一族の有象無象が食客に入り込むのと、彼女の悪友が男をつれて来て彼の家庭を待合同様に心得ている事に対する不満など数え立てれば二三には留まらないながらもう殆んど忘却しそうになっている先年の灘の家つき女房との同棲の私憤公憤の無尽蔵なのに比べるまでもなく先ず琴瑟相和の方に近い状態である。碧梅は美人の産地の蘇州女というだけに色の白いのが七難をかくすのか、金先生の慾目か隣近所の金棒引の馬のような大口をしたのや木魚じみた田舎者まる出しの代物と見くらべると目鼻立に愛敬が漂うて、人をそらさぬ性情をもそなえていた。金先生が故国脱出の主因たる暗い女性観家庭観の一端をおもむろに訂正しようとしはじめた所以《ゆえん》であった。

雨花台は南京の南郊にある。「聚宝門外にある」から俗に聚宝山とも呼ばれている。梁の武帝の時、雲光法師が法をこの台で説いた時、天は法師の講話を嘉《よみ》して花を雨ふらせたというのが雨花台の名の由来である。山脊にある石子崗から五色の石が出るのも当年降った花の化して成ったものであると伝えている。南京城外から鐘山につづく一帯の平原のあちらこちらにむくむくと饅頭形にもち上っている古墳や丘陵の波のなかの最も高いものが雨花台である。台は頗る眺望に恵まれている。城内を俯瞰して一眸の下に収めるばかりか城外の地形の大観をも要を尽し得る景勝の地である。南京には景観に富むところが乏しくない。例えば玄武湖に面した維明《（鶏鳴）》寺の眺望さては莫愁湖に対した清涼寺の掃葉楼など各愛すべき風景ではあるけれど、その変化とスケールとで遂に雨花台に及ぶものはない。金先生はこの景色を愛した上にその居五福街は台から程遠からぬところにあったから好んで杖をここに曳いた。しかし清明節にここに来たのは霞にこめられたその眺望を見るがためではなかった。この地の年中行事たる凧の遊びとこれを見るために群集する市民とを観察するためであった。

しかしいつもながらの景色も亦無視することが出来なかったから市街の中心にまるで赤鬼の棲家とでもいうような形でどっしり置かれている鼓楼に先ず視野を向けた。鼓楼は足下の南門の内門からぎっしりと並んだ甍の波のただ中にあった。そうして今日はそれよりの遠方はみな霞んで朝鮮帽染みた北極閣やその右手に鉛の如く鈍く光っている玄武湖の一端や、いつも遠方にひょこんと骨董染みた姿を現わしている二三の楼門はこの日模糊として日ごろの見おぼえで辛うじてそれと察しられる程度であった。この日美しいのは紫金山であった。その名に背かぬ色合で静かに物憂くにおやかに煙っていた。遠巻きに市街を抱えた腕の肘がここに出たのか西北にぐっと出張った城壁の彼方に一際明るい大江の上におぼつかなく現れた舟の帆は清涼山頂を透して山上に重って見られた。この部分がこの風景の情趣に神韻をそえる遠景であった。そのあたりからすぐ足元の台地の下にある南門の方までぎくしゃくつづく城壁の線は風景を引きしめるのに重要な役割をする線である。瞳を凝して細部を見入るとあちらこちらに幾条かの堀割がいぶしになって光っている。所々の空地に青いのは麦隴《ばくろう》であろう黄色いのは菜の花畑に相違ない。あちらこちらに木立や並木をなして煙った柳があるのを金先生は一つ一つ数え求めて水西門の東北にある一群のうちの特に茂った一本をあれこそ正にわが家のわが書斎の窓のものであるとものなつかしげであったが、先生は今日は日頃見慣れたこの風景のためにこれ以上の時間を費そうともしないで直ぐに踵《きびす》を返して山上に並べられたボテフリの露店の観察に好奇の目を光らせはじめた。

露店の店頭には、甘蔗の茎、山査子《さんざし》の串刺、孛薺《しろぐわい》の串刺、青大根、赤大根、油炸干子《ユーザカンツ》という醱酵した豆腐の揚物、油炸糕《ユーザコオ》という蒸菓子の揚物など大ていは見覚えのあるものである。又竹筒の中に竹籌《ちくちゅう》を投げ込み、ザク〳〵と振って客を喚ぶ者がある。これは抽牌九《チウパチウ》という賭博で駄菓子を看板にして実は一銭二銭の小ばくちを打つ奴である。金先生は支那人の特に今は碧梅の賭博好きを苦々しく考えながら歩を運んでいるとあたりがざわめかしくなって後の者が押し出して別方へ馳けるから何事かと思って出て見ると不意に一疋の兎が附近の土饅頭から跳び出したので気分の軽快になっている群衆ははしゃぎ立って兎を追っ駆けるのであった。前路を遮って両手をひろげた者もあったが兎は馬ではないからするすると足許をくぐり抜けて、どこかその辺の穴のなかへここまでおいでと言いたげに姿をかき消した。兎の逸し去った方面の山の下から山上へ糸を引いてカラクリ仕掛の胡蝶を山の上へ走らせようと企てている者がある。これは飛ぶのではなく攀《よじ》るのだから凧として通用するかどうか知らないが、手数のかかる割合に見栄がせぬから問題も自然消滅である。それよりも簡単で要領を得たのは飼鳩を放った者であった。わざ〳〵鳩の籠を山頂に運び込んで置いて、純白なものや斑な奴を五六羽ずつ放つのである。鳩はバタ〳〵と中空で勢揃をした上で揃って南門を目ざして飛んで行った。唯それだけで何の小細工らしい工夫もないが、光沢のある羽根を真珠のような空に閃めかせて群れてとぶ銀のシンフォニイが目ざましく爽快で一異彩に相違なかった。鳩のあとから行灯のような凧や海月《くらげ》みたいな形のものが暢気にぽかりぽかりと浮んでいるのは自ずから対照の妙があってよかった。

この日祝福された空は家鴨のたまごのように青白く半透明に霞んであらゆる意匠とあらゆる色彩とをよく受け入れて調和した。夢見心地を誘うに絶好の条件であった。思い思いの意匠になった凧が或は高く或は低く思い思いに空に浮んだ。

頭の上には吹き流しを二つ三つつなげた程の大きさの蜈蚣《ごこう》がふら〳〵と游《およ》いでいた。今に城壁の上に下りようと形勢を見ているのかも知れない。

蜈蚣の下を少し北寄りに低く牡丹の花籠が紫金山を背景にして静かに空にかかっている。籠の上には雄渾な書体で「風月無辺」と題したのが読まれる。春の看板という趣がある。

黒い色の形なら可なり大きな鯰が清涼山を呑まんとするかのような姿勢で極く低くふわふわと横わっている。

いつの間に現れたのか先刻の蜈蚣より更に高いところに緑、紅、橙黄《とうこう》、紫などで彩られた六つに開いた星が波に漂う人手のような形で、天の一方に星のように仰がれた。頗る童謡風の味がある。色彩は強烈な単彩の方がよかったのではないかという疑もあるが、いや、やはりそれだとこう人を幼ごころに誘う力が乏しいかも知れない。

高さも位置も空の中央を領して市城の真上にリンリンと鳴り響いているのは金陵大学の警鐘形の凧で鈴の音は凧の背にそれと目に見える程故相当な重量のある本物の呼鈴が二つ

並べて取りつけたのが鳴り渡るのであった。市民に覚醒を促すという意味を帯びたところがいやではあるが、亦一つの意匠には相違ない。

緑鮮やかな雨蛙が目玉をぐる〳〵廻転させながら上昇して行く。

蟬がジイジイと鳴きながら蛙に負けじと跡を追うていたのが蛙より高く昇った。この鳴声は頭の頂辺に特別のウナリが仕掛けてあるのだというのはあたりで聞こえる批評の言葉であった。さもあろう。

蛙と蟬とは形態が飛ぶのに無理なのか、どこか構造に手落ちがあるらしく時々落ちそうになるが、墜落してしまうのでないから反ってお愛敬がある。

ひとつ悠然と群を抜いているのは八つの弁を開けて、空に向って咲いている梅鉢形の大凧である。パラシュートのような水平を保っているのが時々ゆらり、ゆらりと首を振っている。この動揺のために頗る静に高逸の感じがある。動揺は糸目のつけ方と長さとの作用によるらしい。

高い山の上に大きな凧があるかと思うと、小さな丘にはまた相応の小さなのが揚っている。

体を三段にわけて作った小猫

荘子の夢に入りそうな黄色な胡蝶

殆んど目にも入らぬほど細い足を持った蚊蜻蛉。小さい代りには精巧に手間をかけたというらしい代物。

何やら大きなのが先刻から思うように飛揚しないのを、気をいら立てて落ちたあとを追いかけては糸目を直しているものらしい二人組が群集のなかに見おろされる。

群集は野の面や大小一帯の丘の上に黒く蟻集《ぎしゅう》してみな空を見入っている。寧ろ気味の悪いほど静まりかえっている。日本人がこれだけ群集したら、必ず酔漢の騒ぎや喧嘩の五つや半ダース無くては納まらないところであろう。日本のお花見気分や花火、いや凧でも撫養《むや》のや長崎のと自らに違う。騒ぎがないばかりではない。のぼっている凧に対する歎賞なども同伴者同志が私語し合う程度で拍手や喝采などさえも行われないのは、戯場で騒々しい彼等と思い合して不思議なばかりである。しかし凧を見るには沈静な方がふさわしい。凧そのものも喧嘩凧などではなくのどかに平和な趣のものが多い。人々のこの静かさのために雨花台の凧はそよそよと吹く風や銀ねずみにどんより霞んだ空や、萌え出した草の感じなどの大自然と一致融和した雅な気分になるのがうれしい。金先生は支那風の芸術観や支那人の芸術的天分などを考えたり、さては乃公《だいこう》も来年は一つ奇想天外な奴を近所の奴等にこしらえさせてやろうかな、相当金がかかりそうだから実現はむつかしいと歎息したり、暫く山上に佇立《ちょりつ》していたが、最後に山の下へ行って今日のお祭気分の人々就中《なかんずく》、女等をまわって帰ろうと山下に視線を向けると、今までの平静にも似ず、群集の間に心得がたいざわめきが起って、群集がある一点の方へ集中して歩くのである。何れはまた兎でも飛び出した位の事ではあろうと思ったが見当をつけてその方へ辿って見た。山の下へ行って見ると群集は流れになりその方へ押し寄せていたので金先生も自ずと目ざしたところへ出た。

群集が物見高く取囲んでいたのは貧血か人てんかんでも起したらしい女を侍女が介抱しているだけの事であった。金先生は馬鹿々々しく立去ろうとして人々の話しているのを聞くと、女は不意に気が狂ったらしい。いや最初からの狂女であろうなどととりどりの噂であった。もっと詳しく問うと、若草の上に倒れているこの女は、爪を見渡して楽しんでいるうちに突然鐘山の山かげから大きな大きな奇妙な形の爪があとへあとへ無数に飛んで来るのが怖ろしいと言い出したというのである。何でも何ものとも見当のつかない恰好で、まあ二枚の板を重ねたようなものだと説きながら指して見せるが、それがあたりの何人にも認められないのをじれているうちに

「おゝ怖い、怖いわ。あんなものが沢山くればわたしの南京はめちゃめちゃよ！」

と叫んだなり打倒れてしまったのであるという。

話はそれだけの事で、金先生にもよくわかったが、先生はなかなかその場を去らなかっ

た。というのはその女というのが頗ると言って誇張にならない程の美人で、その上、風俗がよほど奇抜である。この身なりから見るともともと狂女だという説にも耳を傾けなければなるまい。髪の形が第一に変っていた。前髪を下げたのは格別珍らしくもないが長い総髪がみな渦巻きになって白い頸筋にからむでいるその傍から玉を磨き出したような可愛らしい耳がのぞき出している。衣服がまた見慣れない形であった。袴《(袍)》子の両脇がやぶけているのかと思ったが、もともとそういう仕立てになっているらしいのに褲子を穿っていないから凝脂の如く白い下肢の上部まで現れている。靴下のようなものは何もない。靴も銀色の一向見なれない形である。見物が集うて容易にあたりを去らない理由はこの奇妙な風俗、就中、袍子のかげからちらちら現れた白い部分にあるらしい。すくなくも金先生がここにやや久しく佇立したのはこのせいであった。侍女に扶《たす》けられて嫋々《じょうじょう》と風をも厭うげに立ち去る後姿のすんなりとした様子などは今もまだ金先生の眼底に残っている。扶けて行ったのは侍女ではなく友人であったかも知れないが、奇妙な女の一方ならぬ品位のために普通の上流の家庭の女らしいのがその侍女位にしか踏めなかった。

　近ごろの女風俗にあんなのがあるのかも知れないと思いながら金先生は帰り途でも特別に注意したが爪に劣らずさまざまな意匠の服装を見たが、不思議な彼女のもののようなのはどこにもなかった。帰って碧梅にも聞いてみたが彼女もそんな風俗を驚いていた。碧梅

は金先生がこの不思議な女の美をあまり称揚するのが気に入らないのか、

「どこかのヒステリー女でしょうよ」

ときっぱり片づけてしまった。

二十〇年相経申し候

金先生は老来漂泊の境涯に飽いてさすがに故国の恋しさに帰ったが遂に灘の養家は無論、養家への義理で実家へも帰らないで、日本にはいるがやはり流浪の客である。ただ多年の生活の果は有名な支那風俗の研究者としてその名をさえ記せば読者諸君にも親しい名前であろう。筆者は偶ま彼の知遇を得て、その洒脱な為人を敬愛している。近頃南京爆撃の事があった後、南京の事に関して教を請うた時に語ってきかされたのが前述の雨花台の女の事である。

先生は最後に語り結んでいうに、

「雨花台の女は何か南京に関係のある女仙であろう。仙人のなかにはまるはだかの女もいます。尤も調べてみたがそれらしい者も見当らない。けれどあの風俗は列仙酒牌などで見かける類のものである。その髪は思えば後年流行の剪髪である。衣服も近年満州の旗人から流行したとかであんなのがよくある。えーと何とか言ったな。胴忘れしてしまった。仙人でもなくて誰が二十年前に後の流行をそのまま装うことなど出来ますかい。それに彼女が見たものは上海から来る日本海軍機の幻想であったと見える。彼女が指し示した方角がちょうど上海からの航空路に当りそうに思われるのですからね……」

金先生は近年酒客譫妄《せんもう》症を発して居られるらしい。

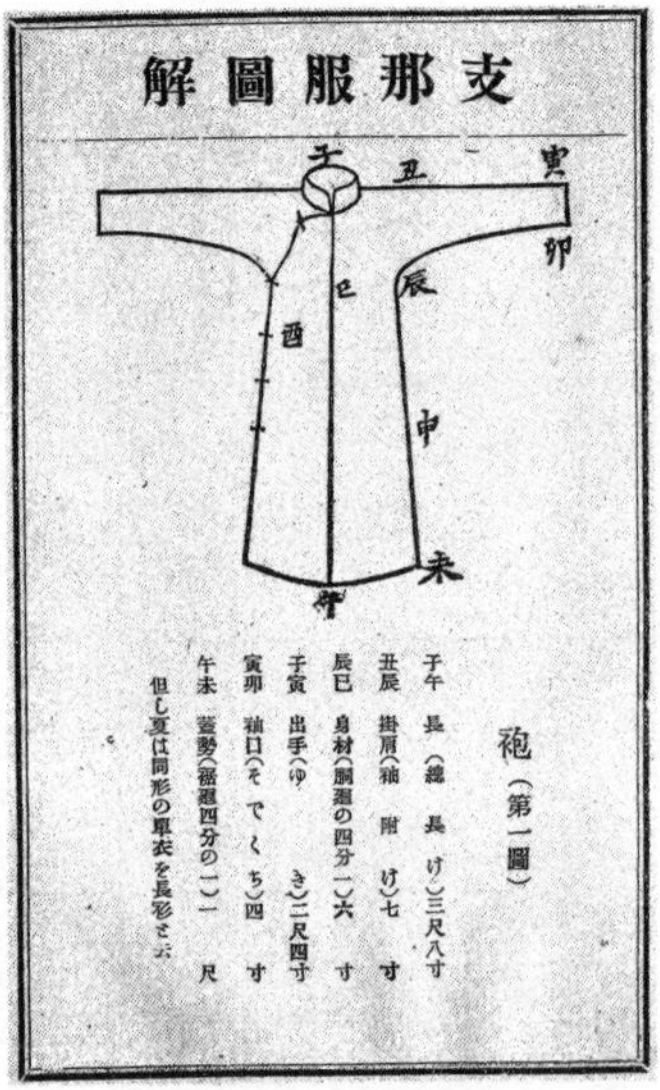

井上紅梅『支那服図解』
（『香豔録』1920年刊より）

西湖の遊を憶う

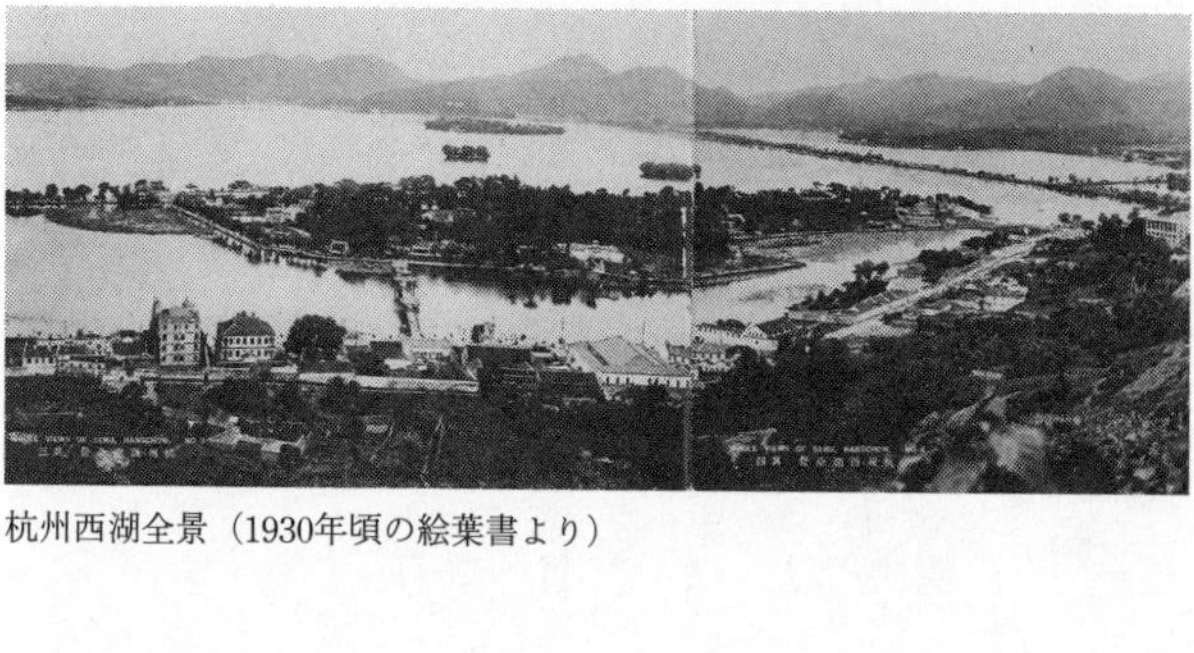

杭州西湖全景（1930年頃の絵葉書より）

一

毎年この季節になると西湖の曾遊を憶い出して記を作りたいと思いながら早くも八九年を経た――ちょうど芥川の死んだ年で、その訃を自分は杭州から帰って上海の客舎で耳にしたものであった。それ故それが一九二七年であったことは忘れもしないが、何月の幾日であったやら記憶が甚だおぼつかない。当年の懐中手帳を紛失してしまったからである。それが毎年これが記を作ることを妨げていた重な理由である。それでもはじめの四五年は部分部分の記憶だけはハッキリしていたのに、一昨年あたりはそれさえ怪しくなってきた。唯幸い、その時案内役をしてくれた郁達夫君が三四年前に出版した日記九種中の厭炎日記には当時の日記も出ているので、それを繙《ひもと》いて記憶を新にし得たから、今年こそ書いて置こうと思い立った。厭炎日記は言う。

「二十四日、日曜日、晴、熱い（旧暦六月二十六日）早朝八時に起き停車場に佐藤を送る。思いがけぬ事に田漢はまたもや同行の約束を延期してしまった。佐藤は汽車が来たというので自分のところへ来て途方にくれて相談を持ちかけた。仕方がないから、彼と彼の夫人及び妹等を引きつれて先ず杭州へ行って見物することにさせた。」

その前日、二十三日のところには自分が郁に伴われて仏蘭西租界に田漢を訪うた記事がある。曰く「田漢はもと自分で佐藤の供をして南京へ行く約束をして置いたのに、延び延びになって今日に及んでいる。もう十幾日かになっている。果して約を実行する気かどうか突きとめて佐藤等のあせっているのを安心させ、夫人が佐藤を怨んでいるのをやわらげるために、ずぼらを責めて田漢に談じ込み、明早朝立つことに決めさせた」二十四日の記事に「唯《(誰)》知田漢又改事《(了)》行期」（思いがけなくも田漢は……）の一句のあるのは、これを受けているのである。郁ははっきりして置いた筈の約束を田に勝手に破られてしまったのだけれど、僕の通弁をして田と交渉の任に当った責任上、田に代って南京のかわりに、杭州へつれて行って僕等の連日の無聊と、この日の失望とを慰めてやろうという親切で郁は急に杭州行きを決行したのである。尤も、彼の友人間の風説によると郁には当時杭州に愛人があるから機会さえあればいつでも杭州へ行きたがっているという事であった。前年の冬とかその地で病を養っている間に土地の良家の子女と友情を結ぶに到った事情は日記九種中の（二）病閑日記に詳しい。その女の名が映霞であることも日記によって知れる。六月二十三日の日記には「七時半起床映霞にたよりをする。彼女から昨日快信があったからである」とも見えている。これは後に南京へ行ってから判明した事だが当時田夫婦はどうやら家庭争議の最中で田はそれを避難して待機していたものらしかった。

二

九時十五分発車、ひたはしりに午後五時になってやっと杭州駅に到着。路上には軍人が臭虫のごとくうようよしている――と郁の日記にはある。軍人が沢山うろうろしていたことは事実である。臭虫の如くとあるのは共産党の傾向のあった郁の感想である――坐っていた車中もこの一階級がわがもの顔にのさばっていた。と郁の日記は中国の軍人を憎悪しているが、車中でも彼は軍人を頻りに忌々しがっていたのを思い出す。停車場からは人力車を駆って市中を過ぎて湖畔に出た。先ず佐藤氏三人を西湖飯店（飯店はホテルの意なりとぞ）に送り込んで置いてから自分は（と郁は記している）映霞の家へ彼女に逢おうと行って見た。彼女は不在であったと見えて郁は大急ぎで帰って来た。彼女の弟というせいぜい十二三歳の少年を伴れて来た。色の蒼白い愛らしい顔つきである。前額に長い髪を切り下げにそろえているところがいかにも中国風である。智恵子（同行の姪但し上海の新聞は妹と報道したので別に訂正もしなかった）、が戯れにその髪を引っぱるとそれを拒み禁止する言葉がわからないので困って郁に日本語を聞く。郁は、

「かみひっぱってはいけない」

と教える。

「カーミヒッパッテハイケナイ」

という口調がおかしいので我々はそれを繰り返さそうといよいようるさく髪をひっぱる。こんなことをしている間に湖心の方からひっきりなしに舟が着く。岸に上る人々はみな蓮の莟《つぼみ》や実を折って来て抱いている。湖上に納涼の客が家苞《いえづと》であろう。あまり鼻の利かない自分であるがさすがに清香を感ずる。嗅覚だけによってではなく全身を以てである。舟夫の一人は郁の知り合いだとかいうので何か話している。映霞が湖上にいるだろうという郁の予想は的中して、彼女は湖上に涼を納めているというらしいのを舟夫に命じて呼びにやった。やがて映霞の舟が岸についた。郁と映霞とは湖畔で立話に耽っている。人の恋ながら場所がら趣が多い。郁は彼女を僕等に紹介した。紹介されても誰も言葉がわからないから相互に顔を見合して一礼した位で甚だあっけない。映霞嬢は弟の少年の清楚とは反対に豊満なタイプである。尤もデテイルはアーク灯の下でよく点検する暇もなかった。

映霞が弟に連れられて帰宅した後は、郁に誘われて湖畔の一旗亭で夕飯を摂ることになった。この家にも軍人ばかりが卓を占領して幅を利かせている。我等の註文は早く聞いて置きながら後から来た軍人の卓へばかり料理を運ぶ。空腹を堪えている我等には甚だ我慢がなり兼ねる。軍人の横行或は庶民の軍人優待を車中から苦々しがっていた郁は不意に席を起ち上ると、今まで腰を下していた椅子を両手で振り上げて床や卓子にたたきつけつつ吹鳴り散らしている。温雅な郁にこの行為のあるのはちょっと意想外であったが聊《いささ》か痛快でない事もない。この暴行に驚きあわててボーイが二三人飛んで来たのを郁は大声叱咤した。ボーイはびくびくもので引き下って料理は現金なほど直ぐ用意して来た。それを喫しながら郁はあっけにとられている僕等に説明し弁解するのであった。

「こういう風にやらないとこの辺の奴等は客を尊重しないのです。威張り散らせば威張り散らすほど利目が多い。この国は一般にその風習があるけれどこの地方は特に甚しい。これが香港広東へ行くとまるで反対の現象を示す。いや、福州あたりでもよほど違っている。先年福州へ行った時この土地並みにやって失敗した事があります。上海だって開港場だけにこうは振舞えませんよ。」

と笑っている。料理の品目も品数も味もみな忘れてしまっているが郁の武勇を発揮した一場の光景とその説明とだけがこの旗亭の印象として記憶にある。

ホテルに帰ってみると郁との打合せの結果であろう。映霞が来てベランダで待っていた。ホテルのボーイが数茎の蓮の莟や実をもって来た。先刻の舟夫が我等にくれたものと知れた。郁はこれを我等に説明して舟夫の行為の気の利いているのを讃め感謝している。たしかピョーリャン（漂亮？ 或は漂喨？）という語を用ひ、文字をも書いて教えた。当時上海での流行語だそうでちょうどスマートに相当するものでさまざまな意味に用いられている言葉だという事であった。南京で一度この語を使ってみたら案内者の一人からひどくはめられたので今だに覚えている。但し文字の方は少々怪しくなっている。わざわざ調べて見るのも面倒くさい。

湖上に舟を浮べて夏の夜の更けるのをも忘れた。しかし湖上の風は思いの外涼しくない。市中の熱した街路や屋上などを通って来て、水面でも冷却しないと見えて風が来ると却って気味が悪い程であった。ただ、水の上を歩道のように船が無数にあちこちと去来し、その間に自分の舟が雑っているのがうれしかった。自分は頭上に懸っている銀河ばかり見ていた。水波は無論たらいのなかよりも静かである。九時半ごろ岸に上った郁と映霞とは十時過ぎまで語って、明朝を約して帰った。

三

二十五日月曜。九時ごろ目を覚してみるともう郁と映霞とが来て待っていてくれた。彼等とともにベランダで、朝の人気の少い湖面や熱そうな日の光を浴びている対岸の山々や蘇堤白堤——その上を時々過ぎる軍人の小隊伍などを見ながらおそい朝飯或いはごく早い昼飯をすませて十一時ごろに自動車に身を托して霊隠寺のあたりを一周して来た。

郁の日記によると肩輿《けんよ》の上に坐して韜光《とうこう》に行って茶を喫したとあるが韜光というところの事はまるで思い出さない。或は寺の名かも知れない。太陽の光は甚だ烈しいが、竹林のうちから来る涼がうだっている人間にとって実にうれしい。（と郁は書いているが）

韜光を下って後、霊隠の老虎洞の前で写真を一枚撮った。輿に乗っている奴である。どこかにしまってある筈だが近ごろ見ない。それからまた洋轎《ようきょう》に乗って清漣寺、紫雲洞などに行って見た。紫雲洞に関しては自分に別の記があるから六月の深山の裏涼冷如秋とある郁の文を引く外ここには記さない。清漣寺は大きな五十坪（？）ばかりの長方形の池ぐるりが廻廊になっているところを池中の鯉を見ながらぶらぶらするので甚だ僕の趣味に適して嬉しかった。金があったらこういうのをこしらえて昼寝をしたいものだと思った事であった。この廊下の奥の小室の一隅にある清泉は地中から瓦斯を発散するので真珠のような気泡が湧き上っている。途中で照りつけられた後、日の遠いこんな場所でこんなものをぼんやり見とれているのは天下の涼味を独占するの思いがあった。岳飛廟に詣で乾隆帝の御碑のある何とかいうあたりを見てから杏花村で早い晩飯をとった。舟を呼んで裏湖の林処士の宅趾を見たり、途中小青の墓を見たりして三潭印月へ行ったところにはもう満天の星が出ている時刻であった。星の光が池水に映っているのが螢にまがうものがあった。この日一日中先年この地に遊んだ事のある芥川の遊跡を芥川と面識のある郁と、話しつづけていたのも後に思い合わして不思議である。

二十六日。この日は早朝に上海へ帰る予定であったが、土産物にするこの地の名品の緞子などの買い物があったので、一日延すことにして午餐は郁の案内で映霞の家で御馳走になることになった。映霞のお父さんという人はもと台湾で役人をした事もあるという話であった。記念に揮毫を頼むと快く西湖に関する古人の詩などを二三書いてくれた。しまい込んであるので夜中今直ぐはちょっと出して見られない。午後三時ごろになって自動車で六和塔へ行って見た。銭塘の尼寺の塔である。鳩が巣をつくって静かに啼いていた。五時頃湖畔へ帰って来て、湖上に舟を泛べて改めて三潭印月に遊んだ。西冷印社などはもう暗くなって訪うことも出来なかった。晩飯は納涼を兼ねて楼外楼の屋上で摂った。

二十七日朝は郁に起されて眼をこすりながら停車場に向い、やっと七時四十分の特別急行に間に合った。上海に着いたのは日盛りの午後二時であった。留守中に到着していた電報や日本の新聞などによって芥川が二十四日に自決した事を知った。郁は日本留学中たしか僕の紹介で芥川に面会した筈であった。彼は夜晩くまで僕の宿で話し込んで帰った。

西湖の遊を三日ですませるのも無理なら、三日の遊記を十枚に書き込むのも愈々無理である。所詮この記は自分だけの心おぼえにしかすぎない。

秦淮画舫納涼記

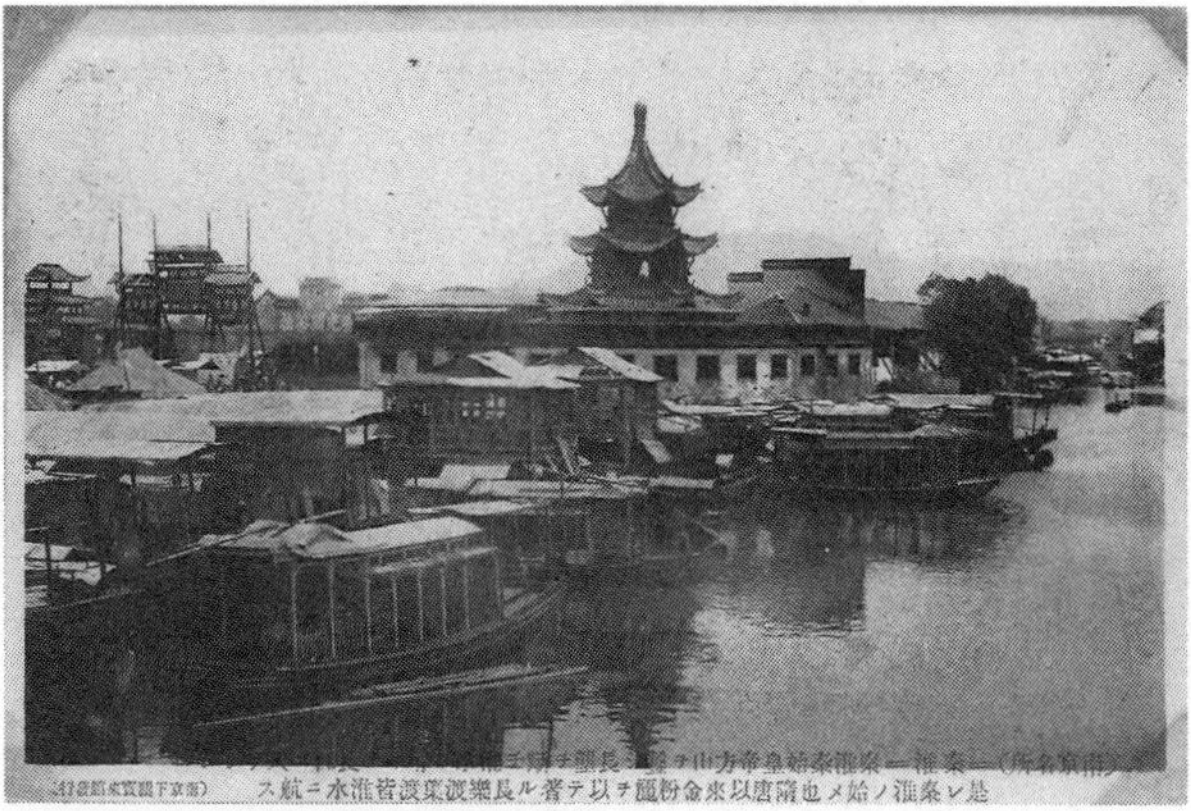

秦淮夫子廟と画舫（1910年代の絵葉書より）

指を折って見るとあの旅ももう殆んど十年の昔になる。本来とりとめもない旅行であった上に、上海ですっかり遊意のだらけてしまった南京は、本来の目的地であったのに、時日も短く案内人も面白くないので頗るつまらぬ遊覧に終って印象も散漫である。それでも秦淮《しんわい》の画舫《がぼう》の一夕の納涼だけは毎年夏になる毎に思い出す。これを書いてしまわない間は負債でも返済して居ないような妙な気持である。去年の夏も同じ気持から西湖の遊を書いて見た。秦淮を後にしたのは西湖ほど甘美でなかったからであるが、今年こそいよいよ秦淮の画舫の一夕を記そう。当時から既にその兆を示していた秦淮の画舫は、自分の遊んだ一九二七年を最後としてその後は政府から禁止されてしまったと聞いているから、この記は偶然にも秦淮の最後の一頁を記すわけである。異国人ながら古来の支那の文学名所の最後の姿を写して見るのも、彼の国の文学の愛好者たる自分にとって不愉快な任務ではない。そう思ってこの稿を作る約束をしたが、事実がもともとあまりとりとめもないところへ、十年前の記憶は当時の旅日記の墨色とともにすっかり色褪せてしまっているので、何やら夢を語ろうとするようなおぼつかなさを覚える。

孔子廟の前に無数に雑然と繋がれていた一艘に乗り込んだ。舟夫は何やら云い残して陸へ上ってしまったまま我々を打捨てて置いて帰らない。この分ではいつ漕ぎ出してくれるものやらわからない。舟夫はどこへ行ったのかと問うてみるが、誰もよく知らない。何か言って行ったではないかというと、ちょっと待っていてくれと頼んで行っただけであるという。結局いつまで待てばいいのかは判らない。多分まだ時間が早すぎるのであろう。

舟は所謂画舫であるが、一向どこにもその呼び名に相応するほどの趣は感ぜられない。西湖に浮んでいたものと大差はない。ただ西湖のは屋根が布で平らに張ってあって一帯が軽快に感ぜられたのにここのは板で葺きおろして周囲も西湖のもののように吹き放しではなく汽車のを簡略にしたような窓のある板壁で囲まれている。幅の狭い板の卓を挟んで同じような板の座席がある外には壁間に柱かけのように細長い鏡が申しわけらしく一対ある位なものである。別に仔細に見る程のこともない上に、風通しも悪く陰気だから、腰かけの上に置いてあったうすべりを持ち出して艫《とも》の方の屋根のないところへ敷いて、その上へ腰をおろして日のくれ方の景色でも見渡しているより仕方がない。

暮れ悩む晩夏の夕空や、その空の赤い色を映してとろんと油のように重く漾《ただよ》うている水の面や、明るい夕空を背景にして程近い橋の上を去来する人や車の影絵、その下に二つならんだ半円形の底辺をなす水の面から時々小さな舟が現れて水の面を掻き乱して皆向う岸近く通りすぎる。その舟の向うに対岸の参差《しんし》たる屋根（谷崎はそれを大阪の道頓堀のようなと記している）の下のあちらこちらに屋後の欄干へ出て止り木の小鳥のように押し並び合って外を見ている商女等、退屈しのぎに目を慰めるものが、まんざら絶無でもない。尤も対岸までは少少距離がありすぎるから二三の家で合計十五六人も出ている彼女等の顔はただ森の奥の白い花のようにぼんやり白く見えるだけである。話に身の入っているらしい身振りや手振りは、場所柄でその職業も身の上もほぼ想像がつくから、話の内容だって大方は判っている。きげんのいいのは足拍子をとって気に入りの曲の一節を口ずさんでいるであろう。ふとどこやらで鳩らしい啼き声がするので彼女等の家々の軒にでもいるのかと見渡して捜して見るがどこにもそれらしいものもない。振り返った拍子に自分の舟の直ぐうしろの高い建物の一角の亭のような八角の屋根の中心になっている青く光る陶器の甕を伏せた上に二三羽の鳩が来て嘴《くちばし》を交えて戯れているのが見えた。見ているうちに銀の翼を灰色の空のあちらこちらに閃かしてこの屋根を目ざして集って来た。屋根の諸所が白いのはその糞であろう。鳩の数は見る見るその屋根を覆うてしまった。この建物のどこかに巣のあるのが、黄昏の前に帰って来たものと見える。

あたりの家々にも燈が入った。例の止り木の鳥のような女たちの背後からも燈の光が流れて彼女等の肩を照し出したので今までは白の外は皆一様に黒い着物のように見えていたのが肩のあたりに紫や藍などそれぞれの色彩がほんのりと見えて来た。白衣だと思ったものも淡紅色であったらしい。舟が急に揺れたと思ったら、我等の舟夫が帰って来たのであった。人々と話しているから何の事かと思って問うて見たら、

「ランプの油が無くなっていたのを取りに行ったついでに夕飯を食っていたので、つい遅くなった」

という申しわけだそうである。我等の舟にも燈が入った。半時間前にはその上に夕焼雲が流れていた水の面に家々の燈火が流れはじめた。欄干の女たちは何時の間にやら何処にももうひとりも居なくなってしまった。いずれは各自の部屋に帰って、化粧をしたり、食事をしたりしているのでもあろうか。しかし、空と水とはまだ本当には暮れ切っていない。我等の舟は貝殻色の夕闇をわけて水の上を滑って行く。闇はやがて藍色になって刻々に濃くなって来る。行く手の方に稍遠く特別に輝やかな電燈があってそれが水に映った影が一きわ長いのは水面を動す風も死し、流れが特に静かなためであろう。何やらその燈影を乱しつつその光を目標に漕いで行くように思えるが果してどんなものか。言葉が判るならちょっと問うて見たいが、わざわざ通弁を煩わすまでもない。

不意に舟が思いがけないあたりへつけられた。二三本の柳の古木のある渡場の舟着きのような岸である。田《でん》のお伴の三人が打連れて岸に飛び下りたから、自分も舟を下りるのかと思って立ち上ったら――

「いや、下りるのではありません。あの人たちお弁当を註文に行きます。出来次第舟のなかへ持って来ます。」

と田が説明してくれた。

田は先年来、彼が日本留学中知り合いになった中華の青年芸術家である。当時は南京政府の芸術部の役人になっていた。自分は彼に誘われて南京へ来た。今夜でもう四日いて、明日はいよいよ九（鎮）江から揚州の方を経て上海へ帰ろうというその前夜を、秦淮の画舫へ案内してやろうというのであった。尤も南京では秦淮を見たいという註文を出したのは自分であった。それは南京へ到着の二日目の朝から見物したい場所として数えて置いた。古来世に知られた烟花の地で、文学名所である。曾ては杜牧がこの地の夜泊に後庭花を洩れ聞いて感懐を催した。板橋雑記は無論、桃花扇伝奇を読んでもこの地を一度見て置きたくなっている。三日目の晩に秦淮の見物を促すと、それがもとで田の夫婦は喧嘩をはじめた。上海から連れて行った案内者に聞いても、彼等は四川だか湖北あたりのものらしい言葉だから意味は少しも判らないというけれども、壁を通して響いて来る怒罵の叫は、問わずして夫婦喧嘩に相違ないのは知れ切っている。判らないのはその原因や動機である。一体、田は自ら進んで案内を約束して自分を彼地へ招いて置きながら、殆んど一ヶ月近くも自分を無視して上海へ自分を迎えに来なかった事実が、この夫婦の空気で幾分か察しもつく。田が上海へいつ迎えに出てくれるやら見当もつかないうちに自分の予定の日子も旅費も費えてしまったから、もう待ち切れなくなって、自分は上海の人々の好意で同文書院を今春卒業したという某君に送られて南京へ来た。来て見ると田は彼の役目たる宣伝用映画の製作に忙殺されて客を閑却して居たと弁解した。映画を製作中、俳優の一人が女優と問題を起して駆け落ち騒ぎにまで及んだので、製作は中途で駄目になるし、監督者の立場はむずかしくなるし、神経衰弱は昂じるばかり、遠来の珍客を無視して事務の停滞を取返していたという話であった。そうして到着の第二夜は、彼の第一製作の封切が政庁の広場で公開されるのを見せられた。何の事はない自分は東京から南京まで田の映画作品を見物しに来たような具合であった。その夜も田の夫人は田や自分が誘うても一緒に行こうともしなかった。そのくせ見たい事は見たかったものかひとりで後から出かけたというのが後からふきげんにひとりで帰って来た。妙だなと思っていると今度はこの口論である。声は相方とも益益大きくなるばかりだったのが、不時に中絶して、田は額の汗を拭いながら手荒に扉を閉しながら隣室から出て来た。

「どうした?」と問うて見ると、

「いや、何でもありません、このごろ政府で軍人や役人が秦淮へ遊びに行くことを禁じているのです。いろいろ問題がひきつづいて起るものですからね。それで僕があなたの御案内をして行くと言っても妻はぐずぐず言っているのですよ」

「ふうむ。僕も別に君に夫婦喧嘩をさせてまで案内して貰わねばならない事もないが、秦淮はともかくも文学名所として一見して置きたいね。時々来られるという土地でもないからね。尤も君の案内は少しも必要はないわけだ。僕は上海からそのために来て貰っている人もいるのだから、それでは案内者につれて行ってもらってひとりで行って来るから君は構わずに置いてくれ給え。でないと細君に対する僕の立場もへんだからね」

「でもそれでは僕困ります。しかし、今夜はもう時間も晩いからやめて、明晩でも御案内しましょう。是非そうさせて下さい。あなたが上海へお帰りになるまでには必ず一晩ゆっくり画舫へお招きします。」

「そう。ありがとう。無論今夜に限るわけではありませんとも。いつでもいい、都合のいい時があったら一緒に行って下さい。無理にとは云いませんよ。」

その翌晩も別にすることもないのにぐずぐずしていて出かけなかった。南京ももう今日かぎりというその日になって日中から諸方を歩きまわって、その帰りにここへ来たのである。どうやら無理に案内させたような傾が幾分ある。

弁当を頼みに行った連中は僅にビールを二三本運んで来たきりで料理は来ない。人々はビールをはじめたが、この飲料は自分には性に合わない。実は大分北山であるが、催促すべき筋でもないので心もとない。一そ自分で舟を下りて行ったらと思いながら黙っているうちに舟はもう一度方向を変えて向岸の方へ漕ぎ出された。田の話はあまりはっきりしないが、この岸のこのあたりに友人の家があるから彼を誘うて見ようというので今度は自分をも岸にのぼらせた。足場の悪い、何だか塵芥捨場のようなところに煉瓦をところどころ五六枚並べた上を飛びながら踏んで行くと煉瓦塀の一丁半か二丁ほどつゞいたところに沿うて細い淋しい路を、注意深く爪先上りに登って煉瓦のアーチの崩れたのが廃墟のように建っているあたりに自分達が待っていると、田はひとりで豚や家鴨などが群れている庭を横切って、知らないひとりの立派な服装の青年を誘い出して来て舟に帰った。自分は何故か田はこの青年に金を借りに来たのだと直感してそう信じていた。今まではまだ本当に暮れ切っていなかったのがもうとっぷりと暮れてしまって水の面も黒くなった上を我等の舟と同じようなのがあとからあとから幾つも幾つも水の上に黒く現れてそれが目の前を通り過ぎる間だけはぼうとあたりを明るくするかと見るとどこかへ行ってしまう。聞けばこれ等の舟は夕涼の常連ともいうべき人達が、自分の気に入りの場所を他人の舟に占領されるのを虞《おそ》れて急いでいるのであろうという話であった。これ等の舟はまだ極く時間の早い方で、我等の舟などは番外の一番という格であったらしい。それが今になってやっとぼつぼつ舟の出る時刻になって来たものと見える。

我等の舟は客の数を一人殖やしてからもう一度向う岸の柳の樹のある岸の方に向う。柳の木立の間には今まで気のつかなかったアーク燈のようなランプが樹の枝にかけられている。その下から出て来た一艘の舟が我等の舟を目がけて来て我等の舟に向って呼びかけた。舟は註文の料理を運んで来たものらしい。水の上で品物と金銭とを引換えた。ビールも再び半ダースばかり自分の場席であったあたりへ積み込まれている。これでもう空腹の心配はしなくてもよくなった。

みんな卓について直ぐにビールの口は開けられた。折角だから自分も一杯もらって、一口つけると、あとはこっそり川の水に混ぜてしまった。田も今朝からの活躍で疲労していたのであろうし、彼は思いの外早く酔ってしまって腰かけの上へ横わっていたがいかにも窮窟そうに身をもがきながら、

「ああ、からだ多すぎる」

と自分がビールを川にすてるために出ていた艫の方へ這い出して来て、自分の傍に足を投げ出した。体多すぎるのは単に体大きすぎるの言いそこないかも知れないが自分にはその後今日まで終に忘れることの出来ない絶妙の表現である。くたびれ切ったぐったりした体をあの細長い小さな箱のような座席へ納めるのは、たしかに体多すぎるの気持に相違ないからである。

我等すべてはみなそれぞれに関節が外れてしまったような感じのする多すぎる体を船中のあちらこちらに投げ出して、今は口を利くのも大儀なというばかりに押黙って柳の樹立のある岸の方ばかりを注視していた。

時折にそのアーク燈の光芒のなかに盛装した婦人が現れてそれが舟のなかへ乗り込むとどこかの舟へ運び込まれるのであった。間違って我等の舟の近所まで来て通り過ぎたものもあった。物好きに数えていたら七人だか八人だかの芸者がこの岸から水上に出た。しばらくするとどこともはっきり知れないあたりのところどころから絃の音が洩れて来た。暗い方角から漂うて来るように思えた。

舟が急に明るいところへ出たと思ったら、それは最初からその光を目標にしているかと見えた長い影を水の上に引いた例の明るい燈の下であった。堀割はこの燈光のあたりから百三十五度位の角度で左へ折れて幅が今までの倍以上も広くなっていた。燈火が特別に明るいと思ったのも道理で大きなアーク燈である。そのぐるりには蝶が幾つも集って舞い狂っている。曲り角にともされて道しるべともなり、水面の両区域に光を注いで水上の闇を監視しているこの燈は政府で今年から風俗取締の目的に具えた設備であると田が説明して聞かせた。思うに公園の樹間に燈火を明るくしていると同じわけで、秦淮は実に水上の公園なのである。

広くなった水の上を突き切って行くと、今度は大きな橋のあるところへ出て橋の下のトンネルを通り抜けて向うへ出る。ここらはもう行き留まりで一段と暗い上に舟もここらまで来るのはあまり無い、途中のところどころへ停めてしまうのが普通だけれども我等の舟は若干奮発して特に見物という意味でこんな隅の方へまで入り込んで来たものと見える。この最もさびしいあたりをぐるっと一まわりして再び橋の下をくぐろうという意嚮で我等の舟夫が漕いでいるその中心点のあたりに一艘の舟が水の上の闇の中にぽつんと一つ、不動で沈黙を守っているのが、何だか奇異であった。

「あの舟だけ一つ何だか不思議にひっそりしているのが目立つね、釣でもしているのか知ら」

田は何とも答えなかったが上海から来てくれた某君が

「釣よりも、芸者でもつれて、しんねこをきめ込んでいるのか、それでなきゃ、まずばくちでもしていますかな。」

自分は得心がいったように思えた。我等の舟は来る時もこの舟を迂廻して過ぎたし帰りにも避けた。何か怖いものか邪魔してはならないもののように感じられたので釣道楽の舟かと思ったが、秦淮の舟夫は彼等のお客を遇する方法を心得ていて、この辺でこっそりしている舟はおどろかさない不文律でもあるのであろう。

今までひどく悠然とかまえてのろのろと舟をやっていた舟夫は急に万事が遽《あわただ》しくなった。自分はそれには気づいたが、どういう意味か知らなかったのに、柳の並木の岸の近くへ来てまたのろくなった。この岸から女を乗せた舟が先刻よりももっと頻々と出るからそれを自分でも見、客にも見せようというつもりであったらしい。そこらまで迎えに出て来ていたらしい舟に乗り移る女もいる。舟のなかからあかりを照して置いて手を出すとその手を握って女がこの舟のなかへ跳《おど》り入るのである。また一しきり諸方から絃の音が起って、歌う声なども雑っている。亡国の恨を知らぬ後庭花があるかないか我等には一向判らない。舟は漕ぐでもなくこのあたりに漂うている間に、やがて四方から集って来た舟のなかに包み込まれてしまった。水の上はいつしか舟で埋まった。両国の川開きの舟があれの三分の一の河幅のところで混雑すると思えばいゝ。舳艫《じくろ》相銜《あいふくみ》、舷舷《げんげん》相摩《あいます》という状態は今に舟合戦がはじまるような雑沓である。この混雑の場所を目ざしてまだ孔子廟の方から続々と舟が物凄いほどつめ寄せて来る。それが皆我勝ちに先を争う勢である。これ等の舟の激流のなかを押分けて普通の画舫の三倍か五倍はあろうかという大形のテントを高く張った下に籐椅子を持ち込んだ上に五六人もふんぞり返って甚だ景気のいいのが来たと思ったら、田は自分の後から自分の耳もとに囁いた。それが政府の取締船である、田は士官の格式がある上に今日は正当の理由も完備しているし、舟中に女もいないから憚るところもないが、近ごろはなかなか厳重にやっていると綱紀粛正の宣伝がよろしくあった。九時半ごろでもあったろうがこの取締の船が巡って来た頃が賑いの盛りであった。我等は田舎者が銀座で自動車に見とれるようにぼんやりしていると、あたりの舟を押分けて我等の舟をめざして漕ぎ寄せた一艘の舟のなかから、女が何やら呼びかけた。もとより何の事とも知れないが好奇心を催したから隣席の田に聞こうと思うのに田はこの女との問答に気をとられて自分の相手をするひまもない。女の舟はやがて他の舟にまぎれて見えなくなってしまった。何か売り込みに来たのか値段が折り合わなくて帰ったらしいのは双方で指を上げて金高を押問答しているので察しられたが、果して女芸人が芸をさせないかというから一円というのを五十銭と値切るともう一度一円と呼んだまま慍《おこ》って帰ってしまったのであるという。

そのうちにその女らしいのが簇《むらが》る舟の向うに自分の舟のなかで突立って歌いはじめた。

誰か一円で歌わせる客を見つけたものと見える。舟は各自その歌の方へ近づこうとして少しずつ位置をかえた。

その女芸人は太鼓のようなものをたたきながら歌うというよりは節をつけて語るのである。田は自分の手帳の上へ梨花天と記してくれたが、それが芸人の名であるか芸の名であるか説明がはっきりしない。太鼓の打ち方の称呼だというかと思うと山東の出身の女である。山東の人間でなければ出来ない芸である。山東省の人発音正しい、などの説明があった。この女は紛う方もなく一二年前までは上海の第一流の小屋に出ていたのを愛好してよく聞きに行ったものだが、いつ落ちぶれてこんなところを流して歩く芸人になったやら。それでも見識を示して自分の言い出した値でなければ芸を売らないところが有難い。と出は無闇と有難がっている。舟が不意に揺れはじめたので、水の面を見ると二三尺程自然と出来ている隣の舟との隙間へ不意にぴょこんと浮び上ったものに驚かされた。西瓜か何か流れて来たかと見ていると、この西瓜に手が生えて、自分の腰かけている舷へ両手をかけて舟に乗り込みそうな勢を示したのは更に不気味であった。ふと河童が浮び出して人語を操るかと思われたからである。田は声を荒らげて叱ると怪物は体を水のなかへ沈めて手だけはまだ舷につかまっている。舟夫は棹を取って手を打とうと構えたが、手はなかなか放さない。田は舟夫に命じて先刻の残肴の新聞にくるんで舟中に残してあったものを出させる。それを見て怪物はもう一度半身を舷から現わし残肴《ざんこう》のなかから目ぼしいものをつまみあげて大急ぎで口のなかへ放り込む。最後には新聞包のままで持って行って、立泳ぎでぱくついている。おしまいになったと思ったら舟の底へもぐり入ってしまった、今度はどこへ行ったやら、二度と我等の目につくあたりへは現われなかった。怪物は唯この賑やかな泥沼の水底に巣を喰うている乞食であった。なまなかに河童やお化でなく人であったのがかえって怖ろしいではないか。

華やかな時は去った。船はみなひそかに同じ方向へ影のように引き上げてしまった。時計を出して見ると十時半である。祭のあとのようにさびしくもの悲しい。きらめいていたあたりの家々の燈も、戸を鎖してもう眠ったのか、ただ消されたのか、追々と数少くなって遂にはみな一様に黒く並んだ両岸の水閣の屋根の上を銀河が橋のように白く渡されている。なかにどこかで一個所だけまだ絃を弄びつづけている処があったのがそれもやがて終った。

混雑を避けてわざと群におくれていた我等の舟なのに、今となっては取残されたもののようにさびしい。河岸の家並の間に右側に唯一つだけ明るい窓のあるのが妙にものなつかしい。舟夫も別に心あってか或は客の心を測ってか、舟はその燈の方を目ざしている。我等の舟はその窓の下を通りはじめた。試みに舟のなかから叫ばせてみると、窓のなかに人影が動き出してそれが黒く硝子戸の外を窺うていたが、窓を隙けて何やら叫んで消えた。その言葉は舟夫に命じたものででもあったか、舟は窓の下に停った。もう一度窓の中の空気を探るため、女を呼び出す手段に、舟の中からものを言いかけると、直ぐ女が出て来た。上と下とで問答をするのがひっそりとしたあたりに反響する。問答無用と思ったか、舟のなかからひらりと岸へ飛び下りた一人があった。一丈ばかりの石垣を見上げていたが、いきなり猿のように攀《よ》じのぼりはじめて、わけなく窓に手をかけると窓のなかへ跳り入りそうな姿勢をとった。窓のなかの人影ははじめは驚いてこれを制止しようと拒んでいるらしく、ひとりでは力及ばぬと思ったか内部に救いを求めている様子であった。外に二三の人影が窓に重なり合って防ごうとしているらしいのに、登っていた男はまだやめようともせぬので田は声を張り上げて制止した。けれども猿のような男は、制止の声よりも早くもう身軽るく窓を乗り越えて室内に跳り入っていた。明るみへ出て悪漢でないことが認められたものか、窓のなかでは女たちの華やかな笑い声が闖入者を取巻いて起っているのが聞えて来た。闖入者は得意げに窓から我等の方をのぞきおろして呼びかけた。田は我等を顧みてこの家に行ってみることを誘うた。我々は舟を下りて、岸に立つと窓の方を見上げ、その中の最も若い者は先駆者の例にならって石垣へ手をかけるともう三分の一ほど攀《よ》じている。窓の中からは我等の先駆者を窓際から押しのけた一人の女が、我等を見下ろして叫びながら先ず我等の左手の道を示しつづいて大きな半円を我等の視線の中途に描いて見せた。その方向に従って門口を求めよという意味に相違なかった。我等はすぐ左手の道に向った。既に石垣にいた者は下りようともせず更に登って行くらしい。それには構わないで我等は道を辿った。一間半か二間もある道で靴の踵に当る具合では石を畳んだ平坦な道である。暗い道であったし、どこにも札のようなものを見かけたようには思わないのに自分は何故かこの道筋が釣魚巷——釣小路という名であることを不思議によく知っていて、今でもはっきり記憶している。星明りより外には何の光明もなかったこの路傍で自分は世にも思いがけないものを発見した。凝脂のように真白な女の生きている片脚が大腿からまる出しに路にくねっているのであった。あまりの暑さに戸外に出て石畳の冷気の上に横わった者が眠りのうちに無意識で褌《こ》を脱してしまったものに相違なかった。自分は数年前、厦門の鼓浪嶼で土民たちが屋内の暑気を逃れて夜中路傍に就眠しているのを屢々見て知っている。尤もそれはみな漢子でそのうえ着衣のものばかりではあった。褌を脱した婦が路傍に眠って、それも放弃な形でいるのには、自分もさすがに自分の眼を疑わねばならなかった。場所柄有り得るものとは思えても、それは現実のものと考えるよりも、妄想の下に見るにふさわしいものだからである。あまりにも白くあまりにも艶々しい。人も憚らぬ姿態である。

星明りのほの暗さに、自分は佇立して半ば無意識に眸《ひとみ》を凝して見た。ゆくりなく自分の眼前に現れて来たものに不安を感じたからである。歩行しながらこんなものが不意に幻に現れたのでは困ると思った故である。しかしこれは正しく妄念でも夢想でもなく安心して然るべき、従って驚くべき現実に相違ないと確めて自分は再び歩き出した。人々に遅れたのを取かえそうと大股に急いだ時、自分に現れたものが現実に相違なかった証がまた一つ見えた。自分の靴音に夢を破られて寝返りしたものか脚の姿態の変ったのがけはいで感じられたからである。そんな奇異な街の片側の家並はすっかり鎖されて燈影はなかったし、片側は高い塀がほの白く長くつづいていた。自分は自分の同伴者たちの後を追うたが、彼等は塀の片わきに小さな門の前に立ち、その扉が今や開かれたなかへ吸い込まれて行くところであった。自分は急いで声をかけて扉の鎖されないように注意して置いて彼等につづいて暗い大きな建物のなかへ導かれて行った。

あの明るい窓のなかには先に闖入した者がビールの満を引きながら我等を迎えた。二三の女が彼の傍に立っていた。窓のなかは外から見た時程には面白くなかった。自分は手持無沙汰に煙草をくゆらしたり僅に女たちのくれた瓜子をつまんだり、三十分ほどの間に立ち代り入れ代る五六人の女たちを見ただけでこの家を未練げもなく立去った。未練を残すに足るような代物は目につかなかった。表へ出て自分は、道の両側の軒と軒との間一ぱいにそれを覆うように道すじと同じ方向に流れている銀河を仰ぎ見ながら天地と自分の胸底とに萌している秋意を感じながら歩いた。来る時に自分が佇立したあたりにはもう人影はなかった。自分は来る時に見たものに就て話したが誰もそれを信ずるものはなかった。就中、田は力《つと》めて否定した。自分が荒唐無稽なことを言い出したという風にしかとらない。厦門で見た事実を告げても南京は厦門のような田舎とは違うと駁するに至って自分も口を閉じた。田が南京政府の御雇だということに今更気づいたからである。

我等は再びもとの舟に乗り込んで孔子廟の傍のもとの場所へ帰るのであった。舟のなかであたりを見渡して

「すっかり夜は更けた。あたりの家も河の上も今からは秦淮ではない、もうインワイだ」

と田は自分の思いついた語呂を興じていた。南京の街はずれの秦淮から市の中心地にある政庁に近い田の寓居まではなかなか遠かった。自分は何気なく一つかみを上衣のポケットのなかへ入れて来た瓜子を下手にかじりながら時々石角《せきかく》の堅く靴底に当る路をよろめきながら急いだ。田は時間を気にして途中わざわざマッチをすって時計を見ていた。田の家へ帰りついたのは二時半ごろであったろう。田夫妻の口論は何時果てるとも知れなかった。やっと口論がおちついた自分は苦々しさと騒々しさとでついに眠ることも出来なかった。

頃には硝子窓が明るくなって来たし、自分は六時半ごろの汽車でこの地を発しなければならなかったからである。もしあの夜明けに一睡でもしていたら、自分はその夜の事どもを南京の最後の一夜に不思議なちぎれちぎれの夢を見たのではなかったかと今、自ら疑うかも知れないであろう。

曾遊南京

中山陵墓（『世界地理風俗大系』第３巻「支那篇　下」1930年刊より）

思い出してみる。自分が南京に遊んだのももうかれこれ一昔にはなろう。そうだ、ちょうど十年か。昭和二年。芥川の亡くなった年であった。自分は芥川が自決の悲報を上海の客舎で耳にして、その感動のまだ癒えないうちに南京に向ったのを忘れないから、その年の八月上旬であったろう。その頃南京は旧い姿は殆んど滅びかかって、新らしい形を整えつつある最中であった。

自ら進んで案内を引き受けた田が約束を無視していつまでも迎えに来てくれないので、空しく待ちつづけて出発がおくれたおかげで帰りを急いでほんの三四日の滞在であった。それ故、十分知っているとは言えない。曾遊の南京は、また一瞥の南京である。更にまたうろおぼえの南京である。

停車場から市街まで頗る遠いところというのが南京の第一印象であった。そこに宿った田の寓居は政庁に近く市の中央部にあったが、駅からそこまでは自動車で三十分以上かかったようにおぼえている。その途中がまためずらしい。道の左右は畑みたいなところであった。桃の花の季節には菜の花も咲いて荒廃の古都に野趣とも雅致とも知れぬ美をそえるだろうと感じたのは、誰かの書いたものに見たせいであったやら、その畑みたいな土地にそんな空想を誘う桃林なり菜種の畑らしいものがあったのやら記憶はもう確でない。おぼつかない話であるが、これは年月のせいばかりではなく南京はその時から、そんなとりとめのない土地柄であった。車上で見渡した稍遠方には古墳か何か土の盛り上りが見えて砂埃の多い道の左右は荒れて石ころの多い畑であった。下関《かかん》の停車場から城中に入るこの田舎のような道の印象は深いものなのに、その後地図の上で捜すがそれらしい道はどうも見つからない。この不思議な路を過ぎてやっと市街に入ったが、それでも格別立派な家並でもなく、道も石だたみながら凸凹の多いもので、とんとわが国の街道筋の幾分大きな宿場町へ入った感じであった。何等大都会の風格を示さないところに廃都らしい面目のなつかしむべきものがあるとは思ったが、とんと狐につままれたような感じのする街であった。

田は自分を彼の仮寓で一服させてから国民政府の政庁へひっぱって行って、そこの新聞班の編輯室に導いた。編輯同人――というのもつまり役人である――が、田の友人であったからであろう。田は自分を彼等に紹介して置いて、彼自身は建物のなかの程近いところにある自分の室に公務の簡単な打合わせがあると出て行った。田自身も役人で当時は宣伝映画の製作に従事していた。田は二三十分で用をすませて来て、新聞班の連中に自分を蔣介石に面会させるように計らえと談じ込んだが、新聞の連中ははじめ蔣は不在だと言っていた。田がそんな筈がないと詰《なじ》ったので、やっと本音を吐いて蔣は近頃訪客を喜ばず、特に日本人にはあまり会わない方針らしいと言っていた。彼等は皆相当に上手な日本語を操っていた。外の連中も皆田同様に日本留学生出身であるかどうか確めて見なかったが。後に上海の人々が南京政府の秘密会議は日本語で行われていると噂しているのを聞いて成程と思った事どもであった。彼等は皆蔣を親日家であると言っていた。しかし蔣は日本人に面会することを好まぬと自分が南京で聞いた事実もある。或はこの頃、旧い南京が新らしい南京になろうとしていると同時に親日家蔣介石が抗日家蔣介石になりかかっていた時期であったろうか。どうか。

彼が留学時代に交を結んだ劇作家田は当時南京政府の役人になって宣伝映画の製作に従事していた。自分を早く上海へ迎えに来なかったのは、その公務の多忙のためであると申し開きに努めていた。決してこれを信じないわけではないが、自分は彼が家庭内で紛糾を生じていたのではないかと思われる節を多多発見した。或は映画製作中に監督者たる彼が主役女優と何かあったのではないかというのが小説作者としてのほんの空想である。何はともあれ、自分が南京到着の当夜は、偶然であったか、それともその日に行くことを田が注文したのであったか今はもうおぼえないが、その晩、田の第一製作が官庁の庭で公開された。庭は官民の公衆で埋まっていた。役人達は当時文武の別なくみな軍装であったとおぼえている。田もたしか大尉相当官とやらで軍服を着用して意気揚々としていた。女の軍人もいたもので田の細君もその一人だと聞いたし、腰のあたりがひどくだぶついた半ズボンの軍服を着用している姿を見たようにもおぼえているが、この詳細ももう忘れている。ただ田の宣伝映画は題はおぼえないが共産主義の味を多分に帯びたばかりかその前年だかに日本や上海を見て帰ったビリニャーク（であったと思う）の上海訪問のニュース映画の一部分などを取り入れて親露的の気分を漂わせた部分のあったのを忘れない。民衆は絶えず拍手を送って興奮していた。スクリーンに近い大樹のぐるりに涼しい風が動いて群集の上に銀河がかかっていた。

翌日田は自分を明宮跡や古物保存館、城外の明の孝陵の附近に案内して雨花台や紫金山を指し示した。紫金山の中腹に工事中の中山陵を見たのはこの日であったかその翌日であったか記憶は不確であるが、途中草いきれのひどい暑気とはげしい渇に苦しんだが飲用水が見つからないで、中山陵まで行けば休息所があるからサイダーぐらいあるだろう。と田が言ったのも只の気休めであった。その苦しさと当日は室内でも百度に及ぶ暑気であったと後に聞いたのをおぼえている。中山陵は最後に長い石段で悩ました。そこでは石屋が幾人か石を刻んでいる外に何の見るものもなかった。得られるものと予想した市街の大観もあまり遠過ぎて駄目であった。町を見るのはやっぱり雨花台でなければいけなかったかなと田は気の毒げにひとり言を呟いていた。この時遂に見なかった雨花台の眺望は後年井上紅梅の著「紅い土と緑《あお》い雀」によって知った。同じ書の「麻雀日記」も現代支那の庶民の生活を窺うにはこの上なしの一篇である。序にこの著者に敬意を表して置く。

中山陵から見下すと市街へそれも割合に近いあたりのところどころに大きな建物が普請中であった。長い赤い屋根が凹字形につづいたものなどが見える。何だと問うと、兵営や役所など、皆実用向のバラック建築ばかりだと田は答えた。その工事の雑音が山の方へまで騒々しく反響して来た。山の上はまた山の上で石屋がコッコッやっている。蔣介石の新らしい南京建設はその時からそろそろはじまっていたのである。地図で見るとその時一番目についた普請中の屋根が今の中央軍官学校に相当する位置になる。その外市中をちょっと歩いて見ても到るところに積み上げた建築の材料と鎚の音とが人の注意をひき、道は深く刻み込んだ轍のあとのために埃っぽく靴を埋めた。

昨日は新らしい南京を見せたから今日はふるい南京の目ぼしいところを一度に案内しようというので、最後の日に田はロオケーションと称して役所から撮影用の自動車を狩り出し、自動車だけでは反って面倒だというので写真機や技師をも呼び出して、自分を案内する序に、自分の南京見物をノート代りにフィルムに納めて置いてやろうというのであった。そうして行くさきざきで撮影をした。しかしこのフィルムはどうなったやら未だに自分の手には入らない。

その日自分は案内されて清涼山の帚葉楼に上って莫愁湖を見下した。莫愁の向うにももう一つ湖が光って見えたが何という名だか忘れた。清涼山は小倉山のつづきにある高地だから袁子才が小倉山房も附近だろうとは思ったがこの文学名所は田も知らなかった。台地を下った樹間で奇妙な神体を背負った六部のような銀鼠色の白衣の道士に行き逢った。インチキな神体を種に行くさきざきでお賽銭を集めて渡世している者であろう。その奇体な神像の色彩や図案を面白く思って金を出してこれを譲り受けたいと言うと、インチキ道人ははじめはしかつめらしくこれは有難い神像だから信心のない者に渡せないと拒絶していたが、一円ばかりの金を見て、これを渡してしまったら渡世に差支えるからと泥をはいてもう二十銭だか値上げをして渡して行った。この辺の見物は午前のうちにすまして鶏鳴寺に向った。梁の武帝が建てたとか行幸した事があるとか言い伝えている古寺である。玄武湖の南畔の高地にあって、紫金山と相対し湖上の風景を一目で見渡す場所にある。その眺望のいい一室で精進料理の饗応を受ける。それに対してこちらからは志の一封を寄進するので、饗応寄進などとはいうものの実はお寺で食堂を経営しているようなわけである。これはこの寺だけではなく、厦門や杭州のお寺でも御馳走になった事があったから自分にはあまり珍らしくもないがここは景色のいいせいか繁昌していた。食後坂を下って今まで見下していた景色のなかへ歩み込んで行く。玄武門を外に出るとすぐ湖水である。用意を命じて舟に乗った。汀に近いあたりでは蘆荻《ろてき》を分けて出ると湖上は一面の蓮であるが花の時はもう過ぎて敗荷になりかかっている。これを押し分けて舟をやるところどころに小さな実になって散り残っているのもある。苔は見られないが花の香はまだあたりに漂うている。我等が舟の近づくのに驚いて飛び立った鳥があったが、す早く姿を隠したから何鳥であったやら正体は遂に誰にもわからなかった。けれども時にとって趣をそえるものであったからその名を究める必要もなくただ好鳥と呼んで置いて適当と思われた。自分は先年廈門地方の強い日光の下で油をぬりかためた女等の頭上に反射する空が緑色にかがやくのを見て緑髪という文字の真義を知ったが、今はまた好鳥という文字を学ぶことが出来た。画家が支那の自然を見なければ南画の手法の意義を知ることが出来ないとはよく言われよく聞くところであるが、支那の文字の真の面白さを知るためには支那の自然や人生を見る必要が多いのであろうと感じた事であった。漕ぎつけて湖心にある島の上の小さな亭に茶を喫した。ここは鶏鳴寺の眺望の焦点になっていたあたりであるが、ここから見渡すと逆に鶏鳴寺が風景の中心になる。鶏鳴寺の眺めになくてここにあるものは湖に沿うて見える古城壁であった。亭からの帰りに舟のなかで見つけた事であるが城壁の上には銃を持って姿勢を正した兵士が炎天に照らされながら見張りをしていた。何を見張っているのかは知らなかったが物々しく浪漫的な風景であった。この頃この国の内情はどんな情勢であったやらよく覚えないが、何でもつい二三週間前までは河を距てて対陣していた兵の銃声が時折市中を驚かせたのが近ごろはもう余程遠くなったと噂されていたが、何人の兵が来ていたのだったか忘れた。というより、その当時から十分明確にはおぼえて置かなかったものと見える。その夜自分は田の案内で秦淮の画舫で納涼した。これは別に記があるからここには更めて記さない。翌早朝自分は汽車で南京から鎮江に去り、江を横切つて揚州に渡って上海に帰った。

記憶の全く磨滅してしまった今日、これ以上に南京を語ることは不可能である。これをもっと知りたいと思う読者は前述の井上氏の著書の「麻雀日記」と「夢の南京」の二文を読まれたがいいと思う。寡聞の限りでは南京の風物と生活とを描いた文献の中《うち》一番よく南京の生活と趣味とを伝えたものと思われるからである。自分の近作南京雨花台の女の雨花台の描写なども実は同書に負うものである。序に記して井上氏に感謝する。

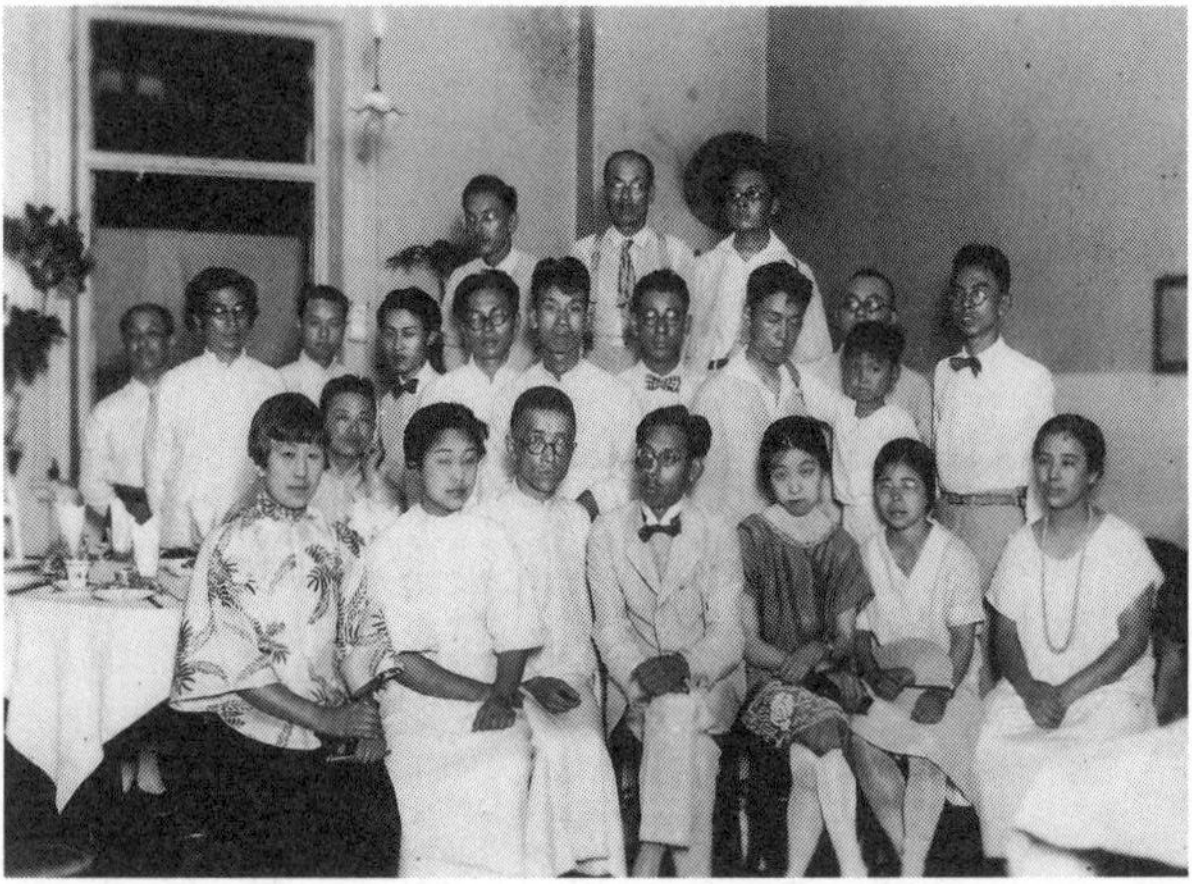

内山完造主催宴（1927年7月20日、功徳林にて。内山書店提供）

内山みき
塚本助太郎
佐藤智恵子
萩原貞雄
田漢子息
田漢
佐藤タミ
王独清
升屋治三郎
佐藤春夫
島津四十起
郁達夫
胡適
竹内良男
（不詳）
欧陽予倩夫人妹
朱応鵬
欧陽予倩
唐有壬
欧陽予倩夫人
（劉韻秋）
傅彦長
内山完造

わが支那游記

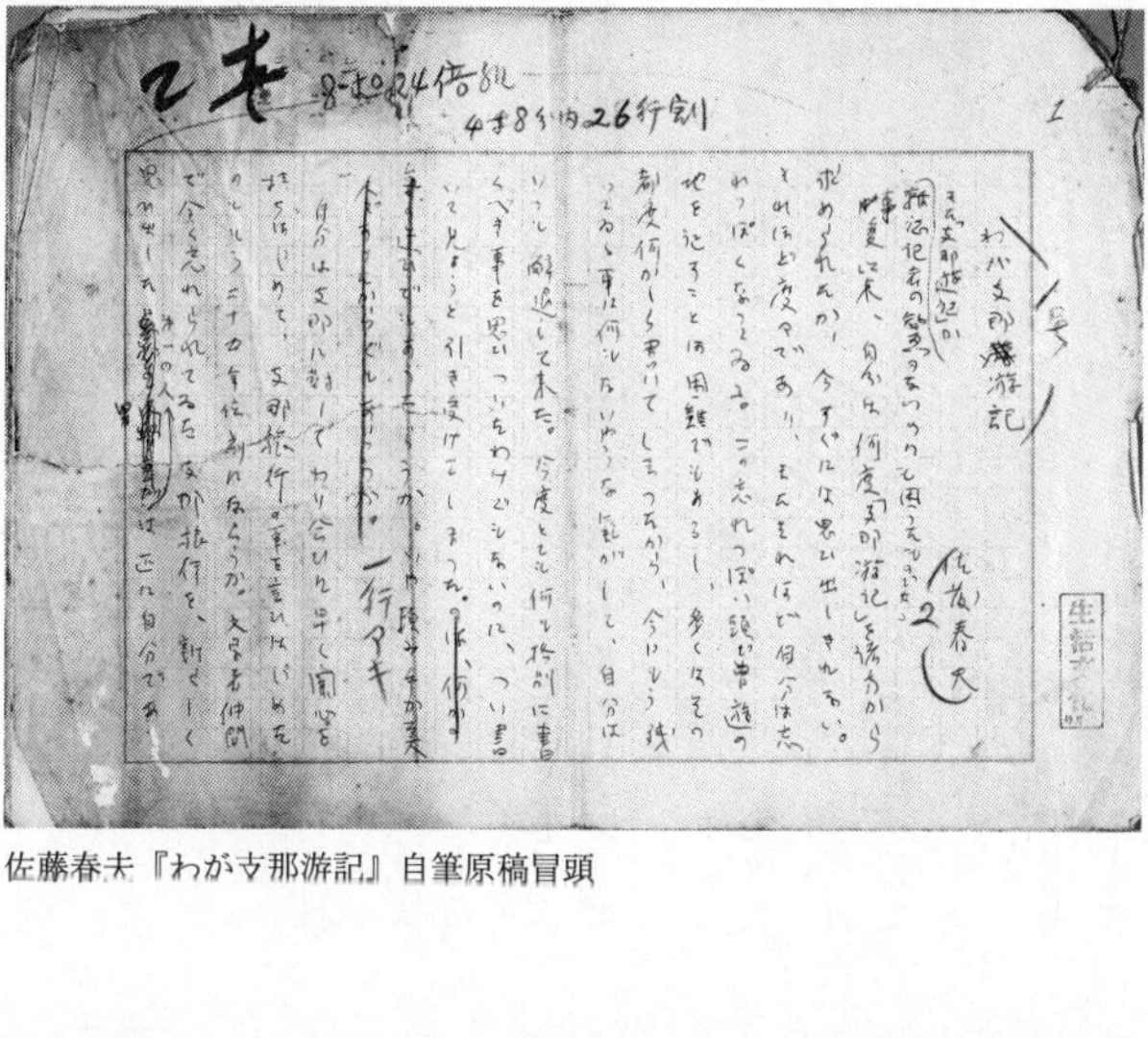

佐藤春夫『わが支那游記』自筆原稿冒頭

また「支那游記」か。雑誌記者の智恵のないのにも困ったものである。事変以来、自分は何度「支那游記」を諸方から求められたか、今すぐには思い出しきれない。それほど度々であり、またそれほど自分は忘れっぽくなっている。この忘れっぽい頭で曾遊の地を記すことは困難でもあるし、多くはその都度何かしら書いてしまったから、今はもう残っている事は何もないような気がして、自分はいつも辞退して来た。今度とても何も格別に書くべき事を思いついたわけでもないのに、つい書いて見ようと引き受けてしまった。

自分は支那に対してわり合いに早く関心を持ちはじめて、支那旅行の事を言いはじめたのももう二十五年位前になろうか。文学者仲間で全く忘れられていた支那旅行を、新らしく思い出した第一の人は正に自分であった。自分はまず北京を志して同行の士を勧誘した時、谷崎、芥川の両人はすぐ賛成したから、自分はこの両友と北京の旅を計画してよろこんでいたのに、その頃神経衰弱が嵩じて計画を中止しなければならなくなった。芥川もいよいよとなると面倒くさくなったものか中止してしまったから、この計画を実現した人は結局谷崎潤一郎一人であった。それでも谷崎は北京で最初の三人連計画の話ぐらいはしたものと見える。というのは事変の第二年目に自分が北京へ行った時、北京の人々で自分の北京見物を二度目であろうという人が一人二人ならずあったので、よく話を聞いてみると谷崎が行った時に僕も同行したものと聞いていたのを伝聞していたらしい。根も葉もない事ではなく、少々理由のある間違いではあるが、自分はこれを思い立ってから二十年も経ってこれを実現したのであった。その後自分は、人が有島壬生馬の言葉として

「日本では巴里など遠方へ遊学する人が多いのに、なぜ北京へ留学する人がいないのであろう。不思議である」

と語っていたというのを聞いて北京への留学を本気で考えてみたものであったが老父母が在《おわ》したのでこれも遂に実現しなかった。思えばこれは実に残念である。永久にその機会を失したのだから。

谷崎はひとりで北京へ出かけて、毛皮やなんかいろんな土産物と土産話をどっさり持って帰って再游を希望していたが、谷崎は終に北京へは再游しないで、上海へ渡った。谷崎が上海へ行く以前に、北京行を実行しなかった芥川がひとりで先ず上海へ出かけて北京へまわって帰った。芥川の「支那游記」一巻はその事の紀行である。ところで最初に言い出した自分は身辺の雑事と不如意とのために遂に一度も支那へ行く機会を持たなかったのに、

或る年思いがけなく不意に台湾旅行を誘われて、考えてもみなかった台湾へ出かける事になったのは、北京旅行を計画して三四年後の事であったろうか。自分の二十九の年である。台湾旅行の序に自分は支那——というよりも台湾の対岸地方——という方が適当な厦門に渡って漳州辺の田舎をちょっとのぞいて来た。この時の事は南方紀行という拙著に詳しいから今は改めて言わない。泉州福州なども見る予定であったのに、あの時は何の問題であったか。福建で日本の物貨や人間を排斥していた頃で比較的温和な厦門でも多少不安——とまでではなくとも不快を感じた程であったから、やや気性のはげしい泉州、福州の地は見物をすすめかねるという意見が多かった上に、実は旅費も心細くなったので厦門でほんの半月ぐらい居てかえって来たものであった。厦門、鼓浪嶼など事変とともに人々の耳にやや熟した地名をこんなわけで早く覚えた。あの辺一帯所謂鷺江の海岸は風景のすぐれた地で、話に聞きものの本で読むマカオの岩の多い風景の美というのは多分、あの鷺江の海岸に似ているのであろう。人は

「西湖よりも鷺江の方が迥《はる》かに風景がいい」

と聞かしたが、たしかにこの言葉には一面の真があった。

その後十年を経て見た西湖は美しくないのではない。しかし箱庭風に日本の歌枕のような風景である。ただうれしいのはその風景のなかに伝説だの詩歌だの、神仙や詩人や文人

墨客の遺蹟などの支那文化が風景のなかに融和していて人事と自然とが相映発するところに西湖の鷺江に優る所以があるのであろう。単一に風景という点から見たら西湖は終に鷺江の敵ではない。西湖に似た風景を日本に求めたら琵琶湖和歌の浦など日本にはざらにあろうが、鷺江の風景に似たものを強《し》いてわが国で求めたら多分雄鹿半島などが似ているのではあるまいか——雄鹿半島は話に聞いて想像してみるだけでまだ見ていないが。紀州の潮の岬や木の本附近にはやや鷺江風の風景があるが、鷺江ほど荒々しくもないし、また纏ってもいない。鷺江の風景は荒々しさと静かさとを調和して正にローマンテック風景の一傑作である。自分がその風景に感心すると、或る台湾籍民が

「日本にも鼓浪嶼に別荘を持って夏中は毎年ここで暮すぐらいの気持の人があっていい」

と言ったものであるが、今日にしてこれを思い出すと、遠からずそんな人も出そうな世の中になっていると思えておもしろい。

こうして谷崎芥川は北京、上海を、その後二三年して自分は台湾福建を、思えば文学者は戦争よりも二十年早く、北進も南進もしていたわけである。台湾で自分は人にそそのかされて南洋一周旅行をも夢みたものであった。これもどうやら壮年時一夏の夢であったらしいが。

その後自分は約十年を経て上海に遊んだ。この時は上海、南京、杭州、揚州、鎮江あた

りで二十日ばかり過した。やはり夏であった。上海の宿屋で芥川自決の悲報を手にしたものであった。偶然にも西湖で案内してくれた郁達夫と一緒に芥川の噂を二三日つづけさまにして上海へ帰って見ると電報であった。この時自分は理由もなく蘇州を見残して来た。その代り蔣介石が国民運動を強化して改築最中の首都南京を見物して来たわけで、今にして思うと殺風景なバラックが城外の野原に建ちつらなり秦淮の夜は軍服が幅をきかせていた。当時の秦淮に関しては別に拙稿秦淮納涼記があるからここには記さない。

その後また凡そ十年を経て事変の第二年目の春自分は文藝春秋の派遣によって北京の戦線を一ヶ月見学して来た。尤もこの間病気のために大半入院していたから見物したのは北京と天津ぐらいなもので任を果すことも出来なかったが竹内好君の旋によって周作人、銭稲孫その他北京の文人諸先生の寵遇を得たのを望外の幸とする外殆んど得るところがなかった。否、得たところは帰来以後「蘆溝橋畔にて」と「陋巷に北京を見る」の二詩を賦し得たのと大腸カタールを病む癖である。北京でこれをはじめてからその後時折癖のようにこれが再発し三発する。つい二三日前までもこれであった。今も病臥してこれを稿している。思うに北京はゆっくりと住む町であって惶《あわただ》しく旅行者の歩む市《まち》ではあるまい。しかし北京のなつかしさは自分にも十分印象されていると見えて大樹が多くしずかにおちついたジャカルタの街の美を感じた時すぐ思い出したのは北京に似ているという事であった。

初夏に北京から帰って来るとその同じ年の九月には遡江部隊への従軍を許されて揚子江を田家鎮の鉄鎖鎮江(九)の近くまで行って江上の月を見、日夕両岸の眺望を恣《ほしいまま》にした。帰りには廬山の山麓から上海まで一飛びに飛行して空の上から中支を一望した。この期間は幾日であったろうか。別に戦線詩集の附録として「江上日記」正続二篇があって詳しいから亦ここには再説しない。

自分の支那を見たのは地域としては決して狭くはない。しかしどこもかしこもほんの十日かせいぜい二十日ぐらい俚俗の言葉で小便をしてまわったと云う程度の上言葉が通じないのだから何一つ満足に見られる筈のものではない。支那で見たものよりも台湾で見た支那、たとえばあの頃の鹿港の町だの打狗《タカオ》の旗後だの、その他山間の本島人部落などに本当の支那の田舎が支那のどの地方よりも多く見られたような気がする。その筈で、台湾の本島人は本来支那の田舎の人が旧慣をよく保守していたのだから、刻々に西欧化した支那本土のどの田舎よりも支那の田舎のふるい面影を伝えていたわけなのであろう。

自分がはじめて厦門へ行った時油でテラテラに固めた少女たちの頭髪に南方の夏の青空の色が反映して緑に光っているのを見て、「緑髪」という文字の本当の意味を悟った。「みどりの黒髪」などという日本訳では絶対にだめである。「青空をみどりに反映した」美髪なのであった。緑髪という面白い文字がこうわかって見ると支那文学にあるあの一種独特な官能描写の妙を発揮したものである。また南京の酷暑に玄武湖の蓮のなかに舟を浮べた時、我々の舟のけはいに驚いて飛び立って直ぐさままた水中の葉かげにかくれ去った鳥の名を田漢《テンハン》に問うと漢《ハン》は筆談の紙へ即座に「好鳥」と書いた。なるほど「好鳥」に違いない。その名は知れないが舟中の趣を大に増したから正に好鳥である。「好鳥」という文字の真意も自分はこの時はじめて悟った。文字を学ぶにも言葉を学ぶと同じくその土地によってでなければならないと気づいたのである。そうして早く北京へ留学しなかったのを無上の遺憾としているのである。頃日二三の支那文学（或は支那文化）研究の仲間と集って北京の話が出て

「北京は事変によって何等の戦禍がなかった」

という言葉に対して

「日本人が沢山渡って行ったことだけが北京にとっては一種のおだやかな戦禍であろう」と笑ったものである。昔日の北京の面影を失った事を北京人が悲しんでいるであろうという意味以外には格別の意味もないつもりである。誤解をおそれて特に自注を加えて置くのである。

旧友に呼びかける

郁達夫と王映霞（『王映霞自伝』1990年刊より）

郁達夫《いくたっぷ》君

今、華日親善の物語をと求められた。果してその注文に適当かどうかは知らないが、この機会に電波を利用して君に話しかけます。

話したいことが、かねがね胸のなかにわだかまっていたのに、君の居どころはついぞ知れませんでした。僕はどれほど長い間君の居どころを探しましたろうか。しかし君の居どころは知れませんでしたし、たといそれをはっきりつきとめて見ても、君が僕からの便りを自由に受け取れるものやら、受け取って喜んでくれるやら、それとも迷惑に思うやらも判らないとなると、折角、僕が君に通信したいという熱も自ずとさめて遂には君の居所をもあまり問題にしなくなっていたわけでした。けれども今はもう何の心づかいもいらなくなったのだから喜ばしい。先ずこの喜びを君とともにしましょう。

あの時君が『今は福建にいる。帰りには台湾をまわって行くが、一緒に行きませんか、あの辺をもう一度見る気はありませんか』と誘ってくれてから、もう大ぶん年月も経ちましたが、その後、君が陥落直前のシンガポールに行って華僑たちに働きかけていたらしい噂も彼の地で聞き込みました。噂が果して本当であったやらどうやら。ともあれ、君の生活も慌しいものであったらしいのは想像されます。思うに我々のすべては世界を吹きすさぶ大嵐のただ中に吹き飛ばされている小鳥のようなものでしたね。中には特に嵐を好む海燕のような鳥も居ましょうが、君や僕など本来は静かな日に花の枝で歌う種類らしいのに。

僕は君をたずねあぐみ、君に逢う機会にもなろうかと、或は君に迷惑かと思いながらも、君を大東亜文学者大会に招待する案を立ててみた事もありましたが君の居どころはやはり知れませんでした。その後南方からの帰り途でも上海で君の安否や居所《いどころ》を聞きただす事は忘れませんでしたが、これも結局要領を得ないでしまいました。その時人々の答を綜合して多分重慶に健在なのであろうと僕は漠然たる想像で満足しなければなりませんでした。君ばかりではない。その頃の上海には二十年前に君が僕に紹介してくれたあの時の人々は誰ひとり居ない様子でした。——一昨《ママ》年の晩春の事です。

君は今どこでどうして居られるか。どこででも直接にこれを聞いていてくれたら最もうれしいが、せめて人づてにでもこの事が君の耳に入ってくれればと願う。僕は今、命あって浅間の南麓《みなみふもと》の山里に冬籠《ふゆごもり》の支度をしています。

君を一番新らしく見たのは、あれは事変の第二年目でしたろうか第三年目でしたろうか。もうあまりはっきりしませんが何でも秋の終、今ごろの季節でしたね。君は思いがけなく飄然と現われた東京滞在の忙しそうな三四日のうちの数時間を割いて二度までも訪ねてくれた僕の目白坂のあばら家も幸に戦火を免れてまだ残っていますから、あの家も機があればまた君を迎える事が出来るわけです。ただ家の主《あるじ》はこの二三年のうちに髭はすっかり白くなり歯は落ち頭の毛も半分以上白く、君とはじめて会った頃の面影はもう見出すにむつかしいほどの老人になってしまいました。しかし君に対する友情は昔に変るところもありませんから、今度はこの前の時とちがって心置きなく君の旅装を僕の家で解いてくつろいでもらい度いものです。この前の時には君もそわそわと落ちつかない様子が見えていたし、僕にも自分では気づかないながらに、きっとそんなそぶりが感ぜられたろうかと思います。何しろ君は敵国の都に単身乗り込んで来ていたわけですから、君は旧友に対してさえ打とけ難いものを感じたのはさもあるべき道理です。君は僕に対して警戒しているというような何物をも感じさせはしなかったけれど、ただ後日僕に対して迷惑を残して行ってはならないというつもりらしい多くの心づかいを僕は君に見てとったものでした。

まさか僕は君を敵方の間者《まわしもの》と考えはしませんでした。それでも君が慌しく帰ってしまってから直ぐ後に、君の親友の郭抹若《かくまつじゃく》君が千葉の寓居《かりずまい》からこっそりと脱出して帰国した事件が起った時には、その半月ぐらい前に君が郭君を訪問した事実を知っているだけに、僕は君を郭君の脱出の打合せの連絡係を兼ねた勧誘の使者ではなかったろうかぐらいには考えないではありませんでした。というのも郭君の寓居へ案内しようという僕の申出を固く辞退したり、しばらくぶりの無駄話に夜が更けても、無理に車もなく宿に帰るといい出していくら引き留めても僕の家に泊ろうとしない遠慮ぶかい君の心づかいなどが僕に君の東京へ来た用事をそんな風に思わせたものでした。

郭君が平和な学究らしい千葉の隠栖《かくれが》から祖国の渦巻の中心へ思い切ってそれこそ海燕のように飛び込んで行ったその燃え上るような決意にも僕は感激しないではありませんでしたが、その夫人と二人の愛子とを日本に残して行った心には日本人として特に感銘の深いものがありました。夫人が日本の産《うまれ》だからと云ってしまえばそれまでの事ですが、あの際あの場合に愛妻と愛児とをあのまま、あそこに残して行った郭君の心を自分は有難く忠うのです。日本に対する理解と信頼との深いものがなければ到底出来ない筈だからです。

郭君のこの心はやがてあの情勢のなかでひとり飄然と東京に乗り込んで来て帰りに台湾を経て福建へ行こうと僕の同行を誘《さそ》った君の心にも、亦その誘《いざな》いに対して一時は君と一緒に出かけて行こうかと気軽るに考えた僕の心にも相通ずるものがあるのを感じます。つまり我々は一様に敵国という観念が相互に一向強く認識されて居りません。君たちのように青年時代の教育を我国で受けた人々にとっても、また僕のようにお国の旧い文化を自分の国のもののように愛する者にとっても、あの時既にあれだけになっていた事変も格別の支《さし》障《さわり》とは感じられなかったのですね。奇妙に思う人さえありましょう。僕の有難いというのはここの事です。

いつぞや今は亡き徐志摩《じょしま》君が至極簡単明瞭に

『お国と我国とのさまざまな紛糾《いざこざ》はみな軍部の仕業でお国の一般の人民とは関係のない事です。それは我が国の一般民衆にもよく判っています。お互両国の知識人同志がもっと強く民意を代表するようにしたいものですね』

と僕に向って言い放った事があります。そうそう確か君の通訳を煩わしたかとおぼえていますが。軍部という今日では世界語になろうとしている日本語がその頃の自分には耳新らしく聞えて、日本語を話さぬ徐君が特別な発音でお国の言葉のなかにそれを雑えたせいか、僕にはそれがお国で出来てお国で流行している特別な日本語のようにさえ感ぜられたものでした。

今にして思えばあの前後にもさまざまな大小の事件がいつも引切りなしに繰返されていたために、徐君があんな事を初対面の僕にまで話されたのでしょうが、それが積り積っているうちについ大きな事変が生れて来てしまったのでしょうが、それは徐志摩君の言葉のとおり無論直接は我々の関《かかわ》り知った事ではありませんが、しかしそんなさまざまないやな事どもがそんなにひどく育ち上って来るまで、やめさせる事の出来なかったのはやはりお互両国の国民の責任で我々文化人とても決してその責なしと云い切れないものを感じます。我々の関り知らぬところと打捨てて置いたのがそもそもよろしくなかったのではありますまいか。また徐志摩君の云わんとしたのもこの意味だったのではありますまいか。徐志摩君が不幸にも亡くなられたので今日改めてあの時の意見を聞く事も出来なくなったので、徐君の代りにというわけでもないが君の御意見を知りたいと思うのです。話が理に落ちてしまいました。過ぎ去った不愉快な事どもを今更詮義するには別にその折もありましょうから、今はしばらく温める機会を奪われていた我々の楽しくふるい友情の歴史をふり返って見たいものです。

あれは僕が三十になったばかりの頃とおぼえていますから、もうかれこれ二十五年ぐらい前になりましょうか。渋谷の道玄坂の上の草葺の田舎びた小さな僕の寓居《かりずまい》に君がはじめて現われた時、君はまだ金ボタンの大学の制服のズボンの膝を窮屈らしく揃えていたように思い出します。その四五日前に田漢君が来てやがて君の来訪のある事は君の伝言《ことづて》で承知していました。君は前から芥川龍之介と面識が出来ていたとかで、芥川から僕への紹介状をと思ったのに、芥川は君が田漢君を通じて申入れている以上は別に改まった紹介状にも及ぶまいと云ったからというような挨拶もあったと思います。そうそう、庭に早い山茶花の咲きはじめていたのを君は目ざとく見つけてささやかな庭の風情を賞《ほ》めてくれた季節でした。君の流暢に落ちついた日本語に僕が敬意を表すると君は高等学校からの留学で郭抹若君も同じく日本にはもはや五六年居る事や僕の作品は高等学校時代から親しんでいるとも話しましたね。君は僕がはじめて文壇に出た頃からの読者だったわけです。我々の話題はまず君の留学生生活や福岡と東京との比較につづいて、君の僕の作品に対するひかえ目な批評となり、僕の方の話題はその二三年前に遊んだ台湾や福建地方の旅行談が主なものであったろうと思います。あの頃僕のあの旅行の紀行文はまだ出来上っていませんでしたから。君がもう一度台湾や福建へと僕を誘ってくれたのもこの最初の話題のつづきであったわけですね。君のうちとけた話ぶりと人なつかしげな応対に初対面の客に対しては一たいに口数の少い僕も話がはずんで二時間以上もお喋りをした上、君が帰ると云い出した時には、夕日のなかをわざわざ近所の黄色くなりはじめている稲田の間の道を駅の方へ案内したら君は市中とも思われぬ田園の趣を喜んでくれました。僕は自分の好《よ》き愛読者を君に見出したものでした。君も僕とはつき合えると思われたものか、その後或る時は田漢君とふたりで或時はひとりで時々僕のところに見えているうちに、君は大学の金ボタンを脱いで新らしい法学士となつて帰国してしまわれたが、我々の友情は君たちの帰国とともに終らなかった。その後五六年を経て、田漢君が前年《ママ》一別の時の約束によって僕を上海地方の漫遊に招いてくれた時、田漢君の世話になるよりも君の好意に縋《すが》る事の方が多かったのも因縁というものであったろう。

考えてみるに、君たちと東京で会った頃が我国とお国との関係も割合いに順調に行っていた頃であったらしい。そのせいで君たちのような留学の人々も多かったわけだったのですね。それが五六年経つうちに我々の友情は一向に何等の変化もないのに、お国と我国との間柄が何故かあまり円滑で無くなってしまっていた様子でしたね。或は後年の事変の兆さえもうこの頃現われていたのではありますまいか。そうしてその影響が君の身辺などにも多少そんな動揺の波紋を感じさせてはいませんでしたか、僕はそんな点ではまるで無神経だから当時は一向気がつきませんでしたが、後年になって少々思い当る節があります。当時南京で国民政府の役人になっていた田漢君が僕を呼びはしたものの多少持ちあつかった形が見えたのも或はそんな関係もありはしなかったのか知ら。これは僕の思いすごしでもあろうが、田漢君が多忙で僕をうち捨てて置いたおかげで僕は君の友情にひろい上げられたわけです。そうして僕の旅愁をまぎらそうとお国の多くの若い文学者たちに引き会してくれたのも君でした。君のおかげで僕は近ごろのお国での詩人と許すべき徐志摩君やその美しい小柄な夫人や、ヨオロッパから帰ったばかりの王独清君やその外にも多くの人々に会う事が出来たのです。あのソオセージのような鼻と尊敬すべき才能とを持った抒情詩人徐志摩君はその後飛行機の事故で亡くなったのはその事の後大ぶん日を経て伝聞しましたが、場所は杭州の飛行場でしたか。田漢君とはあの時揚州で袂を分ったきりまだ再会の機はありませんが、前年北京にいた折から、新聞は徐州会戦の記事で賑わっている間に徐州飯店《ホテル》の宿泊人名簿中に田漢の名が見えていたから従軍しているらしいという記事を見てその健在を知り、この人も亦嵐のなかに吹きまくられているのかとその近況を想像して感慨を催したものでした。

事変以後はお国の雑誌などを見る機会は全く無くなってしまっていましたが、それでもいつぞや大東亜文学という雑誌の創刊に当ってその編輯上の参考にとお国の文芸雑誌を人々が寄せ集めて来たなかに、何とかいう雑誌のいつやらの号に詩人王独清君を大々的に評論したものがあったのを一読したら、王君を新詩壇第一の大家として極力礼讃しているのを知って、一瞬間、あの青年詩人に対する讃辞としては聊《いささ》か仰山すぎるのを感じたものでしたが、思いかえしてみると当時ヨオロッパから帰ったばかりのほんの白面の青年であった人も、今日では既に男盛りの域に達する筈だから堂々たる大家となって後輩からこの崇拝を受けていても毫も怪しむに足りないと気づくとともに君との交友も亦久しいものだと感じた事でした。王独清君の成功を聞くにつけても、あの頃、王君とよく連れて歩いていたもうひとりの人――画家でしたろうか、何という名であったかおぼえていませんが、独乙から愛人らしい人をつれて来て郷愁のためにヒステリックになっているその人を持てあましていた人があったのを忘れませぬが、あの人たちは後にどうなったでしょうか。田漢が僕たちを上海に捨てて置いたまま容易に南京から帰って来ないで空しく日の経つのを見かねた君が杭州見物の案内役を買って出られた時、人々は君が近ごろ杭州に新らしく愛人を得たために案内役を口実に杭州へ行きたがっているのだと噂したし、君自身も正直に僕もあそこにちょっと行きたい事もあり詳しい土地だからかたがた案内してもいいと思うと云ってくれたが、それが何のためであろうとも、西湖の美しい自然のなかに君の温い友情を適度に加味して回想するのは楽しい。しかし詳細はいつぞや書いて、君も読んでくれたと聞いたが、今日では記憶の角が磨滅してしまってデテイルは鮮明でない代りに、思い出す度《たび》に大体の感銘だけは音楽のように胸中に湧き上って来ます。

蓮の花の香で蒸せるような西湖六月の夜の花舫で埋まった賑わしさ。その舫《ふね》の一つに命じて君は湖上に君の愛人を迎えにやったが見当らないと佳人の代りに一抱えの蓮の蕾を折って来た気の利いた舟人もあった。三潭印月《さんたんいんげつ》では水に映った星かげかと見まがうように低く水面を這っている化け螢を見つけた。山の頂の大きな古寺《ふるでら》の山門から見おろした杭州の市街や湖水一帯にかけての眺望、そのあたりの山々に関聯した仙人たちの伝説のうちでは紫雲洞の大晦日の夜ここに現れて、債鬼を逃れている貧乏人を助けたという仙人ならぬ仙人の洒脱な話なども忘れ難い。刻々に白くなって来る銀河《あまのがわ》を見ながら杯を呼ぶ楼外楼の晩餐や杏花村の木かげの食卓の豊かさなどは代用食時代の今は思い出すまい。行く先々で我々は前の前の年あたりここに遊んだ芥川の噂を時々話し合ったものであった。君は舟のなかから一構の邸《やしき》を指しながら「これは西冷印社といって上海を中心とする文人墨客のクラブのようなところで、牡丹の多い庭園など一見の値《あたい》がないでもないが生憎と日が暮れかかったから割愛してもいい」と舟人に命じて君は舫を裏湖《りこ》に急がせて林処士の四阿《あずまや》に僕を案内してあすこの夕月の下で低徊久しくしましたね。僕の作品を隈なく味ってくれて僕の性癖と趣味とを残らず会得してくれている君はあの広い名勝のなかから無駄なく適当にあんばいして、ほんの三泊五日かそこらの短い時間に君は実に要領よく西湖の大観を捉《つか》み出して僕を楽しませてくれました。或る日は車を馳って銭塘の六和塔《か》に連れて行って十三層の楼《たかどの》をよじのぼり、そのなかに巣をくっている鳩の群の平和に、もの静かな生活を驚かしつつ煙草をふかしながら君は遠く右手の方の川に沿うた道を指しながら、「あの路の方をずんずん行くと僕の故郷の村なのだけれど、予言者は故郷に容れられないから、僕はこのあたりまでは度々来るが故郷へはめったに帰らない。両親はもう早く居なくなってひとりの兄がいるわけである。この間も向うの方へドライブしていたらひょっくり兄が自転車でよたよたと向って来る。あまりの御無沙汰でバツが悪くて困った事があったよ。兄も僕の方を見かえりがちに足もとめないで行き過ぎてしまったがね」と君は笑いながらそんな事を話した。

あの時どういうわけであったか。あの辺一帯にお国の軍人をいやに沢山見かけましたね。上海からの汽車の内にもところどころのプラットフォムでも駅長や助役らしいのに導かれて乗ったり降りたりする将校連も幾人かいて、おかげでそんなところでは汽車は十五分も二十分もおくれた。来て見ると杭州の城内の到るところ、また西湖の蘇堤や白堤の上にもカアキ色の列がうようよと簇《むらが》り通っているのが見られたが、それに対して君は日ごろのの柔かな口吻にも似ず鋭く、

「あんな色あいの毒虫どもが自然のなかをうろつくと風致を台なしにし、人間の間に来て威張りちらして生活の秩序を大小となくごったかえすのは実に心外千万ですな」

君は食堂で威張り散している軍人を尻目にかけて激越なことを平気で呟いたが、軍人優待のあまり我々を一時間ばかりも無視していた食堂ボオイと軍人とに対して君は終に軍人以上の見幕でどなりつけましたね。「毒を以て毒を制すだ。威張られるほどペコ〳〵する奴や威張る奴にはこれより外に手がない」と君は悲しげに苦笑《にがわらい》した。君は徐志摩のように我が国の軍部を云々する代りに、恐らく同じ事を自国の軍閥に関して、いや世界中古今

東西のあらゆる軍隊に対して云ったのでしょう。今日わが国の軍部を罵る事は何人にも出来るが、その頃のお国の軍閥を云う事は勇気の入《い》る事でした。この一情景を君の人柄と思想とを雄弁に語るものと思い、僕は真の文化人の姿を君に見て、君のあの時の悲しげな苦笑をその後《のち》久しく記憶にとどめて居ります。

君との交際が深くなるにつれて僕は君がお国の古い文人や墨客の風格を具えているばかりか、お国の一般の若い文学者に似合わずお国の古い文学に対して愛情と造詣とを持っているのを知って君が記念にと白扇に女人の別離を歌った宋人の古詩を題してくれた時君の旧文学に対する造詣を言い出すと、君はにっこりと白い歯を見せて

「いや、僕の漢文はお国の高等学校仕込だから大したものさ。」

と事もなげに語ったのも忘れません。また或る時、君はわが国に対する愛情を告白して

「僕は病気になると日本のおかゆや味噌汁を四五日食べるとかげんがよくなるよ。きっと体質に合っているのだね。」

と云った事もありましたね。

君が新らしく杭州に得たと噂されていた佳人王映霞を君は我々の到着の夜早速つれ出して我々に婚約者として湖畔で引き合してくれて後その人を我々のホテルのベランダに迎え

て、次の日からは我々の湖上の舫のなかへ我々の談笑の仲間に加え、また一日は王氏の家庭の晩餐に我々を誘い招いてくれたりしました。人々は君の好まないにも拘わらず君を江南の才人と評していたが、王映霞と君とを並べると正に好一対の才子佳人でその和楽の状《さま》は我々のはたの見る目にも楽しみを与えるものでした。杭州の愉快な五日の後君は僕たちとともに上海の宿に帰ってから留守中に僕に宛てて送られていた電報によって芥川自決の悲報に接したのだから、我々の西湖の遊《あそび》は昭和二年の夏の事であった筈だ。湖畔や湖上で我々が度々芥川を思い出して話題にしたのも偶然でなかったかと話したものでしたね。

いよいよ上海で君と袂を分つ時君は程なく我々を日本に追っかけて東京で再会しようと約束したものでした。事実、君と君の第二夫人王映霞との結婚成立を祝した品が夫人の友人の手製らしく妹　某《なにがし》と署名を刺繡《ぬいとり》して東京の僕の家気附で送りとどけられ、途中で包装のこわれた隙間から僕はその品を認めたので当時その事を君に報告すると、その手紙と入れ違いに君の方からは東京行の事はその後都合で実現出来なくなったという通知によって愛の亡命者を家に迎える事の出来ないのに僕は失望してお祝の品は君の方へ送りとどけました。

その後十数年を経過して、近年君と王映霞との愛情が有終の美を済《な》さないで破局を告げた事が事変の最中に我が国にも伝えられ、事に関する君の手記が飜訳されてさる雑誌に掲げられたのを見て、往年の湖上の才子佳人を知っているだけに君の痛憤と悲歎とを「王氏失節ノ婦我ガ一時ノ婢妾《ひしょう》映霞」などの句によってお察ししました。人生は無常迅速、有為転変である。変ったのは君の方ばかりではありません。あの時、僕が西湖までつれて歩いた女房は君も御承知のとおり、あれから四五年後に離別しましたが、それがつい三年程前に病気で亡くなりました。その忘れ形見で一ころは僕のところへ連れ子で来ていたみよ子というのは母の遺言で結婚して男の子が出来、二人目がお腹にあったが、夫が応召している間に横浜で空襲にあいぱったり消息がなくなったので心配して居ります。また西湖に行った時君たちが僕の妹だと思っていた僕の姪はその後不幸な結婚をして二人の子供の母となって、長男は君と同じく達夫と名づけられて今年は十二になりました。君もやがては五十でしょう。

この多難の日に何も三千里外に電波を馳ってこんな月並な述懐や一身の回想や愚痴に耽りたくて君に呼びかけたのではありません、重要な目的は君に古い友情を思い出して貰って、それをたよりにためらい勝ちにもみじめなわが手を差し延べて君の渝《かわ》らぬ友情を新《あらた》に求めたいと思うのです。今僕らはみじめな敗戦国の民です。東洋の盟主、指導者のように思いあがっていた昔の夢も今は名残なく打砕かれました。東洋の君子国の自負の代りに、世界の侵略者、陰険な民族の名に甘んじなければならなくなったのです。九天の高きより九地の底に落ちて呻き呻いています。自業自得蒔くところを刈ると云われればそれまでの事ですが、ライネッケ狐のような指導者にあざむかれていた民衆を思えばさすがに一掬《きく》の涙無きを得ません。つらつら思うに、日本人は剛毅なセンチメンタリストです。たとい剛毅ではあろうともセンチメンタリストはセンチメンタリストです。一度は苛酷な現実の洗礼を受けなければなりませぬ。僕たちは悪い夢がさめて今その現実に直面しているのです。

我々は今更国内で、責任をなすりつけ合ったり、かえらぬ愚痴を並べたてている、そんな恥さらしの間《ひま》もありませぬ、道はただ一つです。四面楚歌の間に起ち上って、一刻も早く祖国を改造しなければなりませぬ。君たちも御存じのとおり、我々日本の文化人という者は実に無力な存在です。その無力をも顧みず、我々は今祖国復興の中心になろうと志しているのです。我々はいかにも無力ですが、その無力のおかげで他の社会的に有力な人々に比べてまだしも正義と人道とを愛する念が傷けられていないというだけの自信はあります。我々の祖国に対する愛情が純粋なためです。これを勲章の種にしようとは思いませぬ。

郁達夫君、僕は君たちの我々に対する友情を信じます。君が青年時代を過した日本の土地と、その民とを思い出して見て下さい。必ずしも陰険至極な奴ばかりの国とはお思いになりますまい。君たちは我国の多くの短所とともに多少の長所をも見て知っていてくれる人々です。

我国は今世界中に君たちのような人々を求めているのです。君たちのような親友の岡目八目の批評こそ我国復興のための最も必要な忠告なのです。それは世界のあらゆる隅々に求めなければならないが僕はわけてもお国の人々の意見を求めること最も切なる者です。キプリングの詩の句ではないが、「東は東、西は西。」東洋を知る者は東洋人だからです。

お国とわが国との親善は久しく空念仏《からねんぶつ》に謳われて来たところでしたが真にそれが要求されるなら今日よりこれを実現するに絶好の機会はありますまい。そうしてこれを成すためには両国の文化人がその結び目になるべきであると僕は考えます。つまり君と僕との友情のようなものが自然にお互の国中にひろがって行く方法はないものであろうかと考えてみるのです。

お国の人々がこの機会に旧い怨をも新らしい憤をもすっかり忘れてしまう大きな気持はないものでしょうか。そう頼むのは虫の好すぎるお願でしょうか。それではどうすればいいとお思いですか。お考をそっくりあけすけに仰言ってみて下さい。我々のいう親善とは口さきだけで外交辞令を交換することではなく肚の底で思っているところをあけすけに歯に衣きせず語り合う事が第一歩だと思います。

僕はお国の学生や文化人知識階級の人々がお国を近代国家として向上成長させるために努力された役割をよく知っているつもりです。それでお国とわが国とを結びつける一役をもその人々にお願したいのです。いかに有力でも政治家や軍人は間には立てますまい。君や郭君などのように我国に留学した人で、一般から信頼される人々が率先して事に当って下さるならば僕の希望もただの夢には終りますまい。

お国も今は容易ならぬ時代と存じます。折角御自愛御加餐下さい。さようなら。昭和二十年十月二十二日。

編者解説　無謀で無類の中国紀行

河野龍也

一　本書の構成と新資料の紹介

異国の地を最初に踏む時の不安と高揚感は、誰の心にも深い印象を残すものである。新たな刺激が一つ一つ記憶に焼き付けられる反面、知らずに危険に近づいて後から冷汗をかくこともある。言葉が分からなければ、それから先は度胸だけがものを言う。佐藤春夫の中国紀行からは、身の回りのすべてが謎めいて見える世界を、手さぐりで掻き分けて進む旅人の息づかいが聞こえてくるようだ。

春夫は生涯五度中国大陸に渡っている。本文庫には、主に最初の二回の旅に関連する作品を選んで集めた。また、新発見の原稿から、長らく内容が不明だった『わが支那游記』を復元して収めることができた。最初に旅の概要と本文庫の構成について述べておく。

一九二〇（大正九）年夏、春夫は台湾で歯科医を営む旧友の東《ひがし》熙市《きいち》に招かれ、七月から南部の都市打狗《タカオ》（現・高雄）に滞在していた。家庭問題から神経衰弱に陥り、心機一転のため旅に出ていたのである。そこで厦門《アモイ》出身の鄭という青年と知り合い、彼の案内で海峡対岸の福建省に渡った。最初の『星』『南方紀行』はこの旅から得られたものである。

『星』は福建・台湾地方で広く親しまれている「陳三五娘《ちんさんごじょう》」の伝説から構想されたもので、漳州に同行した台湾人教師の徐朝帆からその筋を聞いたという。戯曲『茘鏡《れいきょう》記』『茘《れい》枝《し》記』や小説『茘鏡伝』など、明末に数種の版本が出ており、当然、泉州南安の英都から出て明清二朝に仕えた洪承疇の故事は後から付会されたものである。夫婦の情愛や運命の非情さを主題に古い民話を新しく甦らせた『星』は、台湾旅行後、谷崎潤一郎に勧められた千代夫人との縁談が突然撤回されてからの、塗炭の苦しみの中で書かれた。

『南方紀行』は、探偵小説風や戦国絵巻風などそれぞれ体裁を変えた六つの連作を通じて、「排日」と内戦に揺れ動く中華民国九年の中国の姿をリアルに浮かび上がらせている。台湾での見聞は別に『佐藤春夫台湾小説集　女誡扇綺譚』（中公文庫）があり、本文庫はその姉妹編と言ってよい。日本の植民地問題を多角的に描いた春夫の「台湾もの」は、現代の台湾でも高い評価を得ているが、体験の特異さと社会への鋭い切り込みでは、『南方紀行』も全く遜色がない。

二回目にあたる一九二七（昭和二）年の旅では、直前に来日した劇作家・田漢の招きで妻タミ・姪智恵子と共に上海に渡り、作家の郁達夫や田漢の世話で杭州と南京に遊んだ。

この旅の思い出は後年、短い文章で散発的に発表されていく。そのうちの主要な三篇を《郁達夫と田漢》としてまとめた。郁達夫との交流は別に『旧友に呼びかける』が詳しい。

　春夫自身はほとんど書き残さなかったが、上海滞在中には日中文壇人と盛んに交流したことが、残された写真や郁達夫の日記から窺われる。『老青年』は上海で出会った俳人・島津四十起《よそき》と文筆家・池田桃川《とうせん》の二人をモデルとした創作である。島津は一九二一（大正十）年、上海を訪れて病に倒れた芥川龍之介を世話したことでも知られる。作中の俳句は島津の句集『荒彫』（自家版、一九二六年十一月刊）に見える。また春夫が南京で見逃した雨花台の絶景を、『老青年』のもう一人のモデル・井上紅梅の『紅い土と緑《あお》い雀』（支那風俗研究会、一九二六年十一月刊）に学んで活写した作品に『南京雨花台の女』がある。いわゆる「支那通」として名を馳せた井上は、蘇州出身の女性・畢碧梅と一時南京で暮らした。民国十一（一九二二）年正月ののどかな南京風景に、一九三七（昭和十二）年の「悪夢」を中国人の視点から点出したのが春夫の創意である。本文庫ではこの二作を《市井の人々》と題するカテゴリーに入れた。デビュー以来、春夫は陋巷《ろうこう》にひそむ風来坊の生活に関心を寄せているが、これらもその系列に連なる作品と言える。創作手法を読み比べてみるのも面白い。

　前述の二回の旅行のほか、春夫は一九三八（昭和十三）年に連続して二度中国に渡った。文藝春秋社特派員、海軍従軍文士として、前年に始まった日中戦争の取材を任務とした。

また一九四三年から朝日新聞社の従軍記者として南洋を視察し、四四年に空路帰国する際、数日上海に足止めされている。これらは日本の文学者の戦時中の動向としてゆるがせにできない部分だが、本文庫ではその関連作を採用しなかった。作家自身による個人旅行の自由な観察を、まずは読者の味読に委ねたいと考えたからである。

ただし、この欠を少しでも補うために、春夫が最後のものを除く四度の中国旅行に言及した戦時中の一文『わが支那游記』を収録した。この文章は、一九四三（昭和十八）年、武田薬品が出していたPR誌『生活文化』七月号（一九三六年十一月創刊。英語追放の影響で一九四三年一月に旧名『ホームグラフ』から改名）の広告でタイトルだけが伝わり、掲載誌未見で全集でも読めなかった。その原稿が佐藤家から見つかり、今回新たに公開するものである。「日本人が沢山渡って行ったことだけが北京にとっては一種のおだやかな戦禍であろう」というような内容を、太平洋戦争もたけなわのこの時期によく書けたものだと驚かされる。

『わが支那游記』を読むと、春夫の中国への思いが、谷崎潤一郎と芥川龍之介という二人の作家への盟友意識に結びついていたことがよく分かる。谷崎は一九一八（大正七）年、朝鮮満州を経由して天津・北京・漢口・廬山・南京・蘇州・杭州（西湖）・上海の各都市を歴訪した。芥川もまた一九二一年、谷崎の訪問先に長沙や洞庭湖を加え、逆回りに巡遊して帰ってきた。芥川は谷崎の『秦淮《しんわい》の夜』（『中外』一九一九年二月号、『新小説』同三月号）に刺激されて『南京の基督』（『中央公論』一九二〇年七月号）を書き、旅行後に『支那游記』（改造社、一九二五年十月刊）と『湖南の扇』（『中央公論』一九二六年一月号）を書いた。後者には春夫の『女誡扇綺譚』（『女性』一九二五年五月号）の影響も指摘されている。一九二七（昭和二）年七月二十四日、春夫が南京行きを延期し、急遽杭州に行先を変えたその日の早朝、かつてそこに遊んだ芥川が田端の自宅で命を絶った。「誄《るい》を書くのは君なのだからね」と芥川に託されたという春夫が書いたその誄（追悼文）には、上海に帰って芥川の死を知った春夫の驚愕が記されている（『芥川龍之介を憶う』『改造』一九二八年七月号）。かくて二度目の中国旅行は、芥川の追想と切り離せないものになった。春夫が訃に接した上海の万歳館は、まさに六年前芥川が泊まった宿だった。

二　「排日」の迷宮

谷崎潤一郎、芥川龍之介、佐藤春夫。この三人の最初の中国旅行を並べてみると、つづく春夫の異質性に目をみはるばかりである。一見、大陸を縦横に移動した谷崎や芥川に比べると、台湾から海峡をひと跨ぎしただけの春夫の旅は、中国旅行としてよほどスケールが小さく見えるかもしれない。また厦門は観光名所の数でも、到底蘇州・杭州の敵ではない。それでも春夫の旅は、谷崎や芥川より実りが小さかったとは全く思えないのである。

というのも、長距離の交通手段が北京・漢口間の京漢鉄道や長江の水運に限られていた当時、大陸の大移動は誰でもほぼ同じルートを利用するしかなかった。旅行中の生活も、外国租界の快適なホテルに泊まり、整備された街路を歩き、現地の日本人に案内されて名所旧跡を巡るのが定番化していたのである。当然このような旅では、地元の庶民生活に触れる機会などほとんど得られなかっただろう。

しかし、春夫の旅は違っていた。渡航先の厦門は、台湾や南洋に無数の移民を送り続けてきた華僑社会の世界的中枢で、五百年の歴史が育てたこの民間交易港は、薄暗く湿った路地が複雑に絡み合う迷宮世界であった。アヘン戦争後にここを拠点としたイギリスも、この稠密な市街では海岸部にへばりつく程度の租界しか設けられず（一八五二年設置）、租界に上陸しても歩けばすぐ裏手に突き抜け、たちまち迷路のような庶民の生活空間に足を踏み入れてしまう。外来者なら皆尻込みするそんな不案内な場所へ、春夫は不慣れな英会話でようやく話が通じる中国人と二人で出かけたのである。

その上、当時の福建省は、日本人には安全な場所とは言い難い状況にあった。辛亥革命後の中華民国（一九一二年建国）で権力を手にした北洋軍閥は、国内利権を切り売りして外国の支援をあてにしたが、日本は第一次世界大戦中、山東半島の旧ドイツ権益移譲など二十一ヶ条の要求（一九一五年）を袁世凱政権に突き付けた。その一部が一九一九（大正八）年五月のパリ講和会議で追認されると、北京で発生した五・四運動は大々的な排日運動として全国に波及し、日本製品の破壊や不買運動が各地で起こるようになった。

福建省は台湾に近く、もともと商取引をめぐるトラブルが多い上に、「排日」で経済活動を阻害された日本居留民が学生団を襲撃する事件まで起き（福州事件）、特に対日感情が悪化しやすい地方だった。かつて首狩りの風習があった台湾山中の村々を、身に寸鉄も帯びずに踏破したという剛胆な学術探検家の森丑之助でさえ、春夫の計画には「同地方排日気分有之《これあり》御途中御用心のほど願上《ねがひあげ》ます」（七月二十日付書簡）と書き送ってきたほどである。そこからも、春夫がいかに怖いもの知らずの旅をしようとしていたかが分かる。

一九二〇年七月二十一日、打狗発の蘇州丸で春夫は厦門に向かった。そして翌日から八月四日に天草丸で厦門を発つまでの約二週間、春夫はリゾート気分とは程遠い日々をそこで送るのである。実は厦門にも三百人規模の日本人社会が存在していたが、中国人の鄭が案内人だったためかほとんど接点がなく、『南方紀行』には台湾籍民向けの旭瀛書院《きょくえい》にいた岡本要八郎院長（台湾で北投石を発見した鉱物学者）の名と、厦門日本居留民会発行の『厦門事情』（一九一七年十一月刊）が登場する程度である。しかし、日本語が自由に使えないハンディーが、通常の観光とは違う貴重な経験を春夫にもたらしたことは確実である。

「台湾もの」と同じく、ここでも春夫はよき出会いに恵まれた。厦門には、新高銀行支店長で日本語も巧みな台湾籍の林木土や、養元小学校長で英語に長じた中国人教育者の周坤元など人柄の優れた若者がいて、春夫を紳士的に扱ってくれた。作中に見える中国情勢の大部分は、彼らとの会話から得たものと思われる。耳学問だから当然、理解不足もある。だが、現地の声に取材した中国紀行が、当時の日本人作家によってはほとんど書かれなかったことを思えば、それだけでも『南方紀行』には優れた点が多いのである。

三　「日本人」と「異邦人」

冒頭の「厦門の印象」はもと『探偵小説に出るような人物』という独立したタイトルで発表され、後に『南方紀行』に収録された。複雑怪奇な路地の街・厦門で消息を絶つ同行者の怪しげな印象がいつまでも後をひくこの章は、『南方紀行』の巻頭にふさわしく、ミステリアスな雰囲気の中に現実の恐怖を点綴した一種のスリラーと見てもよい。

少し目先を変え、背景に出てくる煙草の広告に注目するとさらに面白い。巨岩がゴロゴロした厦門に汽船が近づいていくと、港の外側がおびただしい煙草の広告に覆われているのが見える。舢舨《サンパン》（渡し舟）に乗って英租界に降り、狭い路地を連れまわされてやっと宿につくと、部屋の壁にかけられた美人画もよく見れば煙草会社のポスターなのである。

春夫は特段の意識もなく実景を描写しただけかもしれない。しかし、パイレート・ピンヘッド・ピーコックなど港外から見える広告がすべて外国煙草であり、路地裏の宿のポスターが「喜鵲《きじゃく》」という中国煙草の宣伝だったという対比は、厦門という租界の本質をも

南洋兄弟煙草有限公司民国九年月份牌（1920年）　作中に登場するポスター（68頁）。左下2番目が「喜鵲」。（上海市歴史博物館蔵）

ののみごとに射抜いている。

「喜鵲」とは、一九〇五年設立の南洋兄弟煙草公司が販売していた国産煙草の銘柄である。この会社は辛亥革命を機に、華僑の間で高まった国産品保護の愛国気運に乗って南洋で成功し、一九一八年から上海に本部を移して本土展開を図っていた。主力銘柄は「愛国」。その名の通り、中国民衆の民族主義を鼓吹する激しい広告手法で外国製品に対抗した。

つまり、厦門の第一印象に刻まれた煙草広告からは、港に押し寄せる外国資本の攻勢と、これを路地裏から迎え撃つ民族資本の熾烈な経済抗争の構図が見て取れるのである。それは「青島《チンタオ》問題」（山東権益移譲）や「国恥」（二十一ヶ条要求受諾）を指弾する「排日」のビラが貼られた「町はずれ」での体験（七八頁）とはっきりつながっている。

南洋煙草のポスターを掲げた南華大旅社が、日本人客をあまり歓迎しない宿だったことは、寝台に豚の骨を仕込まれる一件によって春夫にも後から分かってくる。この旅館は一九三六年まで、港を守護する水仙宮脇の市場の中に実在したが、そこは市区改正前の厦門ではとりわけ下町気分が濃厚に漂う場所だった。日本人経営の旅館なら厦門にも別にあり、もし案内人が日本人であればわざわざ選ぶはずのない宿である。そこに宿をとるのが平気な鄭や陳と、そこで不快な思いをする「私」との間には決定的な立場の相違がある。

紫煙をくゆらす美人ポスターのもと、被害妄想が昂じて眠れなくなる「私」と、アヘンの煙に巻かれつつ、私娼の腕で昏睡し続ける陳。この二人がネガとポジの関係で描き出されているのも物語的であり、巧みである。日本国籍であっても、同じ言語で厦門に溶け込める台湾商人と、溶け込めない日本人との差がくっきりとあぶり出されている。そこには文化と国籍との不連続な関係を厳しく見据える春夫の眼が光っているのである。

さて、到着三日目の七月二十四日、春夫たちは宿を厦門市街から鼓浪嶼《コロンス》の養元小学校宿舎に移している。鼓浪嶼とは、厦門市街の狭小な租界にかわって、諸外国が領事館や教会、住宅の用地として開発を進め、一九〇二年に万国共同租界に指定された向かい合わせの小島である。ここは政治的に一種の安全地帯として機能したため、日本の支配から逃れてきた台湾の門閥が暮らしたり、南洋で成功した華僑の富豪が余生を楽しんだりする場所になった。彼らの豪奢な生活は、厦門から出稼ぎに向かう貧しい労働者たちを奮起させた。

海上花園と呼ばれる島上には、国際色豊かな大邸宅と庭園が今も残り、その独特の建築文化によって二〇一七年に世界遺産に登録された。「章美雪女士之墓」の瞰青別墅《かんせいべっしょ》（九二

鼓浪嶼に残る瞰青別墅　ベトナム（仏印）華僑・黄仲訓の邸宅。日光岩の麓の景勝地を占める。作中に見える門柱（93頁）も現存。

頁）、「集美学校」の菽荘花園《しゅくそうかえん》と観海別墅（九八頁）は、春夫が見た当時の姿をほぼ現在に伝えている。また、陳嘉庚が一九一三年以来、近郊の集美に建設を進めた各種学校も、集美学村という中国有数の学園都市を形成し、一九二一年設立の厦門大学と共に健在である。

　集美学校の国文教師・陳鏡衡（士衡）から漢詩を贈られたことが、春夫にはよほど嬉しかったようだ。故郷の父に全文書き写して手紙で報告している。詩中の「黑甜」は熟睡の意味（一〇六頁）。日増しに悪化する国情の中、人々がアヘンの眠りの中に安閑としている現状を、足ずりする思いで憂慮する詩人の真情が汲み取れる。また、学校の控室で読んだ小説「藍色《ランスー》玫瑰花《メイグイホワ》」〔青いバラ〕は、女性が愛の力で伴侶を選ぶ恋愛の自由を謳いあげた寓話とも読める。旧来の陋習に挑戦し、社会の近代化に努力する人々の志に注目している点は、中国に漢詩文の情緒ばかりを求めがちだった当時の日本人と一線を劃《かく》している。

　その一方、思い切り甘い旅愁に浸らせてくれるのが「鷺江の月明」である。集美から厦門へと漕ぎ戻る舟からの絶景が、様々な西洋絵画と西洋文学のイメージで塗り重ねられていく。日本人として中国を旅する重さに疲れた春夫が、中国にも日本にも直接関係のない西洋芸術の力を借りることで、自分を抽象的な「異邦人」の立場に置き直し、つかの間の陶酔を自らに許したような章である。青い月下に貴公子の林正熊と美妓の小富貴が並んだ様子は、「藍色玫瑰花」の恋人たちをそのまま地上に見るような美しさである。

なお、「鷺江の月明」は、今ではほとんど記録が残っていない廈門の花街の賑わいを伝える貴重な文献でもある。藔《リャウ》仔《ア》後《アウ》は北管（北方音楽）を専らにする最上級の歌妓（堂子《トンツ》班《パン》）が集った場所で、旧暦一日と十五日は「天官賜福《ティエンクワンスーホク》」という特別な曲目を演奏させることができた。この遊びを「開天官《クイティエンクワン》」と呼んだ（「北館」「開天冠」は春夫の誤り）。「南館《ママ》の打茶囲（Khui le poa）」（一三四頁）も恐らくは「開茶盤（Khui tê pôa^n）」の誤りで、廈門ではいずれも歌妓が総出で客に茶菓を進めるサービスを意味する。これらの花柳用語を春夫は曲目と勘違いしている。

こんな誤記や誤解は、走り書きのメモを後から文章にする際よく起こる取り違えである。この章に登場する多数の花柳用語や音楽用語を、春夫はその場でメモしていったのだろう。華やかな宴の中、酒と美人に目がない鄭が、春夫に筆談で丁寧に教えている風景も目に浮かぶ。そこに彼のごく親切な心根が滲み出ている。こんな小さな誤りさえ、本物の異文化体験の証であるならば、そこから現場の息吹が今に吹きかよってくる気がするではないか。

四　革命の最前線

八月一日朝（旧暦六月十七日）、春夫は厦門の英租界から小蒸気船に乗って内陸の漳州を目指した。「漳州」はその体験記である。この旅には、所用で台湾に帰る鄭のかわりに、旭瀛書院の徐朝帆・余錦華と、漳州の開業医・許連城が同行した。

漳州に着いて見物に出ると、余からたまりかねたように、「あまり日本語で話をしない方がいい。皆、日本人を嫌っているから」と言われてしまう。彼らは台湾籍で、日本語ができるから通訳を頼んだのに、早くも見物どころではなくなってしまった。しかも、漳州では朱雨亭という別に用事もない英語教師を探し回る羽目になる。結局身近にいながら互いに気づかなかったことを後で知った経緯が、「朱雨亭のこと、その他」に描かれている。軍閥動向と都市観察を主眼とする「漳州」と、人の縁の果敢なさやすれ違いを描く「朱雨亭のこと、その他」とでは、同じ旅の記録でも違った味わいがある。後者は谷崎夫妻と絶交した後の落莫たる心境を描く連作『剪《き》られた花』（新潮社、一九二二年八月刊。原題『その日暮しをする人』）の一部『空しく歎く』から『南方紀行』に採り入れられたものである。

調べてみると、許連城は台湾籍でなく中国籍だったが、日本語堪能だった。しかし彼が春夫のために通訳を務めたらしい場面はない。漳州では数ヶ月前、日本の医療器具を使う別の中国人医師が吊し上げに遭う事件があった。余の警告は春夫には不満だったろうが、間違ってはいなかったのである。

さらにもう一つ、八月一日と三日、春夫たちが漳州への往復で小蒸気船に乗った同じ日の同じ船の群衆の中に、若き蔣介石もいた。その日記によれば、彼は上海に避難中の孫文に指示され、陳烱明《ちんけいめい》に軍略を授け、広州反攻を催促するメッセンジャーとして密かに漳州に来ていたのである。春夫が生涯気づく由もなかった事実だが、内戦再開を促す密使と偶然同船していたのだから、その旅は文字通り最前線を行く旅だったのである。

さて、「漳州」の面白さは、何よりも中華民国初期の一地方を舞台に、戦国絵巻さながらの人間模様を描き出したことにある。粗雑だが高貴な心情を持つ林季商、国士を自任する許督蓮、彼らを翻弄する陳烱明。三人の武将が三つ巴の人間劇を繰り広げる福建省で、謎の巨魁・陳が進める理想都市の建設は、果たして中国の光となるか闇となるか。陰湿な策謀家とも開明的リーダーとも言われる陳の根拠地に異国の旅人が潜入するというその筋立ては、まるで探偵小説のように緻密に構成されている。

広東軍閥の陳烱明が福建省に兵を進めてきたのは、実は一九一七年、北洋軍閥（北軍）に対抗して孫文らが旗揚げした広東軍政府（南軍）の北伐の一環だった。ところが、孫文は軍政府内の政変で失脚。陳烱明はやむなく福建督軍・李厚基（北軍）と停戦協定を結び、占領地を「閩南《びんなん》護法区」と名付け、その首府の漳州に進駐して、ここに理想都市の建設を始めたのである。それから約二年の間に次々と断行された改革により、漳州は東アジア初の社会主義都市となり、「閩南のロシア」（閩南は福建南部）と呼ばれるほど注目を集めた。

春夫の「漳州」は、陳炯明の改革内容を抜群の精度で伝える一方、漳州進駐に彼の搾取的野心を疑ったり、広州反攻を莫栄新との私闘として描いたりと、行動を個人の性格に帰して解釈する傾向が強い。孫文の動向が福建省の民間では当時十分把握できなかったのかもしれない。一九二〇年四月十四日に起きた安海事件も、その遠因は南軍の分裂にあった。福建地方の小規模な革命勢力は、孫文派の陳炯明と組むか、軍政府を掌握した広西軍・雲南軍と組むかの踏み絵を迫られていた。林季商（祖密）が陳炯明に疑問を抱きながら従ったのも、孫文に対する忠誠心からだった。有力軍閥のはざまで様々な切り崩し工作をかいくぐりながら、福建の勢力どうしも暗闘を繰り広げていたのである。

さて、春夫の同行者・鄭の正体について、そろそろ種明かしをしてもよい頃合だろうか。春夫の友人・東熙市は後に厦門に渡って勤務医になるが、その際、鄭享綬という人物を助手として招いた事実がある。彼は尋源中学という鼓浪嶼の教会学校を出て、英語に堪能だった。養元小学校長の周坤元とは同級生である。『南方紀行』の鄭は、この鄭享綬のことだと考えてよいだろう。鄭と周は学生の頃、厦門で袁世凱を批判した言論人の許卓然に影響を受け、一九一六年二月、ひそかに立案された軍事蜂起に参加する予定だった。ところがこの計画は、密偵のために漏洩し、未遂に終わっている。

周はその後も鼓浪嶼に残り、革命派への支援を続けた。養元小学校で久々に鄭を迎えた周は、厦門の革命動向を語り、同席した春夫も横で興味深く英語の説明を聞いたのだろう。春夫の漳州行きの決意や、「漳州」の記述は恐らくそこから生まれた。悲劇の許督蓮とは、経歴から見て許卓然のことである。「漳州」を春夫に書かせたのは、かつて許の指揮下に集い、革命への貢献を夢見た元学生たちの、いまだ冷めやらぬ熱意だったのである。

五　かけ違った友情

一九二七（昭和二）年七月十二日から八月三日まで、春夫は妻と姪と共に上海に渡り、郁達夫と田漢それぞれの案内で杭州・南京に遊んだ。二人とも日本留学時代から春夫をしばしば訪ねており、付き合いは古い。特に郁は春夫を最も尊敬する作家に数えていた。

上海に着くと、日中文芸家サロンの役割を果たしていた上海内山書店の内山完造が何かと世話を焼いてくれた。内山には前年谷崎も歓待されている。また、多忙な田漢にかわって郁達夫が春夫一行を毎日のように案内してくれた。そのおかげで春夫は上海文芸界の様々な文士たちと知り合うことができた。

中国人の顔ぶれは、胡適（評論家）・徐志摩（詩人）・王独清（同）・鄭伯奇（作家）・欧陽予倩（俳優）などである。日本人は前述の島津四十起・池田桃川など。この二人とは、郁達夫もまじえて七月十九日に料亭の六三花園やダンスホールに行き、明け方まで飲んだ。会合も盛んで、十八日には上海毎日新聞社歓迎会（於日本人倶楽部）、二十日には内山完造主催宴（於精進料理店・功徳林。三〇〇頁参照）、二十七日には内山が世話役だった文芸漫談会（於塚本助太郎宅）があり、偶然上海に来た左翼作家の井東憲とも漫談会で会った。

二十四日、郁の案内で杭州に赴き三泊滞在。彼は当時、文人王二南の孫娘で浙江省立女子師範学校出身の才女、杭州第一美人とも呼ばれた王映霞と交際しており、二十五日には彼女と共に西湖を遊覧。二十六日に王家で昼食をもてなされている。翌日上海に戻ってみると、内山からの電話で芥川の死を知った。『西湖の遊を憶う』は郁達夫の『日記九種』（北新書局、一九二七年九月刊）を繙《ひもと》きながら、当時の思い出について語ったものである。

南京には二十八日発の夜行で向かった。その後のことは『秦淮画舫納涼記』と『曾遊南京』に詳しい。七年前、漳州に向かう小蒸気船で知らずに同船していた蔣介石に、到着の日、南京の政庁で面会を申し入れたが謝絶されている。よくよくの縁というべきか無縁というべきか。晩に上映された田の映画は『到民間去《ダオミンジエンチュイ》』（民衆の中へ）という題で左翼系の内容を含む。共産党員を大弾圧した四・一二事件（上海クーデター）から間もない蔣介石の南京政府でこれを上映できたのが一つの謎である。南京の新旧景観を見たあと鎮江・揚州に立ち寄り、八月二日に上海に戻ってきた。この日一緒に買い物に行く約束していた郁が夕方ようやく現れ、自分の身に危険が迫っていると言い残して慌てて立ち去ったことが春夫の姪のメモに残されている。『西湖の遊を憶う』に見える郁の言動に思い合わせても、あり得る話であろう。

本文庫には採用できなかったが、田漢の風貌は、来日中の交流を描いた『人間事《じんかんじ》』（『中央公論』一九二七年十月・十一月号、前半の原題『一旧友』）に詳しい。自裁直前の芥川の姿や、清朝の遺臣を自負する辜鴻銘と料理店で遭遇し、田の同行者が挑発されて辜と激しい罵り合いを演じる場面など見所の多い作品である。また本文庫との関係で言えば、一九二一（大正十）年十月十六日、田漢が当時上目黒に住んでいた春夫を初めて訪ねたとき、新著『幻燈』（新潮社、一九二一年十月刊）の冒頭に『星』が収録されているのを見つけて話がはずんだことが、田の日記に見えている（『薔薇之路』泰東図書局、一九二二年五月刊）。

上海で手放しの友情を示してくれた郁達夫とは、その後気まずいことになってしまった。春夫が国策映画用のシナリオとして発表した『アジアの子』（『日本評論』一九三八年三月号、のち『風雲』に改題）は、郭沫若と郁達夫をモデルにしたもので、日本に亡命中の郭（作中では汪）が、盧溝橋事件直後、日本人の妻子を置いて国外脱出した事件を描く。これを直前に来日した郁（初出では鄭）の手引きによるものとし、帰国して騙されたと悟った郭が、日本の華北開発の協力者となって最後に家族を迎えるという筋である。その中に郁が郭の愛人を奪ったとする一節などもあり、対日抗戦運動を展開していた郁はこれに激怒して『日本的娼婦與文士』（日本の娼婦と文士）（『抗戰文藝』一九三八年五月号）を書いた。

日本留学組の文筆家は、日中対立が深刻化する中で、交戦国の協力者と見られないために厳しい局面に立たされた。従来の情誼を前提に、日本の作家が何気なく発言したことすら、相手の立場に影響しかねないほど情勢は逼迫していった。文学は政治権力に虐げられてはならないと春夫は考えていたはずだが、政治情勢が生み出した立場の違いには敏感であるべきだった。それは春夫の想像を超えて二人の大きな懸隔になっていたのである。

日本が敗戦を迎えた年の年末、ラジオ放送された『旧友に呼びかける』の原稿には、春夫の深い悔恨がつづられている。『アジアの子』に対する郁の反応について、春夫が知っていた可能性がある。国籍の違いや政治の風向きに影響されず、両国民が自由で対等な友情を結ぶため、文学者として共に尽くせることはないかと春夫は切実に訴えかけているが、その訴えを聞き届けてくれる旧友はもういなかった。郁達夫は三か月前の一九四五年九月十七日、潜伏先のスマトラで秘密裡に殺害されていたからである。

国境を超えた友情が政治にいかに無惨に翻弄されたか。瞑目して思いを馳せると、春夫と郁達夫の深い友情とその蹉跌《さてつ》の経緯からは、現代の我々が真剣に受け止めるべき問いかけが聞こえてくる。「それでも友情を守るには、どうすればよかったのか」と。

（こうの・たつや　実践女子大学教授）

厦門

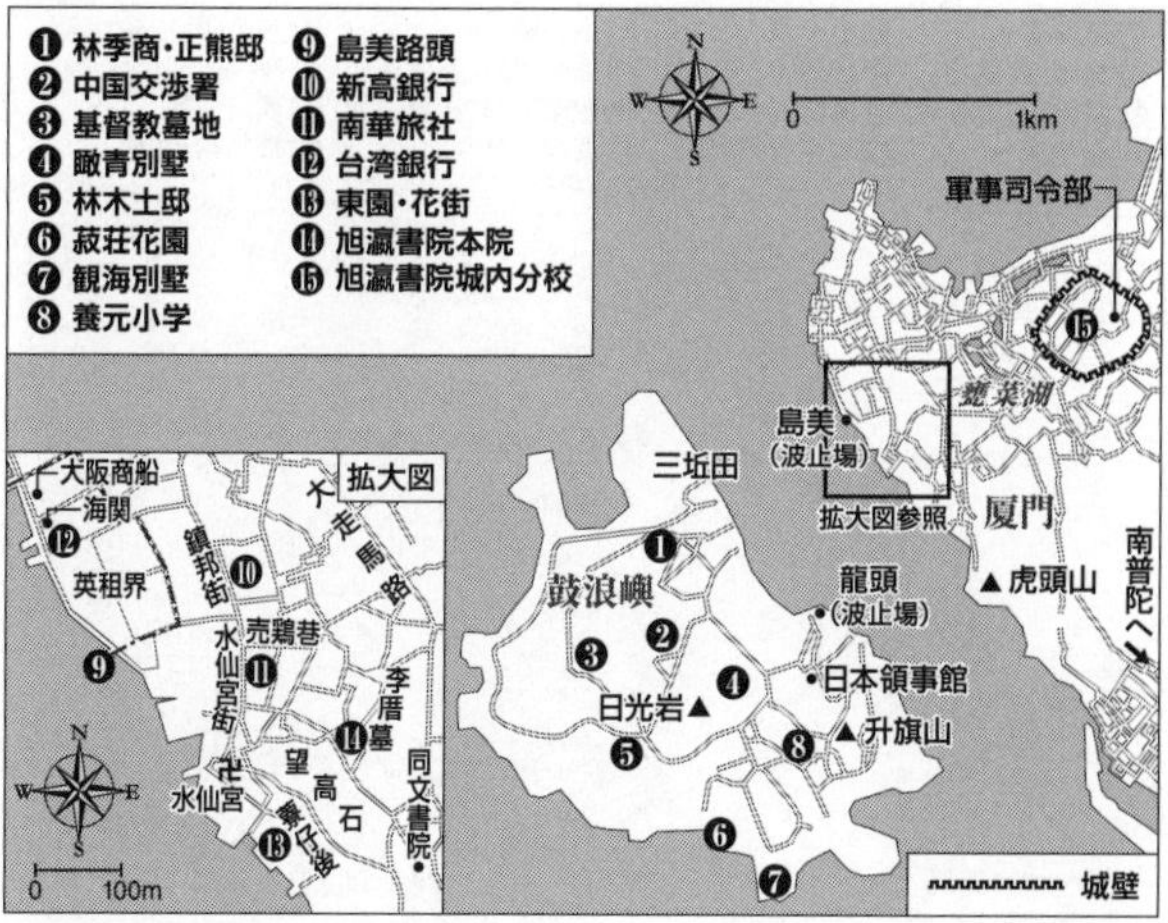

❶ 林季商・正熊邸
❷ 中国交渉署
❸ 基督教墓地
❹ 瞰青別墅
❺ 林木土邸
❻ 菽荘花園
❼ 観海別墅
❽ 養元小学
❾ 島美路頭
❿ 新高銀行
⓫ 南華旅社
⓬ 台湾銀行
⓭ 東園・花街
⓮ 旭瀛書院本院
⓯ 旭瀛書院城内分校
N
W
E
S
0
1km
軍事司令部
篔筜湖
島美
(波止場)
三坵田
拡大図参照
厦門
鼓浪嶼
龍頭
(波止場)
虎頭山
南普陀へ
日本領事館
日光岩
升旗山
城壁
拡大図
大阪商船
海関
英租界
鎮邦街
大走馬路
売鶏巷
水仙宮街
李厝墓
望高石
同文書院
水仙宮
寮仔後
0
100m

漳州

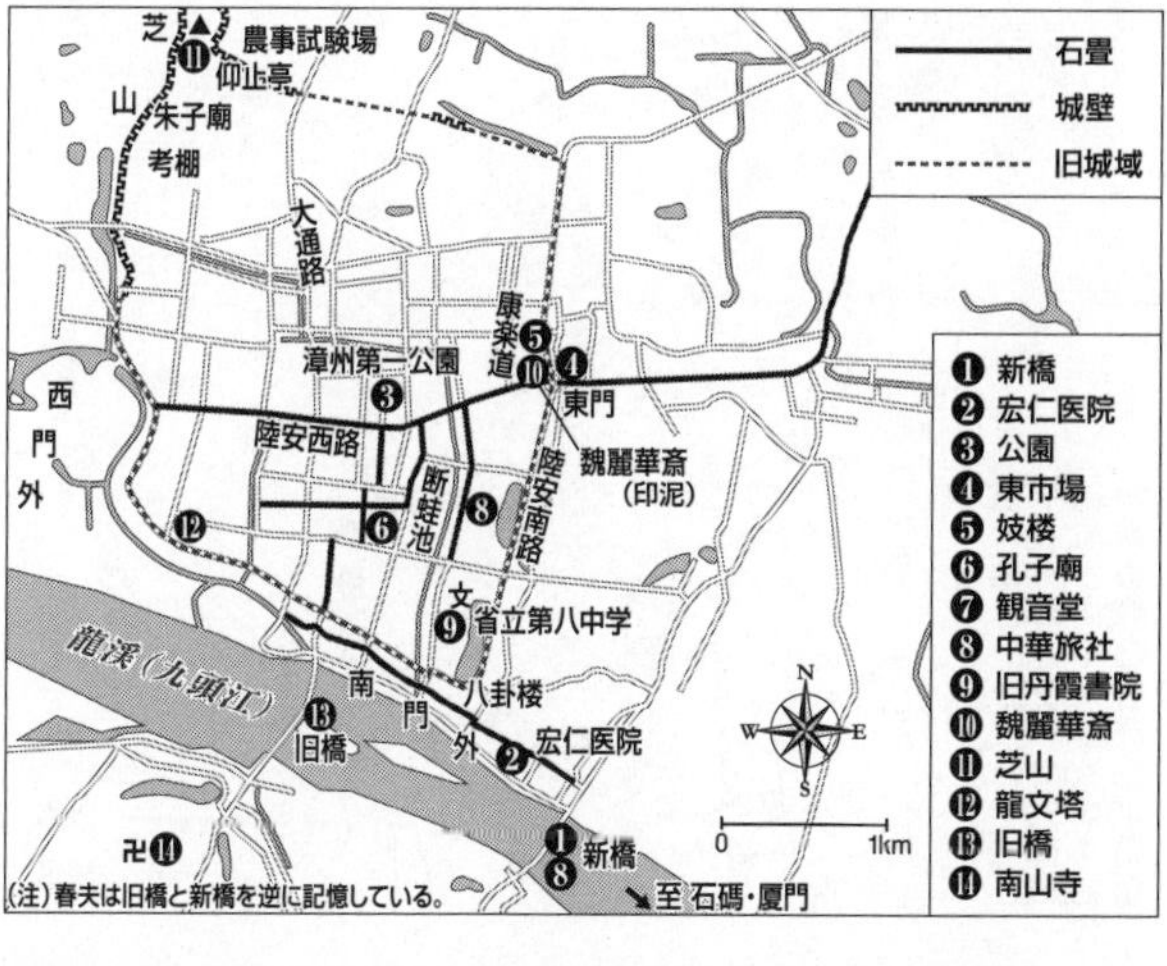

芝山
農事試験場
仰止亭
朱子廟
考棚
石畳
城壁
旧城域
大通路
康楽道
漳州第一公園
東門
西門外
陸安西路
断蛙池
魏麗華斎
(印泥)
陸安南路
省立第八中学
八卦楼
龍渓(九頭江)
南門外
旧橋
宏仁医院
新橋
至 石碼・厦門
N
W
E
S
0
1km
❶ 新橋
❷ 宏仁医院
❸ 公園
❹ 東市場
❺ 妓楼
❻ 孔子廟
❼ 観音堂
❽ 中華旅社
❾ 旧丹霞書院
❿ 魏麗華斎
⓫ 芝山
⓬ 龍文塔
⓭ 旧橋
⓮ 南山寺
(注)春夫は旧橋と新橋を逆に記憶している。

杭州

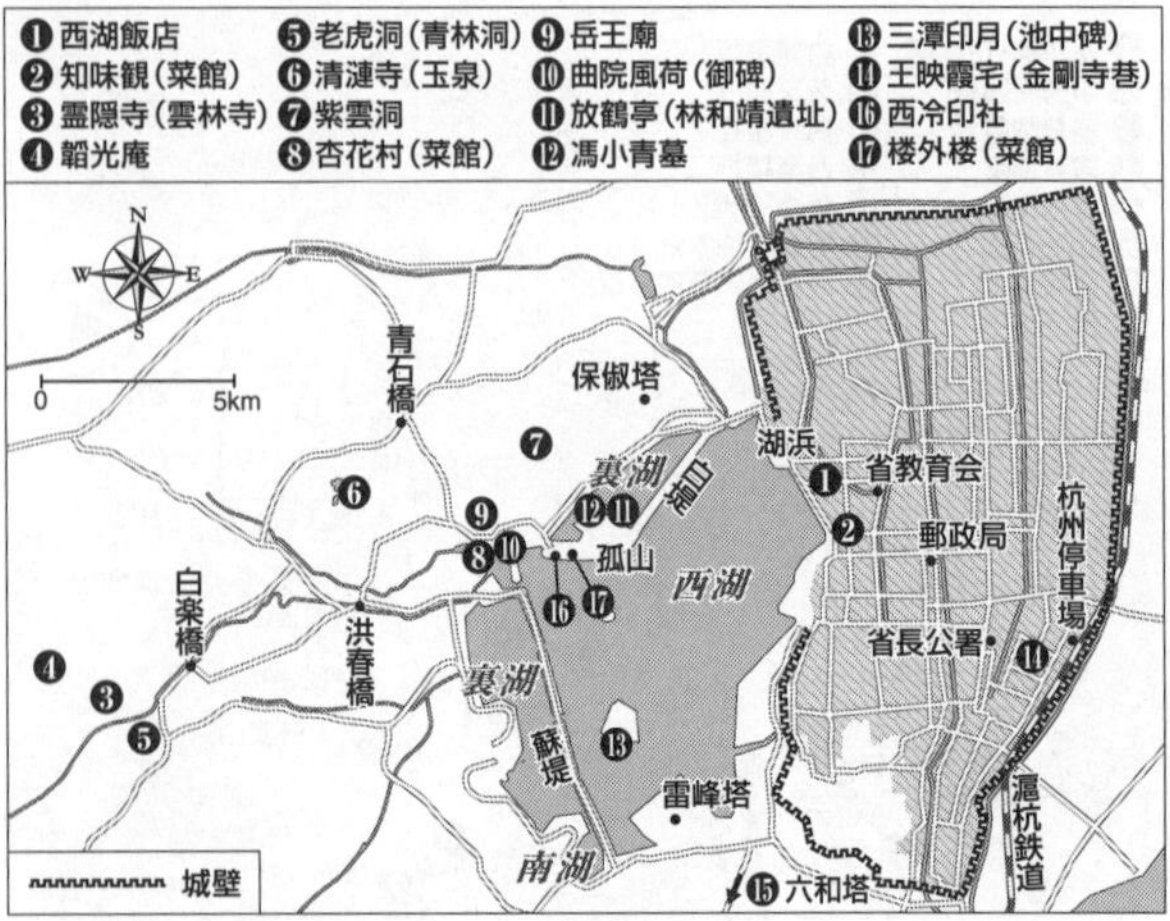

❶ 西湖飯店
❷ 知味観（菜館）
❸ 霊隠寺（雲林寺）
❹ 韜光庵
❺ 老虎洞（青林洞）
❻ 清漣寺（玉泉）
❼ 紫雲洞
❽ 杏花村（菜館）
❾ 岳王廟
❿ 曲院風荷（御碑）
⓫ 放鶴亭（林和靖遺址）
⓬ 馮小青墓
⓭ 三潭印月（池中碑）
⓮ 王映霞宅（金剛寺巷）
⓰ 西冷印社
⓱ 楼外楼（菜館）
N
S
W
E
0
5km
青石橋
保俶塔
湖浜
省教育会
裏湖
孤山
西湖
郵政局
杭州停車場
白楽橋
洪春橋
省長公署
裏湖
蘇堤
雷峰塔
滬杭鉄道
南湖
城壁
⓯ 六和塔

南京

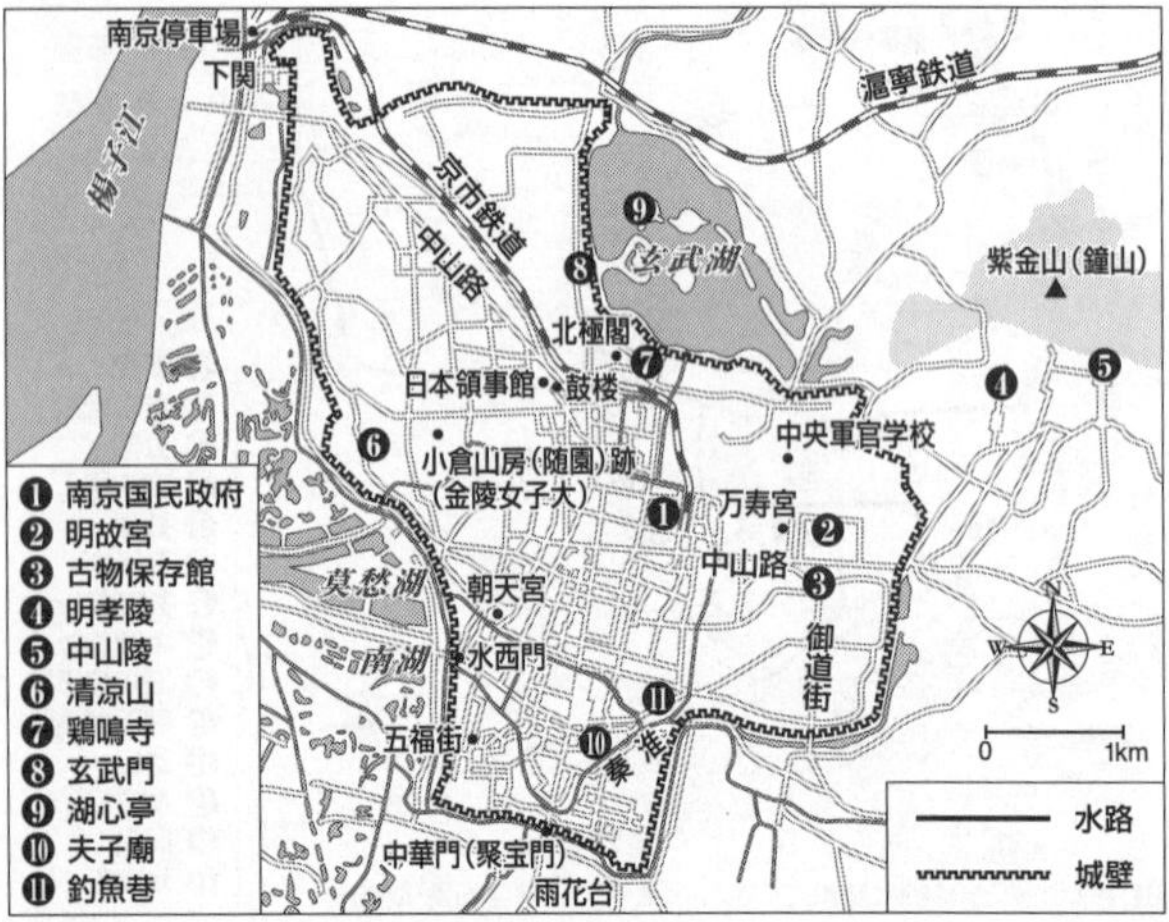

南京停車場
下関
滬寧鉄道
揚子江
京市鉄道
中山路
玄武湖
紫金山（鐘山）
北極閣
日本領事館
鼓楼
中央軍官学校
小倉山房（随園）跡
（金陵女子大）
万寿宮
中山路
莫愁湖
朝天宮
御道街
南湖
水西門
五福街
秦淮
中華門（聚宝門）
雨花台
N
S
W
E
0
1km
水路
城壁
❶ 南京国民政府
❷ 明故宮
❸ 古物保存館
❹ 明孝陵
❺ 中山陵
❻ 清涼山
❼ 鶏鳴寺
❽ 玄武門
❾ 湖心亭
❿ 夫子廟
⓫ 釣魚巷

初出一覧

『星』『改造』一九二一年三月号
『南方紀行 厦門採訪冊』新潮社、一九二二年四月刊
「厦門の印象」初出時タイトル「探偵小説に出るやうな人物」『野依雑誌』一九二一年十一月号
「章美雪女士之墓」『改造』一九二一年九月号
「集美学校」初出時タイトル「南方紀行（二）集美学校」『新潮』一九二一年九月号
「鷺江の月明」初出時タイトル「南方紀行（三）月夜」『新潮』一九二一年十一月号
「漳州」初出時タイトル「南方紀行（一）漳州」『新潮』一九二一年八月号
「朱雨亭のこと、その他」初出時タイトル「空しく歎く」『改造』一九二二年二月号（抜粋）
『老青年』『改造』一九二八年一月号
『南京雨花台の女』初出未詳（一九三七年秋執筆。原稿から翻刻し、臨川書店版全集に収録）
『西湖の遊を憶う』『セルパン』一九三五年九月号
『秦淮画舫納涼記』『東陽』一九三六年八月号
『曾遊南京』『改造』一九三七年十一月号
『わが支那游記』『生活文化』一九四三年七月号（初出誌未確認。新発見の原稿から翻刻）
『旧友に呼びかける』ラジオ放送原稿。一九四五年十二月二十日放送（東山千栄子朗読）

編集付記

一、本書は『定本 佐藤春夫全集』（臨川書店、一九九八～二〇〇一年）を底本とし、独自に編集したものである。いくつかの例外を除き、旧字旧仮名を新字新仮名に改めた。また、底本中の明らかな誤植と考えられる箇所は、各篇収録の単行本などを参照し、訂正した。難読と思われる語には新たにルビを付した。

一、本文中、今日の人権意識に照らして不適切な語句や表現が見受けられるが、著者が故人であること、発表当時の時代背景と作品の文化的価値に鑑みて、原文のままとした。

中公文庫

佐藤《さとう》春夫《はるお》中国《ちゅうごく》見聞録《けんぶんろく》
星《ほし》／南方《なんぽう》紀行《きこう》

2021年6月25日　初版発行

著　者　佐藤《さとう》春夫《はるお》

発行者　松田陽三

発行所　中央公論新社
〒100-8152　東京都千代田区大手町1-7-1
電話　販売　03-5299-1730　編集　03-5299-1890
URL http://www.chuko.co.jp/

印　刷　三晃印刷
製　本　小泉製本

Published by CHUOKORON-SHINSHA, INC.
Printed in Japan　ISBN978-4-12-207078-3 C1193

中公文庫既刊より

各書目の下段の数字はISBNコードです。978-4-12が省略してあります。

さ-80-1
佐藤春夫台湾小説集　女誡扇綺譚
佐藤春夫
廃墟に響く幽霊の声「なぜもっと早くいらっしゃらない？」。台湾でブームを呼ぶ表題作等百年前の台湾旅行に想を得た今こそ新しい九篇。文庫オリジナル。
206917-6

ひ-1-3
応家の人々
日影丈吉
昭和十四年、日本統治下の台湾、名家の美女の周辺で不審死が相次ぐ。内地の中尉が台南の町々をめぐり事件の謎を追う妖しい長篇ミステリ。〈解説〉松浦寿輝
207032-5

き-15-17
香港・濁水渓　増補版
邱永漢
戦後まもない香港で、台湾人青年がたくましく生き抜くさまを描いた直木賞受賞作「香港」と、同候補作「濁水渓」を併録。随筆一篇を増補。〈解説〉東山彰良
207058-5

き-15-18
わが青春の台湾　わが青春の香港
邱永漢
台湾、日本、香港――戦中戦後の波瀾に満ちた半生を綴った回想記にして、現代東アジア史の貴重な証言。短篇「密入国者の手記」を特別収録。〈解説〉黒川創
207066-0

た-13-7
淫女と豪傑　武田泰淳中国小説集
武田泰淳
中国古典への耽溺、大陸風景への深い愛着から生まれた、血と官能に満ちた淫女・豪傑の物語。評論一篇を含む九作を収録。〈解説〉高崎俊夫
205744-9

た-30-34
潤一郎ラビリンスⅥ　異国綺談
谷崎潤一郎
千葉俊二編
谷崎の前半生を貫く西洋崇拝を表す「独探」、白楽天や蘇東坡の漢詩文以来の物語空間を有する西湖を舞台に描く「西湖の月」等六篇。〈解説〉千葉俊二
203270-5

た-30-40
潤一郎ラビリンスⅫ　神と人との間
谷崎潤一郎
千葉俊二編
小田原事件を背景に、谷崎・佐藤・千代夫人の関係を虚構を交えて描く「神と人との間」ほか、「既婚者と離婚者」「鶴唳」を収める。〈解説〉千葉俊二
203405-1